講談社文庫

幸腹《こうふく》な百貨店

催事場で蕎麦屋呑み

秋川滝美

講談社

目次

幸腹《こうふく》な百貨店

催事場で蕎麦屋呑み

第一章　一点の翳《かげ》り

今日はラッキーだったな……

東京駅近くにある小さな蕎麦屋《そばや》で、猪口《ちょこ》に燗酒《かんざけ》を注ぎながら、高橋伝治《たかはしでんじ》はふっと笑った。

伝治はもともと首都圏の生まれだが、現在は流通大手である五代《ごだい》グループの中部事業部長として名古屋に赴任している。午後五時を過ぎたばかりという早い時間にもかかわらず、蕎麦屋で酒を傾けているのは、名古屋に戻る新幹線までの時間を潰《つぶ》すためである。

今日は本社で事業部長会議がおこなわれる日だった。

会議はたいてい金曜日の午後に開かれ、六時近くまでかかる。そのため、伝治はいつも駅弁と缶ビールを抱《かか》えて新幹線に乗り込み、移動中に晩酌《ばんしゃく》がてら食事を済ませてしまう。それは、会議と移動で疲れてしまい、帰宅後は風呂《ふろ》に入って寝るだけにしたいという思いからだった。

ところが、今日に限って会議は五時にもならないうちに終わってしまった。

伝治が予約をしたのは六時半の新幹線で、出発まで一時間以上ある。指定を変更してもよかったのだが、慌てて戻ったところで会社に着くのは七時頃、それからできる仕事なんてたかがしれている。そもそも、会議出張に備えて急ぎの仕事はすべて終わらせてきたのだ。

それならいっそ、駅弁と缶ビールではなく、蕎麦屋で一杯やるというのはどうか。駅までの時間を差し引いて一時間弱というのは、簡単なつまみで酒を一合、蕎麦を一枚手繰《たぐ》るのにちょうどいいのではないか。

かくして伝治は、意気揚々と蕎麦屋の暖簾《のれん》をくぐったのである。

――いいねえ……板わさと山芋山葵《わさび》。辛口のぬる燗にぴったりのつまみだ。どっちも山葵が命の料理だが、ここはおろしたての生山葵を使っている。昨今、蕎麦屋でも練り山葵を出してくるところも多いが、さすがは老舗《しにせ》の蕎麦屋だ。この店の蕎麦の旨《うま》さは折り紙付きだし、おろしたての生山葵だと蕎麦湯の味が全然違うんだよなあ……

手酌《てじゃく》で酒をやりながら、伝治は蕎麦湯に紛《まぎ》れる山葵を思い浮かべる。

偶然、小さな欠片《かけら》が歯に当たったときのシャリッとした感触と口中に広がる香りは、生山葵ならではの楽しみだ。蕎麦湯なんて締めも締め、あとは金を払って出ていくだけだというのに、ついもう一杯酒をおかわりしたくなる。蕎麦屋で酒を呑《の》むたびに、日本酒と蕎麦、そして山葵の取り合わせに目を細める。そして、よくぞ日本に生まれけり、と感謝するのだ。

とはいえ、若いころの伝治は、酒といえば居酒屋やスナック、あるいはバーで、蕎麦屋で呑むなんて考えもしなかった。蕎麦屋で呑むようになったのは四十代に入ったあたり、健康診断の結果に頭を悩ませるようになってからのことだ。

深酒は翌日に響くし、つまみだってたくさんはいらない。蕎麦屋のつまみは低カロリーなものが多いし、何より蕎麦自体が身体にいい。そんなわけで、伝治は時々蕎麦屋で酒を呑むようになった。だが、名古屋に移ったあとはそれもとんとご無沙汰《ぶさた》、少々寂《さび》しさを覚えていたのだ。

――せっかくの機会、しっかり蕎麦湯まで堪能《たんのう》したいから、酒はこのぐらいにしておこう。

そして伝治は、ちょうど通りかかった店員に盛りそばを注文し、猪口に残った最後の一口をぐいっと呑み干した。

＊＊＊＊＊＊＊＊

パソコンのディスプレイを一瞥《いちべつ》した伝治は、眉間《みけん》に深い皺《しわ》を寄せた。

ここは名古屋にある五代グループ中部事業部長室、ディスプレイに映し出されているのは、堀内《ほりのうち》百貨店の来期のイベントスケジュールだった。

堀内百貨店は、バブル崩壊後五代グループによって吸収合併された地方百貨店で、名古屋から特急で四十分ほどのところにある。老舗百貨店として長く地元から愛されてきたことから、『堀内百貨店』という名前を残してはいるが、運営は中部事業部に委ねられている。要するに、伝治の管理下にあるということだ。

二年前に中部事業部長に就任したとき、堀内百貨店は閉鎖の危機に見舞われていた。

二十年以上堀内百貨店で働き、店長まで勤め上げた伝治は、古巣が閉鎖されるのがいたたまれず、なんとか業績を上向かせられないかと奔走《ほんそう》した。

まず地元の祭りの復興運動に店ぐるみで参加し、堀内百貨店と新旧ふたつの商店街に客を呼び戻した。これでなんとか、と安堵《あんど》したのも束《つか》の間《ま》、回復したと思った業績は瞬《また》く間《たま》に悪化、元の木阿弥《もくあみ》以下となった。慌てて地下食品フロアを改装し、百貨店には珍しいフードコート方式を取り入れることで、客の流れを取り戻した。

画期的すぎて、成功が危ぶまれる試みではあったが、幸いフードコートの評判は上々。地元商店街の人気総菜店『おかず屋はる』の参入もあって、一時コンビニに奪われていた客も戻ってきた。

フードコートができたことでレストラン街の売上げが減るのでは、という心配もないでもなかった。だが、もともとレストランとフードコートでは客層が違ったらしく、目立った影響は受けていない。むしろ、五代グループが実験的に取り組んだ地元密着型の仕入れルートの利用によって食材の質が向上。これまた離れていた客が戻ったとのことだった。

町興《まちおこ》しの結果、商店街の利用者も増え、堀内百貨店にもかつての、とまではいかないまでも、それなりに賑《にぎ》わいが戻った。

『ふるみなと祭り』直後のように、いきなり売上げが落ち込むこともなく、二ヵ月三ヵ月と売上げは順調に拡大し、伝治は胸をなで下ろしていたのだ。

ところが、フードコートができてから半年ぐらいで、また業績が悪化し始めた。

伝治は、客がフードコートに飽きてしまったのか……と慌てたが、各部門の売上げを調べてみると、フードコートもレストラン街も依然として好調。服飾や玩具《がんぐ》、生活雑貨にしても前月と大差ない。落ち込んでいたのは六階、つまり催事場フロアだった。

どれだけ客の百貨店離れが進んでも、催事場と飲食関連は例外——そんなことがまことしやかに囁《ささや》かれるようになって久しい。実際、それらの売上げだけが頼りだという店も多いはずだ。もちろん、堀内百貨店も例外ではない。だからこそ、地下食品フロアやレストラン街の売上げが落ちたときにあれほど大騒ぎしたのである。

同期入社のマーケティング部長、高島《たかしま》まで巻き込んで改善に努《つと》め、ようやく一息ついた矢先に今度は催事場……。これではまるで古い布バケツで水を汲《く》んでいるようなものだ。布が弱り、ちょっとした刺激ですぐに穴があく。ひとつを塞《ふさ》いだと思ったら、また別な場所に穴があいてしまう。もういっそ新しいバケツを買いたい。五代グループの上層部がそう考えたとしても無理はない。伝治自身、もううんざりだ、と言いたくなっているのだ。

とはいえ、もともと自分が長く勤めていた店である上に、この二年で堀内百貨店の従業員のみならず、町の人との親交も深まっている。地元で評判の和菓子屋『あさくら』の店主朝倉慶太《あさくらけいた》や、喫茶店『風来坊《ふうらいぼう》』のマスター新田暁《にったあきら》、商店街の店を堀内百貨店の地下に移してくれた『おかず屋はる』の佐藤清司《さとうせいじ》……。彼らのことを考えても、堀内百貨店を見殺しにはできない。

二度あることは三度ある、とはよく言われることだが、堀内百貨店の場合、二度の危機はどうにか乗り切ったのだ。三度目だってなんとかできないはずがない。

めげそうになる心に鞭《むち》を打ち、伝治は堀内百貨店のホームページにあるイベントスケジュールを開いてみた――というのがこれまでの経緯。ついでに自他を問わず、全国にある百貨店のイベントスケジュールも調べた結果、どこの百貨店も同じようなイベントを繰り返していることを知ったのである。

もちろん、薄々はわかっていた。さすがに同時期に同じイベントが開催されることはないが、ある百貨店で今週おこなわれている物産展が、翌週には近隣の店でおこなわれる。さらに、その年間スケジュールは毎年ほぼ同じ。つまり今年の十月に北海道物産展がおこなわれる店舗では去年も同じ時期に開催、おそらく来年も十月に開かれることだろう。

同一地域で、同じようなイベントが繰り返される。それで客に飽きるなというほうが無理だ。たとえ飽きていなくても、今週買い逃したとしても翌週どこかで同じものが買えるとしたら、客はわざわざその店に足を運んだりしない。集客効果が半減してしまうのだ。

とはいえ、それは大都市あるいはその近郊で、百貨店が林立している場合だ。市内にたったひとつの百貨店である堀内百貨店の場合、同列には語れない。急激な売上げの低下は、他に要因があるはずだ。ここはやはり、我が目で確かめるしかない。
そう思った伝治は、椅子《いす》の背から上着を取って立ち上がった。
――五代グループ広しといえども、俺ほど腰の軽い事業部長はいないだろうな……
自嘲《じちょう》めいた笑みを浮かべ、伝治は事業部長室をあとにする。目指すは堀内百貨店、
普段はまったく精彩を欠くのに、トレーディングカードゲームの話となると目の色を
変える男がいる店長室だった。

＊＊＊＊＊＊＊＊

「あ、事業部長！　お疲れ様です！」

店長の丸山靖《まるやまやすし》は、伝治の顔を見て慌てて立ち上がった。

丸山が労《ねぎら》いの台詞《せりふ》を口にしながら、その実迷惑がっていることなど百も承知で、伝
治は店長室の奥までずかずかと入り込む。

「今、お茶を……。あ、事業部長はコーヒーのほうがお好きでしたね！」

「どっちもいらん。それより……」

「わかってます、わかってます！　数字が悪いんですよね！　だからこそ遠路はるば
るのご出陣。誠にもって申し訳……」

「そういうのもいい。おまえに謝られても数字が変わるわけじゃない。で？」

「で、というと？」

「数字が落ちた原因について聞かせてもらうか」

丸山の顔から目を逸《そ》らさないまま、伝治は応接ソファにどっかと腰を下した。思った以上に沈み込んだソファの感触に、不快さが増す。

このソファは、伝治が店長を務めていたころから使っている。買ったばかりのころは極めてかけ心地がよかったが、今ではすっかりへたってしまった。まるでこの店と同じだ、とまたひとつため息を重ねそうになる。

ソファを買い換える予算などないと言いたいのだろうけれど、店長室には取引先も訪れる。まともな相手なら、こんなソファしか使えないような店と取引したいと思うだろうか……。

張るべき見栄《みえ》はちゃんと張るというのは、仕事をする上では大事なことだ。それもわかっていないのかこの男は、と腹立たしく思いつつ、伝治は丸山の答えを待った。

「えーっと……今月の……」

「今月だけじゃなくて先月もだな？」

「あ、はい……。先月と今月の数字の落ち込みは主に催事場の売上げが振るわなかったせいで……」

「そんなものは報告書を見ればわかる。俺が訊《き》いてるのは、なぜ催事場があんな数字しか作れなかったか、ってことだ」

「原因と言われましても……。今まで飛ぶように売れたものが、今年はそれほどではなかったとしか……」

「具体的には？」

「先月は北海道物産展をおこないました。例年人気が高いチョコレートやクッキー、海産物やそれを使った弁当、総菜をたくさん用意したんですが、どれも完売しませんでした」

「売れ残ったのか!? まさかあの生チョコレートとかクッキーが!?」

「それどころか、目玉の特選ステーキ弁当も、完売するのに夕方までかかりました」

「嘘《うそ》だろ……あれは例年午前中で完売してたじゃないか」

丸山の言うステーキ弁当というのは、北海道特産の牛肉を使ったゴージャスな弁当で、レアに焼き上げた厚切りのステーキがたっぷりのせられている。少し甘めのタレとご飯の兼ね合いが素晴らしく、添えられたトウモロコシやジャガイモは比類なく甘く、これぞ北の大地直送、と胸をはらんばかり。催事場に設けられた調理ブースで作られ、パッキングされる端《はし》から売れていく大人気商品だった。

特に、数量限定で出される特選弁当は、価格も千二百円とお手頃。それを目当てに開店前から行列ができるほどだったのだ。それが夕方まで残っていたと聞けば、驚かないほうがおかしい。

「いつもよりも多く用意したとか？」

毎年売り切れるのだから、と多めに用意したため、完売に時間がかかったというならわかる。どうかそうであってくれ、と祈るような気持ちで口にした言葉に、丸山はあっさり首を横に振った。

「例年どおり、毎日三十食です。ちなみに値段も同じ」

「最悪だ……」

あのステーキ弁当がその体《てい》たらくでは、他は推して知るべし。伝治は二の句が継げなかった。

そんな伝治を尻目《しりめ》に、丸山はさらに説明を続けた。

「それでもステーキ弁当は完売しただけマシです。生チョコレートも、クリームサンドクッキーも、イクラもホタテもカニも……」

「もういい……売れなかったのはわかった。いったい何でそんなことに……」

「実は、例の大型スーパーが、うちより先に北海道物産展を開きました」

「大型スーパー!? あの郊外のショッピングセンターに入ってるとこか？」

「はい。しかも、規模がかなりでかくて……」

スーパーが物産展を開くことは皆無ではない。だが、その規模は小さく、せいぜい食品売り場の片隅《かたすみ》で陳列棚をふたつみっつ、冷蔵ケースをひとつ、ぐらいが関の山である。丸山が言う『かなりでかくて』にしても、堀内百貨店のように催事フロアを全部使って、なんてことはない。仮にも百貨店の物産展が、スーパーに劣《おと》ることなどないと伝治は考えていた。

「いくらスーパーが大展開してもたかがしれているだろう」

「確かに、大展開とまではいきません。でも、ショッピングセンターを丸ごと巻き込んで、かなりの雰囲気作りでした。うちが目玉にしている商品は、ほとんど網羅《もうら》されてたんです。ステーキ弁当も、土産物も、海産物も……ラーメンもありました」

「いつの話だ」

「先々月の月末。二十五日から三十一日までの一週間です」

そう言うと丸山は肩を落とした。

スーパーの物産展なんて規模も小さいし、取扱品目にしても微妙なものが多い。具体的に言えば、現地在住の人が知らないようなものが『名産品』として出されている場合がある。

だからこそ堀内百貨店は、スーパーが物産展をおこなっていることは知っていても、気に留めていなかったのだ。ところが今回、スーパーは堀内百貨店がおこなっているような本格的な物産展を企画した。しかも、堀内百貨店よりもわずかに早い時期に……

例年同じ時期に開催される物産展であれば、それを楽しみに待っている客も多い。特に、この町には堀内以外に百貨店が存在しないのだから、その傾向は顕著だ。大型スーパーはおそらくその前提で、折り込みチラシやＤＭも多用して販促に励《はげ》み、客を引き込んだのだろう。

これまで堀内百貨店は、同じような時期に、同じようなイベントを開くことで客の認知度を上げようとしてきた。だがそれは同時に、大型スーパーからも開催時期を特定されてしまう、ということである。開催時期が数日違いというのは、堀内百貨店のスケジュールを見据えた上での設定としか思えなかった。

「完全に裏を掻《か》かれたな……」

「残念ながら。しかも、これは北海道物産展に限ったことではありませんでした」

「一事が万事、か……」

丸山が無言で頷《うなず》いた。

確かめるまでもないとは思いながらも、伝治は自分のスマホで郊外スーパーのイベントスケジュールを確認する。その結果わかったのは、郊外スーパーが予定しているほとんどすべての物産展が、内容、時期とも堀内百貨店と被る、あるいは一週間ぐらい早く開催されているということだった。

「なるほど……これが、催事場の急速な売上減の原因ってことか」

「同じ物が同じ値段で売られているなら、郊外スーパーのほうがいい。広い駐車場があって駐車が簡単な上に、買いたいものがなくても駐車料金を取られたりしませんからね」

この町はもともと公共交通機関が発達しているとは言いがたく、移動の足は自家用車に頼りがちだ。

買い物にしても、自家用車を利用する人が多いので、広い駐車場は不可欠となっている。買い物額によって駐車券を出す堀内百貨店と、広大な無料駐車場を持つ郊外スーパーの差は歴然だった。

「要するに、今後しばらくはスーパーに負けっぱなしになるってことだな」

暗澹《あんたん》たる気分で発した言葉に、丸山はまた無言になる。

他の場合なら、原因がわかっているなら早急に対策を立てろ、と怒鳴《どな》りつけただろう。だが、こと催事場、特に物産展についての企画はとっくに確定済み。出展者との打ち合わせも進んでいるし、内容、時期とも大幅に変更することはできない。

「もう固まってるものはどうにもならない。まだ手つかず、あるいは、いじれる余地があるものについては再検討だな」

「ですが……」

なにをどうやって？　と丸山の顔に書いてあった。

長年営業を続けてきた中で、多数のイベントが企画立案された。今おこなわれているのは、そんな中で人気を博したものばかり。逆に言えば、やってみたものの人気が出ず、売上げが振るわなかったイベントは淘汰《とうた》済みなのだ。手を加えるにしても、新しい企画を立てるにしても、一朝一夕にはいかない。

そもそも、百貨店やスーパーは全国に数多《あまた》ある。そのどこでも開かれたことがないイベントというのは、商業として成り立たないと判断されたとしか思えなかった。

「難しいことはわかっている。だが、ここで諦《あきら》めてしまっては、これまでの苦労が水の泡《あわ》だ」

ふるみなと祭りの復興、地元人気店の誘致、大規模な地下フロアの改装……。堀内百貨店はこの二年、ない知恵を絞ってなんとか閉店の危機を乗り切ってきた。

地元の人々の協力もあったし、それだけに彼らが堀内百貨店にかける期待も大きい。

この町から堀内百貨店がなくなったら、人の流れが止まる。それでは商店街も立ち行かなくなる。だからこそ、本来なら大手資本の百貨店とは対立関係に陥《おちい》りそうな商店街の人たちも共存共栄の道を選んでくれたのだ。ここで諦めることは、なによりも彼らへの裏切りとなる。

「俺たちは、この湊町《みなとまち》の要なんだ。それを頭に叩《たた》き込《こ》んで、死にものぐるいでやるしかない」

「わかってます。わかってるんですけど……」

この男については、『でも』とか『けど』を禁句にするところから始めるべきかもしれない。

伝治はしみじみそんなことを思う。

何かをやれと言われたとき、まずできない理由を探すようではうまくいくはずがない。とにかく、できることは何でもやってみる、それに向けて最大限の努力をする、という姿勢を見せてほしかった。

だが、これ以上丸山を叱《しか》り続けるのは時間の無駄でしかない。そこで伝治は、現状打破のために必須《ひっす》、かつ、一番手っ取り早く『できること』を提案することにした。

「とりあえず行ってみよう」

「は？」

「間抜けな顔をさらすな。敵情視察だよ。あのスーパーはショッピングセンターの中にあるし、飯を食う場所だってある。ちょうど昼時だから、激励代わりにご馳走《ちそう》してやろう」

「え、本当ですか？　あそこには確か旨い牛タンの店が……」

「いいな、牛タン！　ステーキ弁当の話をしたせいか、肉が食いたくなってたんだ。あ、だが、ちょっとまずい時間だな……」

時計を確かめると、時刻は十一時半を過ぎたところだった。ショッピングセンターまではバスで二十五分ぐらいかかるから、着くころには昼の混雑時間帯になってしまう。

ところが、少し時間をずらそうという伝治の提案に、丸山はそんな必要はないと笑った。

「車で行きましょう。十五分ぐらいで着きますから、混む前に入れます」

丸山は通勤に車を使っているらしい。

車のほうが楽だし、抜け道を知っているからバスよりもずっと早い。今すぐ出れば、レストラン街が大行列になる前に着ける、と丸山は言う。確かにそのとおりだった。

かくして伝治は、丸山の車で郊外のスーパーを目指すことになった。

＊＊＊＊＊＊＊＊＊＊

丸山は十五分と言ったが、幸いなことに道がずいぶん空いていて、車は十分少々でショッピングセンターに到着した。

その時点で伝治が痛感したのは駐車場の広さ、さらにその停めやすさだった。

まず、入場の際のストレスがない。台数に余裕があって滅多《めった》に満車にならないし、完全無料なので駐車券を受けとらずに入れる。今は、無人発券機を使っているところがほとんどで、発券機に手が届かずに難儀することがある。だが、そもそも発券機がないから、難儀する必要もない。

二重線で仕切られたスペースは、丸山の3ナンバーのミニバンが余裕で停められるほど広く、堀内百貨店が契約している立体駐車場とは比べものにならない。なんせ堀内百貨店の駐車場は古く、未《いま》だに境界が一本線なのだ。それだけでも駐車時に感じる圧迫感が違う。運転に自信がない人であっても、この駐車場ならかなり安心に違いない。

さらに、駐車場のあちこちに買い物カート置き場が設けられているため、買ったものを自分の車のすぐ近くまで運べる。重くて大変だから買い物を控《ひか》えよう、などと考える必要がないのだ。

駐車場の停めやすさ、買った物の運びやすさは、店を選ぶ大きな要素。時間を気にせず買い物ができるし、丸山によると、このショッピングセンターは車を停めっぱなしにして近隣に用足しに行く客を黙認しているらしい。なんとも懐《ふところ》が深い話だが、用足しの帰りに買い物をする客も多いだろうから、集客効果は侮れないのかもしれない。

初っぱなから負けてるな、という伝治の呟《つぶや》きに、丸山はただ頷くばかりだった。

伝治は、昼時とはいえ平日のこと、そこまでの混雑ではないはずだ、と考えていた。だが、予想に反して、ショッピングセンター内はかなりの人出だった。

どうかすると週末の堀内百貨店をしのぐ客数、またしても敗北感を味わいながら、伝治と丸山はレストラン街に到着した。

「行列ができてるじゃないか……」

丸山が混む前に入れると言ったから出かけてきたのに、もう既に混んでいる。なんせどの店の前にも二、三人ずつ、長いところでは五人以上の客が並んでいるのだ。

やはり時間をずらすべきだった、と丸山に文句を言いそうになったが、この程度では混んでいるとは言えないらしい。

「こんなの行列のうちに入りませんよ。十二時をすぎれば行列はもっと長くなりますし、週末は最後尾にプラカードを持った従業員が立ちます」

行列が長くなりすぎると、客がどこの店の列かわからなくなるし、通行人にも迷惑がかかる。案内と誘導をかねて従業員がつくのは、人気店やテーマパークではよくある話だった。だが、それが都会ならいざ知らず、郊外のショッピングセンターで発生するなんて予想外もいいところだった。

「そんなに人気なのか……」

「近隣に、ここほど飲食店数が多い施設がないって利点もありますが、やっぱり有名店がたくさん入ってることが強みなんでしょうね。しかも、ショッピングセンターの客層に合わせて、価格もお値打ちに設定されてますし」

普通であればランチタイムでも三千円するような有名老舗の食事が、千円前後で味わえる。もちろん、品数、内容とも廉価版としか言いようのないものになるとしても、とにかく老舗の味を体験することはできる。客には魅力的に違いない。

「うちのレストラン街も同じようなことをやっているはずなのに、どうしてこんなに違うんだ！」

「だからそれは、客層と立ち寄りやすさの違いでしょう」

どちらも駅近とはいえないにしても、駐車場の使いやすさや入っている店の数を考えたら、とてもじゃないが堀内百貨店は太刀打ちできない、と丸山は悲しそうに言った。

「このショッピングセンターは、食品から衣料品、生活雑貨、医薬品、スポーツ用品、楽器に本、手芸用品、家具、ＤＩＹ……と、ありとあらゆる商品を扱っています。しかもどれも学生やファミリー向けの品揃《しなぞろ》え、価格設定になってます」

「これだけの広さがあれば、それも可能だろうな」

「家族揃ってやってきて、入り口で解散。それぞれが必要に応じた買い物をして、食事時に集合、なんてことをやっている家族も多いようです。中学生とか、高校生もたくさん来てます」

小さい間ならまだしも、中学生や高校生になると、親の買い物についてくる子どもは激減する。

だがせっかくの休日、たまには一緒に……と考えたとき、このショッピングセンターに来れば、伸び盛りでどんどんサイズアウトする子どもの服や靴、中高生が好むファンシーな雑貨やプチプラ化粧品、押し入れ整理用収納ボックスから園芸用品、カー用品まですべて揃う上に、食事も済ませられるのだ。食事付きで自分のものを買ってもらえるとあれば、月に一度ぐらいはついてくる子どももいるだろう。

堀内百貨店でそこまでのことはできないし、たとえ可能だったとしてもとんでもない金額を支払うことになってしまう。

「地下を改装したことで、フードコートにやってくる客はかなり増えました。中高生の姿もちらほら見受けられます。でも、その効果が他の売り場に波及していません。

堀内百貨店は、一家揃っての買い物に不向きとしか言いようのない店なんです。特に、子どもを引きつけられる売り場がほとんどありません」

「おもちゃ売り場は別だろう？　君のお得意のトレーディングカード関連はけっこう……」

「お言葉ですが、というよりも、かなり自虐的ではありますが、トレカは一部の限られた層のお楽しみ。悪く言えば『オタク』のものなんです。まったく興味がない人間のほうが多いぐらいですから、それだけで子どもを呼ぶのは無理なんです」

「だが、一昔前は『オタク』って言葉にはマイナスイメージしかなかったのに、今はそれなりに市民権を得てるらしいぞ。百貨店の権威は落ちる一方だってのに、いささか羨《うらや》ましい話だよ」

そんな慰め合いに近い会話を続けているうちに、牛タン屋の列は順調に進み、ふたりは店内に案内された。

焼きたての牛タンにテールスープ。山盛りの白菜の漬け物と唐辛子の味噌《みそ》漬けが添えられ、ランチサービスでとろろ芋が付いている。牛タンに目がない上に、とろろ飯が大好物の伝治には、嬉《うれ》しすぎる献立《こんだて》だ。とろろ芋が苦手な客はミニシチューも選べるらしく、丸山はそちらを注文していた。

「牛タンが柔らかくて旨いのは当然として、このとろろの味加減は最高だな」

「このシチューも絶品です。すごく濃厚だし、こんなに小さな器なのに、肉も野菜もたっぷり入ってます」

「昼飯から大贅沢《だいぜいたく》だな」

「まったくです」

がつがつと定食を食べている間にも、客はどんどん入れ替わる。

「うちにも牛タン屋が入ってくれないかな……」

「無理でしょう。このお値打ち価格は、これだけの客数があってこそ。そもそも、堀内のレストラン街を利用する客はゆっくり食事をしたい人が多いんです。牛タンのようにスピード勝負の店は向いてません」

丸山の言うとおり、総じて牛タン屋の滞在時間は短くなる傾向がある。

回転率はとても良さそうだが、堀内百貨店のレストラン利用客の場合、これでは満足してくれないだろう。そんなに手っ取り早く食べたいなら、フードコートに行く、と言い出されかねない。

「待ち時間を含めて三十分。昼飯としてはかなりいい線だな」

「ですね。ごちそうさまでした」

「じゃ、飯も済ませたことだし、催事場を見に行こう」

本当の目的はそっちだし、と伝治は腰を上げた。牛タン屋を出て歩き出した伝治を、慌てて丸山が止める。

「事業部長、こっちです！」

はっきりと催事場と謳《うた》われているスペースがあるわけではない。だが、いずれにしてもスーパーの中だろう、と見当をつけたのだが、どうやら間違いだったらしい。

「このところ、物産展がおこなわれてるのはもっぱらこっちなんです」

丸山に言われるままについていくと、そこはメインストリートの中央部分、ちょっとした広場になっているスペースだった。たしか以前は、客たちの休憩や待ち合わせに使われていたはずだ。

面積としては堀内百貨店の催事場のほうが広い。それは紛れもない事実だが、メインストリートのど真ん中という場所は、実際の面積よりも遥《はる》かに広く見える。しかも、実際の面積よりも広く感じる理由はそれだけではなかった。

「周りの店が一体化してる……」

メインストリートはホームセンターからレストラン街を経《へ》て、飲食以外のテナントショップ群、そしてショッピングセンターの中核である大型スーパーへと続いていく。

伝治は大型スーパーだけが物産展をやっていると思っていたが、実際はショッピングセンターにあるすべての店が、現在開催中である『四国物産展』の幟《のぼり》、或《あ》いはポスターを掲げ、自店の関連商品を売り込もうとしている。

たとえば、四国の名産品として名高い讃岐《さぬき》うどんや鰹《かつお》、柑橘類《かんきつるい》を使った料理、日本酒、織物《おりもの》、ガラス製品や陶器……。中には、明らかに普段はその店で扱っておらず、わざわざこのイベントのために仕入れたとしか思えないような商品まであった。

それぞれ経営者が違うはずのテナントショップが、こんなに一丸となってイベントを盛り上げようとするなんて驚き、いや、驚きを通り越して羨ましさのあまり地団駄を踏みそうになる。

通路の真ん中に設けられた催事スペースに止《とど》まらず、全館あげて『四国物産展』に取り組むショッピングセンターの姿に、伝治は唖然《あぜん》とするばかりだった。

「なんでここはこんなにうまくいってるんだろう……」

あちこちのテナントショップを眺《なが》めてはため息ばかりをついている伝治に、丸山が諦めきった様子で応えた。

「儲《もう》かってるんですよ、どの店も。だから、全部がいいほうに転がっていくんです」

何をやってもうまくいかない。経費をかけても元が取れない。そんな状態では、販促物も新しい商品の仕入れも二の足を踏みたくなるのは当然だ。だが、恒常的に利益が上がっていれば、多少の冒険はできる。

このご時世、何が売れるかなんてわかりはしない。一か八かでやってみるしかない状態で、冒険ができるか否かは大きな分かれ目なのだ、と丸山は言う。

「もしかしたら売れないかもしれない、でも面白そうだから仕入れてみよう。そうやってえいやで仕入れた商品が爆発的に売れる。そんな実績があれば、次の冒険もできます。でもうちは……」

「絶対に売れるってわかってる商品じゃないと入れない、か……」

「ええ。しかも、その一押し商品ですら売れ残りますからね」

このショッピングセンターがうまく回っているのは、オープン以来、失敗してもめげずに様々なイベントを企画し続け、どういうものをどういう形で提供すれば客が手に取ってくれるかを探り続けた結果だ。多少失敗しても、それを補うだけの利益を持っていれば恐れずに冒険できる。

小さな失敗で一気に赤字に転落、あとは閉店まっしぐらの堀内百貨店と同列に語れるわけがない、と丸山は嘆いた。

平日の昼間にもかかわらず、通りにはたくさんの人が歩いている。学校が昼で終わったのか、制服姿も多く、全体的に若々しく賑やかな雰囲気に満ちていた。

メインストリートの中央部分に設けられた催事スペースには、若者たちが好みそうなアイスクリームやクレープのコーナーがあり、隣には少し値の張る工芸品やバッグ、スカーフなどが並べられている。化粧ポーチを見ていた女子高生たちの会話が耳に飛び込んできた。

「これ、かわいー！　あ、でも高い……」

「うーん……ちょっと、うちらには手が出ないね。あ、そうだ！　誕生祝いにお母さんに買ってもらおう！」

「そっか、もうすぐ誕生日だもんね。いいなあ……」

「でも、今日のところはアイス、アイス……」

「だよね」

ふたりは、クスクス笑いながら伊予柑《いよかん》味のソフトクリームを注文し、近くにあったベンチに座って食べ始めた。制服のブラウスの後ろ半分だけスカートから出す、という謎《なぞ》としか思えない着こなしの女子高生たちを眺めつつ、伝治はまたひとつため息を重ねる。

「次は親を引っ張ってきて、あのポーチを買ってもらうんだろうな……。ひとつ二百五十円のソフトクリームで足を止めさせ、三千円以上するポーチを売る」

「いわゆる海老《えび》で鯛《たい》を釣るってやつですね。理想的なやり方です。もう、なにからなにまで……」

既に後れを取っていることなどわかっていた。だが、ひとつぐらい堀内百貨店が勝る点もあるだろうと思っていたのだ。ところが、現実は考えた以上に厳しく、郊外型ショッピングセンターは、あらゆる意味で堀内百貨店を凌駕《りょうが》していた。

肩を落とすふたりの耳に、また別の客の声が聞こえてくる。

「あら、四国物産展をやってるわ。確か堀内さんも来週だったわよね？」

「そうだった？　百貨店の催事予定なんてよく覚えてるわね。もしかして、しょっちゅう堀内さんに行ってるの？」

「まさか。たまたまバスの中で広告を見かけただけよ」

「だよねー。あそこ、行きづらいし。買い物しなかったら駐車券をもらえないじゃない？　買い物もせずに駐車代だけ払うなんて馬鹿《ばか》らしくて」

「まあね。でも、うちは夫が呑兵衛《のんべえ》だから、物産展があるときはけっこう堀内さんに行くのよ。地酒とか、ちょっと珍しいおつまみとかがほしいって」

「そうね。でも、あそこの物産展って、毎年同じものしか売ってないじゃない。飽きないの？」

「確かに。そういえば夫も前ほど物産展フリークじゃなくなったわ。前は、これは物産展でしか買えないんだ、とか言って、物産展のたびに買ってたんだけど、何年も同じものが続くとやっぱり飽きるみたい。今はなんだって通販で買えるし」

「とはいえ……わざわざ買いに行くんじゃなくて、今みたいに目の前にあるなら話は別？」

「そういうこと」

そして女性たちは、地酒やパック詰めの珍味、漬け物などを物色し始めた。

「遅い早いって問題だけじゃないんだな……」

泣きっ面に蜂《はち》とはこのことだ。

物産展の予定を先取りして客を奪った、なんて非難は見当違いだった。同じ時期に同じ物産展を開いても、客はこのショッピングセンターを選ぶ可能性は高い。二者択一となったら、伝治ですらこのショッピングセンターを選びそうだった。おそらく丸山も同様だろう。


止まらぬため息とともに駐車場に戻ってみると、停まっている車は来たときよりもさらに増えていた。伝治の気分はもはや満身創痍《そうい》だった。

「俺たちが来てから一時間以上になる。両隣の車は、俺たちが来る前からあったから滞在時間は一時間半、あるいはそれ以上。羨ましすぎて涙が出そうだ」

とにかくその場に止まってもらえなければ、客に買い物をしてもらうことはできない。平均滞在時間が一時間にも満たない堀内百貨店と、二時間近く、あるいはそれ以上になりそうなこのショッピングセンターでは勝負にもならなかった。

このショッピングセンターが開店したとき、もちろん伝治は様子を見に来た。

想像以上の人出だったが、それは開店時の一時的なものだと思っていた。百貨店とスーパーは住み分けできると考えていたのだ。

だが、先ほどの女性客は堀内百貨店とこのショッピングセンターを比較し、同じものが並んでいるなら、堀内百貨店に行く必要はないと判断していた。客たちの頭の中ではこのショッピングセンターが一番、次にくるのも堀内百貨店ではなく通販サイトなのかもしれない。

「明日はどっちだ、って言いたくなるな」

「私なんて、このところずっとそう思ってます。でも、そう言ってはいられません。なにか方策を考えないと……」

伝治が中部事業部長に就任したころ、丸山はずいぶん投げやりだった。それは彼が東京の出身で、堀内百貨店が潰れてくれれば、慣れ親しんだ東京に戻れると考えているせいだと思っていた。そしておそらく、あの時点では間違っていなかっただろう。彼けれど、トレーディングカードイベントをきっかけに、丸山は少し変わった。彼ななりに堀内百貨店の建て直しに取り組むようになったのだ。

今の丸山には、堀内百貨店を潰したくないという確かな思いがある。そのことにかすかな光明を見いだし、伝治は助手席に乗り込んだ。

＊＊＊＊＊＊＊＊＊

堀内百貨店に戻った伝治は、催事場の様子を見て唸《うな》りそうになった。

催事場は六階にあり、エスカレーターを降りるなり売り場の様子が一望できる。ぐるりと見回してもほとんど人影がなく、人が溢《あふ》れていた郊外のショッピングセンターとは雲泥の差だった。

不幸中の幸いは、一階上のレストラン街や地下食品フロアは賑わいを見せていることだ。

加えて、衣料品、生活雑貨売り場にもそれなりに人影が見える。しかも彼らは各々《おのおの》、堀内百貨店のロゴが入った紙袋やレジ袋を手にしている。なにかしら買い物をしてくれた証拠、どうやら催事場で鳴きまくっている閑古鳥は、他のフロアに進出するつもりはないらしい。

「あのふるみなと祭りで、近所の人たちがまとめ買いをしてくれた直後よりも遥かにマシな状態です。特に飲食部門の売上げは近年にないほど好調。他部門もなんとか予算達成率九十五から九十八を推移、連休が入れば百パーセントを超えるときもあります。これで催事場が落ち込んでいなければなんの心配もないんですが……」

催事場が占める売上予算の割合は高い。それだけに、催事場の不振は全店の達成率を引き下げてしまうのだ、と丸山は眉間の皺を深くした。

「催事場だけが頼りだった時代もあったのにな」

「時代もあったっていうよりも、ついこの間までそうだったんです。催事場は安泰だと思い込んで、他の部門ばっかり気にしていたせいでこうなったと言われれば、返す言葉もありません」

「俺はそんなことは言わないよ。催事場だけは大丈夫だと思ってたのは同じだからな。特に、物産展が翳《かげ》りを見せるなんて、想像もしてなかった」

物産展は、百貨店のメインイベントである。放っておいても客はやってくると信じて疑わなかった。丸山だけでなく、伝治も事業部自体も同罪だった。

「同じことを後追いでやって勝てるわけがない。それ以上に、見せ方も売り方も、口コミを使っての広告力すらもあのショッピングセンターには敵《かな》わない。新しい企画が必要だ」

「おっしゃるとおりですが……」

「具体的にどんなものを？　って訊きたいよな。それが簡単に思いつけるようならとっくにやってる、ってか？」

いちいち先取りされ、丸山はただ頷くしかない様子だった。

「とりあえず、事務所に戻っていろいろ調べてみよう」

「いつもいつもお手を煩わせて申し訳ありません」

「やけに殊勝《しゅしょう》だな、気持ち悪いぞ」

「事業部長……」

軽口が功を奏し、丸山はなんとか笑みらしきものを浮かべた。小難しい顔をして向き合っていても、名案など浮かぶはずもない。苦笑でもなんでも笑顔は笑顔、深すぎる眉間の皺よりずっといいと伝治は思った。

「催事場の企画そのものは年単位で固まってる。でも、実際にはそんなに先まで進んでいないはずだ。企画部と商品部に連絡して、交渉がどこまで進んでるか確かめる。その上で、どこかいじれるところがないか検討しよう」

他で見たことがないようなイベントというのは難しいかもしれない。けれど、近隣で見たことがない、あるいは一部でも新しい企画があれば、客足が戻る可能性がある。

そこに一縷《いちる》の望みをかけ、伝治は堀内百貨店をあとにした。

――ここまで来ておきながら、顔も見せずに帰ったとわかったらあとで文句を言われる。

そんなものはただの言い訳、自分が彼らに会いたいだけだと百も承知で、伝治は古《ふる》湊《みなと》商店街に足を向ける。

焼きたて団子が名物の和菓子屋『あさくら』と、伝治が堀内百貨店に勤めていたころから馴染《なじ》みだった喫茶店『風来坊』。いずれを先に訪れるべきか迷いながら歩いていると、かなり向こうから大きな声が飛んできた。

「高橋さ――ん！」

声の主は『風来坊』のマスター、新田暁だった。

伝治が、この距離でよく俺の姿が見分けられたものだ、と感心して見ている間に、新田はすごい勢いで伝治のところまで走ってきた。しかも、息ひとつ切らしていない。

新田は既に三十代、しかも後半にさしかかっているはずだ。それにしては視力も、声も、体力もありすぎる、と羨ましくなるほどだった。

「相変わらず元気いっぱいだな」

「それしか取り柄がありませんから。それより高橋さん、ずいぶんお久しぶりじゃないですか。もっとちょくちょく顔を見せてくださいよ」

「事業部長がちょくちょく店に来なきゃならないってのは、あんまり良《い》いことじゃないんだよ」

「別に堀内さんに用がなくても、来てくれていいんですよ？　でも……」

また何か問題でも？　と新田は心配そうに伝治の顔を覗《のぞ》き込《こ》む。

先般、堀内百貨店の食品部門が落ち込んだときも、彼はずいぶん心配してくれた。そもそも、新田と知り合ったのは『ふるみなと祭りを盛り上げよう！』というポスターがきっかけだった。

その結果、伝治は彼らの町興し運動を、堀内百貨店の閉店危機を乗り切るために利用したような形になってしまったのだ。思えば、新田に会うとき、伝治はいつも堀内百貨店の存亡に関わるような問題を抱えている。彼が心配そうな眼差《まなざ》しを向けてくるのも無理はなかった。

「地下のフードコート、すごく評判いいですよ。七階のレストラン街との住み分けもうまくいってるみたいですし……。あ、でもやっぱりちょっと……」

「不安要素あり？　たとえばどこに？」

そんな質問に、新田はためらいなく答えた。

「催事場……ですかね。近頃、前ほど人が入ってないように思います」

「鋭いな……」

新田は一見するとちゃらんぽらん、行き当たりばったりのように思える。だが、実は問題点を洗い出す能力が高く、原因の分析力にも長《た》けている。なにより同じサービス業に携わるものとして、わかり合える部分が大きいような気がする。

堀内百貨店に問題が生じるたびに、新田や『あさくら』店主、慶太の顔を見たくなるのは、潜在的にアドバイスを求めてのことかもしれない。こんなに年の離れたふたりに頼ろうとしている自分に気付き、伝治は苦笑いしてしまった。

「問題はいつでもあるよ。堀内は常に俺の頭痛の種だ」

「とかなんとか言って、堀内さんに関われるのが嬉しくて仕方ないくせに。まあ、立ち話もなんですからコーヒーでも飲んでってくださいよ」

そして伝治は、新田に誘われるままに『風来坊』に向かった。

古めかしいカウベルを鳴らしてドアをくぐったところで、新田は用があって出かけてきたところではなかったのかと気になった。

「すまん。君の用事は……？」

「例によって銀行です。用事はもう済ませましたから、ご心配なく」

「そうか……大変だな」

百貨店のように分業体制があるわけではない。個人営業の店主ともなれば、仕入れから会計処理まで全部自分でやらなければならない。カウンターの中で飲食物を用意する以外にも、業務は多岐に亘《わた》るのだろう。

伝治は、販売員時代はひたすら売っていただけ、事業部に移ったあとはもっぱら管理業務。複数の立場を同時に経験することなどなかった。新田や慶太が、伝治が気付けなかった問題点やその原因を指摘できるのは、すべてを同時にこなし、様々な視点から事象を捉《とら》えられるからかもしれない。

もうすっかり伝治の好みを心得、通常の客に出すより遥かに濃いモカを淹《い》れる新田をぼんやり見ながら、伝治はそんなことを思っていた。

自分好みに淹れられたコーヒーを味わいながら、伝治は催事場の売上げ不振について新田に語った。本来、部外者である彼に内情をぶちまけるのは間違っているとはわかっていたが、堀内さんの問題はこの町全体の問題です、と真剣な眼差しで訴えられ、話さざるを得なくなったのだ。

「今、郊外のショッピングセンターを見てきたところなんだ。うちが落ち込んだ原因はよくわかった。でも……」

「具体策がさっぱり浮かばない、ですか」

「そのとおり。向かうべき方向すら怪しい」

この町の人たちが、実際に目にしたことがないようなイベントで、なおかつ短期間で企画できそうなものなんてあるのだろうか。ただでさえ、初めてのイベントは準備に時間がかかるというのに……と伝治は嘆いてしまった。

新田は、珍しく弱気な伝治に戸惑ったような顔で言う。

「うーん……近々開かれる予定のイベントは、もう準備に入っているんですよね？」

「さっき確かめたんだが、少なくとも四ヵ月先までは相手先と具体的な交渉に入ってた。今更キャンセルするわけにもいかないだろう。となると、新しい企画が実行できるのは早くて五ヵ月後。ただ……」

「学生の文化祭じゃあるまいし、五ヵ月で新企画は難しいでしょうね」

企画を生み出すこと自体が難しい上に、関連企業との交渉、開催日時の確定その他諸々《もろもろ》、すべて『採算』を念頭に置いて考える必要がある。起死回生の新企画で大赤字を食っては元も子もないのだ。

「北海道物産展は終わりましたよね。今やってるのはマニア向けの昭和鉄道写真展、来週からは四国物産展でしたっけ。そのあとはお中元？」

「よく知ってるな」

「山城《やましろ》さんから聞きました。実を言うと、このところよく寄ってくれるんですよ」

新田はとても嬉しそうな顔で、湊町のニューマドンナが頻繁《ひんぱん》に来てくれるのは店の宣伝にはもってこいだ、と言う。

だが、伝治には、その発言はただの照れ隠し、宣伝など無関係に奈々《なな》が来てくれることを自体を喜んでいるようにしか見えない。おそらくそれは、新田が奈々に片思いしていることを、伝治が知っているからだろう。

瑠衣《るい》から聞いた話では、新田は奈々を、奈々は神田《かんだ》を想《おも》っていて、新田自身もその三角ならぬ直線関係に気付いているらしい。このままでは新田の想いは成就しそうにない、というのが瑠衣と伝治の共通見解だった。

にもかかわらず、新田はひどく嬉しそうに奈々とのやりとりについて話し続ける。

「山城さん、催事場の落ち込みをすごく気にしてるんです。せっかくフードコートを作って、地下が元気になりつつあるのに、催事場があの調子じゃプラマイゼロだって……」

「まあそうだろうな……」

フードコートは奈々の提唱によって設けられた。一生懸命企画を立て、慣れないプレゼンに挑んでようやく実現にこぎ着けたのだ。しかも結果は上々、閑古鳥が鳴きかけていた地下食品フロアが一気に活気づいた。それなのに、増えた売上げを催事場に食いつぶされては、奈々が嘆きたくなるのも当然だった。

「山城さん、催事場の売上げが上向く方法はないかって、一生懸命考えてます。で、俺に相談に乗ってくれないかって」

新田の顔に『頼られて嬉しい』と大書されている。その素直さは、五十代半《なか》ばのバツイチ、恋愛方面にはとんとご無沙汰というか興味すら覚えなくなって久しい伝治には、まぶしく思えるほどだった。それに、とてもじゃないが、報《むく》われない想いに悩んでいるようには見えない。

――もしかしたら、こうやって新しい企画を練ることでふたりの距離が近づき、山城君の気持ちが動き始めたのだろうか。神田君は山城君に個人的感情を持っていないように見える。それならいっそ、新田君とうまくいくほうが山城君にとってはいいことなのかもしれない。

新田の話は終わらない。

「そういうのは店の人に相談したらどうか、って言ったんですよ。そしたら、できればお店の人には内緒で企画を練ってびっくりさせたい、仕事の上でもっともっと認められたいんだ、って。そう言われたら、応援するしかないじゃないですか」

新田は昔からずっとこの町に住んでいて、堀内百貨店を利用してきた。催事場の企画を長年見続けてきたのだから、客として気付くことも多いはずだ。客の立場である新田と、従業員である自分の考えを統合したらきっといい企画が立てられるだろう。

おそらく奈々はそう考えたのに違いない。

「なるほどな……じゃあ今は、山城君と君で着々と企画を練り上げてる最中ってことか」

「そうなんです、って言いたいところですが、なかなかうまくはいきませんね。いろいろ考えてはみるんですが、どれも実現が難しかったり、ただ面白いだけで売上げには結びつきそうになかったり」

「そりゃそうだ。催事企画部の連中が日夜奮闘してもこの現状だ。一朝一夕にはいかないだろう」

　君としては、あまり早く片付かないほうが嬉しいんじゃないか、という台詞が口から出かかった。だが、さすがにそれは失礼すぎる。動機がなんであれ、彼は堀内百貨店のために一生懸命になってくれているのだ。感謝こそすれ、からかうなんて論外だった。

　実際に言葉が口から出なかったことにほっとしつつ、伝治は話を戻した。

「とにかく、新しい企画を立てるってのは想像以上に難しいことなんだ」

「だからこそ、同じことを繰り返すしかなくなるんですよね。でもそれはそれでわかりやすくていいって考え方もあります。この界隈《かいわい》にも、そろそろ物産展だからあのお菓子を買おう、とか予定を立てて楽しみにしてる人も……」

　新田はそこで言葉を切った。おそらく、同時期に同イベントを繰り返した結果、郊外のショッピングセンターに裏を掻かれ、『予定を立てて楽しみ』にしていた客を攫《さら》われてしまったことも奈々から聞いているのだろう。

「山城さんもすごく怒ってました。あざといことしますよね、あのショッピングセンター……」

「それが商いってものなんだろう」

間抜けなのは俺たちだ、と自嘲した伝治を慰めるように新田は言う。

「そうなのかもしれませんが、少なくともこの町じゃあんなやり方は許されませんよ。古湊、新湊《しんみなと》、そしてうちや堀内さんみたいな国道沿いの店……みんながうまくやっていけるように、泣き寝入りする店が出ないように力を合わせる、それが俺たちの姿勢です」

「ありがたいことだ」

大手資本の百貨店やスーパーと地元商店街の対立なんて、全国津々浦々で起こっている。その対立姿勢がこの町にはない。それだけでもありがたいのに、この町の人々は、祭りの神酒所《みきしょ》から入った注文を譲ってくれたり、売上げに貢献するために今すぐ必要じゃないものまで買ったり、と堀内百貨店の存続に腐心してくれた。

彼らは、口を揃えては『堀内さんがなくなったら、人の流れが変わる』と言ってくれるが、このところ古湊商店街も新湊商店街もずいぶん元気になってきた。若者たちが中心となって復興に努めたふるみなと祭りは、一二年続きで観客数の記録を更新した。

一時は廃《すた》れていた縁日の出店も復活、毎月、観世音菩薩縁《かんぜおんぼさつゆかり》の日とされる十八日になると水風船や綿飴《わたあめ》の袋を手にした親子連れが行き来しているという。

たとえ堀内百貨店がなくなったとしても、彼らは彼らなりに頑張っていく。そう信じさせるものが、商店街にあるひとつひとつの店から漂ってくるような気がした。

「君たちは本当によく頑張った。いや、今も頑張ってる。まあ、うちの若いのもそこそこやってくれてはいるけどね」

自分のところの従業員を手放しに褒めるのはみっともない。そんな思いから、控えめな表現に止めた伝治に、新田はにっこり笑った。

「高橋さん、変わられましたよね」

「え、なにが？」

「前なら、そんなふうにはおっしゃらなかった。初めてうちに来てくださったときなんて、顔に『今の若い連中ときたら……』って、書いてあるみたいでしたからね。まあ、俺たちは部外者ですから褒めることもあったかもしれませんが、少なくとも『君たちは本当によく頑張った』の後に続くのは『それに引き替え、うちの奴《やっ》らは……』とかだったような気がします」

「あ……」

新田の観察眼の鋭さに、伝治は恥じ入らんばかりだった。

確かに、一昨年、初めてこの店で新田に会ったとき、自分の中には新田を認める気持ちは少しもなかった。それどころか、慣れ親しんだコーヒーの味や店の雰囲気自体が変わったことを不満に思い、新田の経営方針を貶《おとし》めるようなことを考えていたのだ。

ところが新田と慶太、そして神田をはじめとする堀内百貨店の若い従業員たちと行動を共にするうちに、伝治の考えは変わった。若者たちが内に秘めた力を見いだし、さらに大きく育てることこそが年長者の役割だと気付かされたのだ。

「とんでもないクソオヤジだったよな、俺は……」

「そこまでじゃありませんよ。それに、高橋さんの年代の人にとって『今時の若者は』っていうのは、デフォだと思います。たとえ、とんでもないクソオヤジだったとしても、ここまで見事にリカバリーできたんだからノープロブレムですよ。商店街の人の中にだって、高橋さんに感化された人はたくさんいるんですから」

「そんなはずは……」

「あるんですよ」

商店街の人たちの中には、かつて堀内百貨店に勤めていたころの伝治を覚えている者もいたそうだ。この町を離れてから相当な年月が経《た》っていたし、伝治の容貌《ようぼう》も変化していたため、すぐには思い出さなかったらしい。

だがあるとき、『堀内百貨店のマドンナ』である花村《はなむら》瑠衣や、『ニューマドンナ』と呼ばれるようになった山城奈々の口から伝治の噂話《うわさばなし》を聞き、それは昔堀内百貨店の店長だった人ではないか、ということになったらしい。

「……それはさぞかし悪い噂だったんだろうな……」

「まさか。花村先輩はいつも『今の自分があるのは事業部長のおかげだ』って言ってます」

「それは、半分ぐらい嫌みじゃないのか？」

「そんなわけないじゃないですか。それに山城さんだって、高橋さんのことをすごく尊敬してます。ここだけの話、丸山店長よりもずっと店長らしい、あの人が店長のときに働きたかった、って言ってたぐらいです」

「それは比較対象の問題だよ。あ、でも、丸山だってこのところずいぶん頑張って……」

そこで伝治は、さっき郊外のショッピングセンターに同行した際、以前と今の丸山を比較したことを思い出した。そういえばあのときも、丸山は変わった、これはかすかな光明だ、などと感じたものだ。丸山すらも評価するようになった自分にくすぐったさを覚え、伝治は照れ笑いしてしまった。

「とにかく花村先輩も山城さんも高橋さんを悪く言ったりしてないし、商店街の人たちだって高橋さんを見習って、若い人を前に押し出して、自分たちはバックアップをする傾向が出てきたんです。それこそ、ちょっと前なら散々聞いた『若い奴らはなっちゃいねえ』って台詞が聞こえてこなくなりました」

今でも伝治は現場主義だし、自分ほど腰の軽い事業部長はいないと思っている。ただ、ふるみなと祭りの復興運動で堀内百貨店の窓口を神田に譲ってから、自ら表に出ないようになったことは確かだ。

検証はしっかり自分の目でおこなうが、実働は後進に譲る。その姿勢が、ふるみなと祭りの復興でも地下フロアの改装でも成功の鍵《かぎ》になったのではないかと自負している。あのとき、伝治や丸山、そして高島が前面にしゃしゃり出ていたら、あんな斬新《ざんしん》なアイデアは出てこず、閉店危機を乗り切ることはできなかっただろう。

さらに、それを瑠衣や奈々、町の人たちが評価してくれていると知って、伝治はとても嬉しかった。

「いつまでも年寄りが前で頑張ってたら、若い奴らはやりにくくなる一方だ。それがわかってても引けないこともある。俺の場合は、君たちみたいに自分の代わりに頑張ってくれそうな人間を見つけられたからラッキーだったんだよ。町の年寄りたちだって、任せられる人がいなければ後ろに回ったりできないさ」

「でもそれはそれで大変ですよね。後ろに回ったからといって、なにも考えなくていいってわけじゃないし……。むしろ自分が動いたほうが、やきもきしなくて済むかもしれません」

部下がいたらいたでいろいろあるんでしょうね、と新田は伝治の立場に理解を示した。彼が上司と部下の関係に言及するのは珍しい。『風来坊』にも何人かアルバイトがいるようだが、彼らが問題でも起こしているのだろうか。

今日もひとりアルバイトが出勤してきており、彼は目下、出来上がったサンドイッチをテーブル席に届けにいっている。離れているとはいえ狭い店内のこと、耳に入ってはまずいということで、伝治は精一杯声を潜めて訊いてみた。

「どうした？　ここの子に、なにか問題でもあるのか？」

新田は心配そうな伝治の顔を見て、きょとんとしている。やむなく伝治は説明を加えた。

「君が部下の話をするなんて珍しいから、もしかしたら君自身が上下関係に悩んでるのかな、と思って」

「え？　いや、俺のことじゃありません。俺は部下のことで悩むほど、立派な人間じゃありません。そうじゃなくて、花村先輩のことです」

そこで新田は、つい最近、瑠衣が『風来坊』に立ち寄った際のことを教えてくれた。どうやら彼女は、仕事を終えたあと来店し、夕食を取って帰ったらしい。

「山城君だけじゃなくて花村君まで？　人気急上昇じゃないか」

伝治同様、瑠衣も昔から『風来坊』を利用していることは知っていた。新田がマスターになってから、サンドイッチやパスタの一皿あたりの量が減り、女性にも利用しやすくなったと喜んでいたから、以前よりも頻繁に利用しているのかもしれない。

とはいえ、それはもっぱら勤務中の休憩時のこと。伝治としては、彼女はかなりのグルメだし、夕食を喫茶店で済ませることはないと思っていたのだ。

「もしかして、女性向けの夕食メニューでも増やしたのか？」

「とんでもない。ただでさえうちは、喫茶店にしてはフードメニューが多いんです。これ以上、増やす余裕なんてありませんよ」

「だったらなぜ……」

「たまたま気が向いたんじゃないですか？　あるいはご両親がお出かけか何かで、手っ取り早く食事を済ませて帰りたかったとか」

理由はわからないが、とにかくその日、瑠衣は『風来坊』にやってきてカウンターに座った。

彼女は海老ピラフセットを注文したが、作り終えて目の前に出しても、なんだか深刻そうな面持ちでため息ばかりついていた。寄ってくれるのはありがたいが、どう見ても仕事を終えてほっとしているようには見えない。高校時代からの先輩後輩の気安さもあって、新田は声をかけずにいられなかったという。

「『どうしたんですか、堀内さん、またヤバいんですか？』って、訊いたんです。もちろん冗談です。山城さんから、フードコートとかレストラン街はいい調子だし、催事場以外はそこそこ客が入ってるのは聞いてましたし」

「今のところはな……。で、花村君はなんて？」

「今の高橋さんと同じような感じでした。『大丈夫。今のところ、新田君たちに無理な買い物をしてもらうようなことにはなってないわ』って……」

「その『今のところ』ってのが厳しいところだが、さすが花村君、よくわかってる」

「ですよね。で、俺、続けて訊いたんです。じゃあ、なんでそんな不景気な顔してるんですか？　って。そしたら花村先輩、言ったんですよ。『ここには、仕事が合わないって言い出す子はいない？』って……」

「それで？」

「それで俺、あんまりいませんね、って答えたんです」

『風来坊』のように小さな喫茶店の場合、仕事はそう難しいものではない。これでもけっこう人を見る目はあるし、もともと合わないようなタイプは採用していない。学生が多いから、勉強や就職の都合で辞めていく子はいても、仕事そのものが嫌だと言った子はいなかった、と新田は説明したらしい。だが、それを聞いた瑠衣は、前よりもっと深いため息をついたそうだ。

「花村先輩、カウンターに突っ伏さんばかりでした。この店なら、仕事は接客って決まってるものね。入ってみたら、思ったのと違う、なんてことにはならないか……って」

「なんだそりゃ。それじゃあまるで、花村君が仕事が合わなくて困ってるみたいじゃないか」

「でしょ？　だから俺、もしかしたら花村先輩は仕事を辞めたいんじゃないかって」

新田は、海老ピラフに手をつけようともしない瑠衣を見て、そんなことを考えたらしい。

「そもそも外食における花村先輩のセオリーは、とにかく一口でもいいから出来たてを食べることなんです。それが作った人間への礼儀だって……。出されたものにすぐ手をつけないなんて、異常事態としか思えません。これは相当深く悩んでる、もしかしたら本当に辞めちゃうかも……って」

「いや、それはないだろう！　ないと言ってくれ！」

今、堀内百貨店から瑠衣がいなくなったら、あの店はお先真っ暗だ。ただでさえ、催事場の売上げが急落しているというのに、『堀内のマドンナ』目当ての客が見込めなくなったら、それこそ一昨年に逆戻り。いや、あのとき以上に悪い状態になるかもしれない。こんなことをしている場合ではない。店に戻って瑠衣の真意を確かめねば！

焦って腰を浮かせかけた伝治を、新田は慌てて押しとどめた。

「高橋さん、落ち着いてください。それは完全に俺の誤解でしたから！」

「は……？」

「もしかして、辞めたいんですか？　って訊いたら、思いっきり笑われました。『辞めてどうするのよ、養ってくれる人もいないのに』って」

声は笑っていたけれど、目は全然笑っていなかった。とんだ地雷を踏んでしまいました、と新田は苦笑した。

「そうか……それはよかった。とすると……」

「花村先輩、そのあとぼそっと呟いたんです。『うちに、仕事が合わなくて悩んでる子がいるのよ』って。たぶん、社員さんじゃないかな……」

「社員……」

アルバイトやパートが入れ替わるのはよくあることだし、いちいち瑠衣が頓着《とんちゃく》するとは思えない。彼女が気にするとすれば、おそらく社員の誰かだろう。そこで伝治は、『悩んでる子』に該当しそうな顔を思い浮かべてみた。

たびたび閉店候補に名を挙げられるような店である。新入社員の採用もここ数年控えてきた。堀内百貨店で一番若いのは、山城奈々あたりだろうか……

そこで改めて新田の顔を見た伝治は、彼の真剣そのものの顔にはっとさせられた。

「山城さんってことはないですよね？」

売り場ではいつも明るいし、客から声をかけられてもテキパキ対応している。接客は苦手じゃないとばかり思っていたが、あれほど地下フロアの改革や、催事企画に頑張っているところを見ると、本当は売り場担当から抜け出したがっているのかもしれない。プレゼンは苦手だが、企画自体は楽しいという人だっているはずだ、と新田は眉根《まゆね》を寄せた。

「いやでも、彼女は違うだろう。彼女が地下フロア改革や催事企画に頑張ったのは……」

そこで伝治は言葉を切った。さすがに、神田に気にいられたいから、と続けるのは酷すぎた。

おそらく伝治の気持ちに気がついたのだろう。新田は、小さくため息をつくと、自ら神田の名前を口にした。

「わかってます。山城さんがいろいろ頑張ってるのは、神田さんに認めてもらいたいからなんですよね。でも、まったく関心が持てないことには頑張れないし、結果だって出せません。『仕事が合わない』っていうのは、山城さんの売り場から出してほしいっていうアピールかもしれません。売り場担当から企画部に行くのって、やっぱり栄転なんでしょう？　能力を認められたってことになれば、神田さんの評価だって上がります」

「栄転かどうかはわからないよ。店では使いものにならないから異動させる場合だってある。でも、それよりなにより、店から出たら神田君と会えなくなる」

それを承知で企画部に異動したいと考えるかどうか、伝治には疑問だった。

「心配ない。山城君は花村君を目標に頑張ってきた。今では『ニューマドンナ』と呼ばれるぐらいになったんだ。人と接するのが苦手なんて考えられない。俺は、山城君じゃないと思う」

「だといいんですけど……。本当は寿退社なんだけど、それだと理由として今イチだから……ってことは？」

神田を驚かせようと内緒で頑張ってみたが、思った以上にうまくいかない。そこで方針を変更、神田にアドバイスを求めた。奈々が、担当の地下フロアばかりでなく催事場のことまで考えていると知ったら、神田の彼女に対する評価はぐっと上がるに違いない。ふたりの仲が急接近した結果、寿退社に至ったのでは、と……新田は想像をたくましくする。

寿退社という言葉は、今はもう死語に近い。伝治が知る限り、結婚後も仕事を続ける女性は多いし、全国的にもその傾向にあるようだ。だが、相手によっては仕事を続けられないこともある。もっと言えば、妊娠、出産によって、働くに働けない状況に陥る可能性だってあるのだ。神田、あるいはそれ以外の相手と結婚が決まりかけているとしたら、『仕事が合わない』を理由に退社を言い出すかもしれない、と新田は青ざめる。

――もうこれは想像じゃなくて、妄想の域だな。

万が一、奈々が結婚がらみで退社したがっているとしたら、新田の受けるダメージは計り知れない。だが、それを疑うにはあまりにも根拠が薄かった。

「山城君は花村君に恋愛相談をしていたぐらいだぞ。相手が誰であれ、結婚が決まったとしたら花村君に報告しないわけがない」

「そうか……そう言われればそうですよね」

「十中八九、山城君の線はない。でも、辞めたがってる社員はいるんだろう。本来は花村君が対処すべき問題だが、俺も彼女との付き合いは長いから、相談に乗れることは乗ってやりたい。一度それとなく連絡してみるかな……」

「それがいいと思います」

寿退社はもちろん、それ以外の理由であっても奈々に堀内百貨店からいなくなられては、今のように催事企画について話し合うことはおろか、会うことすらできなくなる。ようやく距離が一歩近づいたばかりだけに、新田には辛いところだろう。退社希望者は奈々ではない、と伝治に明言され、新田の表情に明るさが戻った。

わかりやすい奴だなあ……と半ば感心しながら、伝治は残り一口となっていた濃いモカを飲み干した。


——退社希望か……気になる話だな。とはいえ、さっき行ったばかりの店に引き返すのもなんだ。夜にでも電話をすることにして、とりあえず『あさくら』に顔を出すとするか。


『風来坊』を出た伝治は、古湊商店街に足を向けた。

アーケード街に入るなり、団子を焼く香ばしい匂《にお》いが漂ってきて目尻《めじり》が下がる。『あさくら』の前に行列は見えないが、客は注文だけしてよそに買い物に行っているのだろう。近づいてみると案の定、包装台として使っている長テーブルにたくさんの付箋《ふせん》が貼《は》られていた。

「相変わらず盛況みたいだね」

「あ、高橋さん！」

わかりやすい男パート2登場、とでも呟きたくなるほど、慶太は嬉しそうな声を上げてくれた。

彼は、どんなに忙しそうなときでも満面の笑みで迎えてくれる。それはおそらく、伝治に限ったことではないはずだ。団子の味もさることながら、この笑みを見たくて店を訪れる客もたくさんいるのだろう。

「しばらくだったね」

「もうちょっと頻繁に顔を見せてくださいよ。でもちょうどよかった。近々連絡を差し上げようと思ってたところなんです」

「連絡？　なにか変わったことでもあったのか？」

「ええ。実は、新湊の神輿《みこし》が完成しました。今年のふるみなと祭りは、古湊と新湊の神輿のそろい踏みです」

「そうかあ……とうとう。じゃあ、『花菱《はなびし》』の親爺《おやじ》はさぞや気合いを入れてるだろうな」

彼には確か持病があったはず。あまり無理をしないといいのだが……という伝治の心配を、慶太は笑って否定した。

「持病なんてどこへやら、菱田《ひしだ》の親爺さん、目茶苦茶元気になっちゃって、ここらの若い連中はてんてこ舞いです」

自ら練習用の神輿を作り上げ、やれ腰が入ってないだの、足並みが揃ってないだの言いたい放題。担ぎ手に駆り出された若者たち——とはいっても、軒並み三十代後半から四十代なのだが——は辟易《へきえき》しているそうだ。

「あの親爺さん、『菱田』っていうのか。『花菱』の菱は『菱田』の菱だったんだな……」

「ご存じなかったんですか？　昔から通われてると聞いてたので知っているとばかり……。でもまあ、そんなものかもしれませんね」

ちょっと意外そうに言ったあと、慶太はまた、神輿の練習について話し始めた。

「ふるみなと祭りの復興運動をきっかけに、年寄りも若いのもけっこう仲良くやってきてたんです。でも、神輿の練習が始まってからちょっと不協和音が出てきて……」

菱田の親爺さんが元気なのはいいことだが、それはそれで困ったことなのだ、と慶太は渋《しぶ》い顔になった。

新湊商店街の人たちにしてみれば、いくら神輿が上手に担げるようになったところで、みんな自分の店を持っているのだから、祭り当日に神輿を担ぎっぱなしというわけにはいかない。そもそも担ぎ手の数だってまだ揃っていないし、最悪の場合、よそから助《すけ》っ人《と》を呼ぶことになる。

どうせ入れ替わり立ち替わり、あるいは当日限りのメンバーになるなら、時間と労力を割《さ》いて練習するほどのことはないのではないか、という声が高いそうだ。

「一理ある……って、担ぎ手の問題は古湊も同じじゃないのか？　新湊の連中がそっくり新しい神輿のほうにいっちまえば、どうしたって人が足りなくなる」

一昨年、伝治もふるみなと祭りの神輿行列を見た。学生時代に無理やり駆り出されて担がされたときとは段違いで、担ぎ手もたくさんいて交代もスムーズにおこなわれていたと記憶している。

伝治は商店街の人々の顔をよく知らなかったので、誰が町の人で、誰が助っ人かまではわからない。それでも、担ぎ手の確保問題については、新湊も古湊も大差ないように思えた。

ところが、そんな伝治の考えを聞いた慶太は、あっさり首を横に振った。

「古湊と新湊ではそもそも商店の数が違うんです。しかも、古湊は職住一致っていうのか、店の二階に住んでいる人が多い。新湊はあとからできた町のせいかオフィスが多いし、店舗にしても住まいは別ってところが大半なんです」

「それが何か関係あるのか？」

「あります。そこに住まいがあるってことは、家族がいるってことなんです。息子や娘に神輿を担がせることもできるし、彼らが担ぐのを嫌がっても店番ぐらいはさせられます。現に、ふるみなと祭りで最初から最後まで神輿を担ぎっぱなしになる人はいません。みんなちょっとずつ交代で、自分の店の近辺だけ担いだりするんですよ」

「そういえば君たちもそうだったね」

堀内百貨店の前を通る神輿行列の中に、慶太や新田の姿があった。伝治は、店は大丈夫だろうかと気になったものの、瑠衣の『無理を言って替わってもらったらしい』という説明に安堵した。

それは住まいと店が隣接していて、日常的に仕事を手伝っているからこそできることだ。新湊のように店と家が離れていては、ピンチヒッターの立てようもない。従業員はいるのかもしれないが、祭りでたくさんの客が見込まれるというのに、店員を減らすなんて考えたくもないだろう。

家族揃って料理屋を営み、しかも店を開けるのは夕方以降という『花菱』は例外中の例外なのだ。

「新湊の人たちの中で、神輿を担いでくれていたのはほんの数人です。店番を替わってくれる人もいないのに、神輿なんて担げません。その状態で神輿を作るなんて無謀としか思えませんが、菱田の親爺さんが押し切ってしまいました。まあ、親爺さんにそう思わせるぐらい、一昨年のふるみなと祭りはうまくいったってことでしょうけど……」

「確かになあ……。だが、実際問題、担ぎ手の確保は頭が痛いな」

「そうなんですよ」

慶太は、完全同意といわんばかりだった。

神輿がふたつになるのは賑やかでいいことのように思えるが、それも十分な担ぎ手が確保できてこその話だ。

一昨年、『花菱』でふるみなと祭り復興の相談をしたとき、菱田は新湊に神輿がないことを悔《くや》しがっていた。だが、その時点では新湊の神輿を作るのは無理だと諦めてもいたのである。それなのに、実際にふるみなと祭り復興が盛り上がってきたら、彼は神輿を作ると言い出した。その責任の一端が、自分にあるようで、伝治は気が咎《とが》めた。

「古湊みたいに、うまく数が揃えばいいんだがなあ……」

「そうですね……。ふるみなと祭りが盛り上がったおかげで、神輿を担ぎたいって人も少しは増えました。特にうちには、若い子たちがけっこう来てくれましたし」

一昨年、学校で『浮いちゃってる』子どもを神輿に参加させてくれないか、と頼まれて、中学生をひとり担ぎ手に加えた。幸いなことに、彼は相当楽しかったらしく、来年も神輿を担ぎたいと言ってくれた。そして翌年、彼は所属していたフリースクールの仲間を引き連れてきてくれたそうだ。

とはいえ、彼らはあくまでも助っ人、本番はもちろん、練習時ですら、怒鳴りつけるようなことはしなかった。まるで祖父母が孫を見るような温かい目で見守り、怪我《けが》や事故を防ぐために最低限必要なことを教えるにとどめたそうだ。

「おかげで、みんなすごく生き生きと楽しそうでした。練習だって必ず来てくれたし、当日もほとんどの子が最初から最後まで頑張ってくれました。ご家族の方も、うちの子のこんな姿を見られるなんて……って」

「でもって、最後はみんなで手締め、か……青春ドラマだな」

「まあちょっとそんな感じはありました。でも、神輿が増えたら必要な担ぎ手の数も増えて、やっぱり足りないってことになっちゃいます。それに、今のままだと菱田の親爺さんに怒鳴りつけられるのが嫌で、来てくれなくなる子が出かねません。せっかく確保した担ぎ手なのに……」

「少ない担ぎ手で、全員へとへと。神輿に潰されそうになりながら、矢来神社前《やらいじんじゃ》でよろよろと揉《も》み合う……視聴率は取れそうにないな」

「茶化《ちゃか》さないでください」

「すまん。だが、なんだってそんなに頑張るかな、あの親爺さん……」

「立派な神輿行列にしようと一生懸命になってくださってるのはわかるんですが、空回りしすぎているというか、相手を見ていないというか……。それで……」

そこで慶太は言葉を切り、すがるように伝治を見た。

これはまずい展開だ……と逃げ出したくなった。おそらく慶太は、伝治に菱田を説得してほしいのだろう。案の定、慶太の次の言葉は神輿の練習に伝治を誘うものだった。

「高橋さん、今度一度、神輿の練習を見にいらっしゃいませんか？　若い子がたくさんいますから、元気をもらえますよ」

「でも、その若い子はみんなして怒鳴りつけられてるんだろう？　そんなの見たくないぞ」

「だから、それをなんとかしてくださいよ。菱田の親爺さんがちょっとやり方を変えてくれれば、みんな和気藹々《わきあいあい》とやれます。彼らだって、ちょっと叱られるぐらいなら平気なんです」

一昨年も、去年もまったく叱られなかったわけではない。神輿の担ぎ方など知らないから、つい危ないことをしそうになって、思わず本気で怒鳴った年寄りもいたそうだ。

それでも彼らは素直に従い、おまけに嬉しそうな顔までしたという。

「たぶん、そんなに本気で叱られたことがなかったんでしょうね。親も先生も腫れ物《はれもの》を扱うようだった、って言ってましたから」

「当事者ならそうなるのも無理はないけどな」

「かもしれません。いずれにしても、問題なのはやり方、言い方なんです。一日中頭ごなし、ってことじゃなければきっと受け入れてくれるはず。そのあたりを菱田の親爺さんにやんわり……。あ、そうだ、差し入れとかも大歓迎です！」

「狙《ねら》いはそっちか！」

　まあそれは冗談ですけど、と頭を搔きながらも、慶太は練習を見に来てほしいのは本当だと重ねた。

「『ふるみなと祭りを盛り上げよう！』運動は、堀内百貨店さん、ひいては高橋さんがいなければ形になりませんでした。祭りをきっかけに、たくさんの人がこの町に来てくれるようになり、商店街は息を吹き返しつつあります。ふるみなと祭りもかなりいい感じになってきました。ここで流れを止めるわけにはいきません」

　菱田の親爺さんはとにかく頑固だ。説得が難しいのはわかっているが、なんとか力を貸してほしい。古くからの客である伝治の言葉なら、少しは聞いてくれるかもしれない。

　そう言って、慶太は頭をぺこりと下げた。

「わかった。あの頑固親爺が新しい神輿を作ったのも、元はといえば俺のせいかもしれない。自分がつけた火の始末は、自分でやれってことだな」

「え、いや、誰もそんな話は……」

「冗談だ。ま、なんとか時間を作って見に行くようにする。とはいっても、予定が合うかな？」

「本番はまだ先ですし、そんなにちょくちょくやってるわけじゃありません。俺の勝手なお願いですから、予定が合えば、ってことで」

「了解。なるべく調整する。ついでに何か差し入れよう」

その場で慶太に、担ぎ手たちの連絡用に作られたというSNSからの招待手続きをしてもらい、なんとか参加。彼らの練習スケジュールも把握できるようになったところで、伝治は無事解放された。

「よろしくお願いします。あ、これ……」

そう言うと、慶太はレジ袋に和菓子をいくつか入れてくれた。

「いつもすまないなあ……。でも、正直嬉しいよ。じゃあまた」

「お気をつけて」

そして伝治は、団子と和菓子の入ったレジ袋をぶら下げ、来た道を戻り始める。

お茶屋には客が何人かいて、ベンチに腰掛けてお茶を試飲している。爪楊枝《つまようじ》を持っているから、佃煮《つくだに》の試食もしているのだろう。団子が焼けるのを待っている間にお茶や佃煮を試し、気に入ったものを買っていく、というシステムはうまく運んでいるようだ。

『おかず屋はる』はシャッターを閉めたままだが、店は堀内百貨店の地下に移転済みだし、今頃ははるが二階でのんびり過ごしていることだろう。

――何のかんの言って、うちよりも古湊商店街のほうがうまくいってるよな……

そんな寂しいことを考えつつ、伝治は国道沿いのバス停に向かう。

このまま『花菱』に寄れば手っ取り早いと思わないでもなかったけれど、時刻は午後三時。ここであと二時間以上潰すのは難しい。なにより、神輿の練習がどんな様子になっているのか確かめてからのほうがいい。『花菱』の店主の説得と神輿の練習はセットで次回送りにすることにして、伝治は湊町をあとにした。

＊＊＊＊＊＊＊＊

名古屋に戻る特急の中で、伝治は郊外のショッピングセンターから客を取り戻す企画について考え続けていた。

スマホで全国の百貨店のイベント情報を検索する一方で、車内広告にも目を走らせる。だが、いずれもどこかで見たような企画、しかも過去に堀内百貨店がおこなったイベントばかりだった。

催事場企画についての具体的な打ち合わせは四ヵ月、どうかすると半年先の分まで進行している。それらを無駄にすることなく、新しい企画を立てるのは至難の業。それは百も承知だが、どこかに打開策はないものか。

——結局、イベントについて行き詰まっているのはどこも同じなのかもしれない。

だからこそ、よそがやってるイベントの先取りなんてことが起きてしまう。新しい企画を生み出せるならそんな必要はないもんな……

北海道、東北、飛騨高山《ひだたかやま》、京都奈良に大阪、中国、四国、九州……

検索窓に『物産展』『百貨店』という言葉を入力すると、ありとあらゆる地方名がヒットする。もはやスポットを当てられていない地域はないように思えたし、もしあるとすれば、それは本当に『売れない』あるいは『売るべき物がない』地域なのだろう。

暗い気持ちのままに時計に目をやると、名古屋まではあと二十分少々になっていた。打開策は浮かんでこない。やむなく伝治は、鞄《かばん》から雑誌を取り出した。なにか、参考になる記事があるかもしれない、と期待してのことだった。

ぱらぱらとページをめくり、旨そうな蕎麦に目を留める。

蒸籠《せいろ》に盛り付けられた蕎麦は、細打ちで艶々《つやつや》と輝いている。てっぺんには細く刻まれた海苔《のり》、脇《わき》には蕎麦つゆと薬味が数品添えられていた。

——なんて旨そうなんだ！　こういうのを見るとすぐに蕎麦が食いたくなる。とは言っても、名古屋には、この間の東京みたいな気軽に使える旨い店が少なそうだなあ……

やはり名古屋で食すべきはきしめん、味噌煮込みうどん、あるいは台湾ラーメンか。せっかく独特の麺《めん》文化があるのだから、それを楽しむべきだろう。なにより伝治は、そういった麺類をかなり気に入っていた。

　蕎麦は東京出張のときにでも、と考えつつも写真から目が離せない。それほど、旨そうな蕎麦だった。せめて店の名前を覚えておいて、機会があったら訪れてみようということで、伝治は文字を追ってみた。

　その結果わかったのは、それは蕎麦屋ではなく、ふるさと納税返礼品について書かれた記事だということだった。つまりその蕎麦は、ふるさと納税の返礼品だったのだ。

　ふるさと納税のお礼にその土地の名産品を贈るというやり方がずいぶん広まってきた。その地方ならではの珍しいものが手に入るし、節税にもなるということで利用者は増える一方らしい。

　だが、伝治にはちょっと受け入れがたい感覚だった。

　ふるさと納税はそんなにいいものだろうか。いくら名産品が手に入るにしても、わざわざ面倒な手続きをするぐらいなら、ほしいものを買ったほうがいい。

　そんな理由から、伝治は今までふるさと納税をしたことはなかった。

　ところが、目の前の雑誌はふるさと納税にかなりのページを割いている。どうやら世間には、衣食住にわたっていろいろな返礼品をもらい続けている『ふるさと納税フリーク』がたくさんいるらしい。返礼品から納税先を検索できるサイトも紹介されているし、返礼品も多種多様、選び放題のようだ。

時間もあることだし、と続けて記事を読んだ伝治が次に目を留めたのは酒だった。

――へえ、酒まであるんだ。そういえばこの間、会議の帰りに東京で呑んだ酒は旨かった。初めて呑む銘柄だったが、米の香りと旨みがしっかり感じられるふくよかな酒だった……。この酒も、なんだかすごく旨そうだ。さっきの蕎麦との相性はどうだろう。おい、ちょっと待て、こっちには蟹《かに》が出てるじゃないか。味噌が残った甲羅に熱燗を注いだら……

そんな想像に、伝治は思わず涎《よだれ》を垂らしそうになる。

取れたての農産物や海産物が返礼品として届く。しかも、ふるさと納税は地域振興の目的もあるせいか、返礼品は地元の小さな企業から選ばれることが多い。百貨店やスーパーどころか、通販にさえ出品されていない商品もあり、客の目を引きやすい。

――返礼品ばっかり集めた物産展っていうのは面白いだろうな。全国の返礼品をばーっと展示して、気に入ったものが見つかり次第、その場で納税……いや、それじゃあ、店はちっとも儲からない。ただ、俺が旨いものを食いたいだけだな……

消費者、納税者としての興味が、流通業者としてのそれを上回ったことに気付き、伝治は苦笑いを浮かべた。

客が興味を持ちそうなことを企画する、というのは商業の基本中の基本ではあるし、買う側の立場になって考えるのは悪いことではない。だが、対象がふるさと納税ではどうしようもない。

ただ面白い、興味が持てると思っても儲からないようでは意味がないのだ。

——俺たちバブル世代っていうのは、頭のどこかに『なんとかなるさ』って気持ちがある。だからこそ興味のままに駆けだして、一か八かの勝負に出られるってのも事実だが、そこに問題がないわけじゃないよな……

そんなことを考えているうちに電車は名古屋に到着。伝治は中部事業部事務所を目指して歩き出した。

ぼーっと歩いていてもちゃんと会社に着くというのはある意味すごい。俺は根っからの会社人間なんだな、と半ば感心しつつ中に入ったところで、マーケティング部長の高島達也《たつや》に出くわした。

「お、高島、ちょうどいいところで会った。ちょっといいか？」

「よくない。今から、出かけるところだ」

「どこに行くんだ？」

「商談。それ以外に俺が外に出る理由があるか？」

「あのな……」

その中身を訊いてるんだろうが、と脱力する伝治をからからと笑い、高島は用向きを話した。

「今度、信州で魚ばっかりの物産展をやるだろ？　その関係の打ち合わせ」

「ああ、あの、肉ばっかりのやつの対抗企画か……」

昨今、全国のあちこちで肉やその加工品に特化した物産展がおこなわれ、好評を博している。

五代グループも年に何度かそういった物産展を開いてはいるが、今回はその対極で、魚ばかりの物産展を企画した。当たるかどうかはわからない、というか、伝治は、魚離れが著《いちじる》しい昨今、敗色が濃いと見ている。それでも、高島はマーケティング部長として、少しでも魅力的な商品を見つけ、企画を成功させようと頑張っているのだろう。

「方針は固まったのか？」

「日本人なら魚を食え、ついでに酒を呑め。ま、そんな感じでいこうかなと思ってる」

「魚と来たら酒だが、それだけでなんとかなるかな……」

「それはやりようだろう。とにかく、行ってくる」

じゃあな、と言い置き、高島は出ていった。

相変わらず『やる気』ばかりか、魅力的な商品を『狩る気』満々の同期を見て、伝治は反省することしきりだった。

「酒と魚か……。そういえば、花村君に連絡をしないと……」

そこでそれに気付いたのは、酒つながりで後藤里美《ごとうさとみ》を思い出したからだ。

新田はもっぱら、奈々の退社を懸念していた。だが実はあのとき伝治は、辞めたいといいだしたのは後藤里美ではないかと疑っていたのだ。

彼女はもともとバレー部員として堀内百貨店に入社してきた。ところが、不況の波に飲みこまれバレー部は廃部、辞めていく部員が多い中、堀内百貨店に残り、酒売り場を担当している。

特に仕事ができないというわけではない。むしろ、酒についてしっかり勉強しているし、売り場作りにも頑張っている。だが、どこか売り場に馴染めていない。いや、馴染めていないというよりも、常に緊張しきっているような気がするのだ。

新田にも様子を探ってみると約束したことだし、忘れないうちに……ということで、伝治は事業部長室に戻るなり、瑠衣にメールを打つことにした。

とはいっても、メールでやりとりするような内容ではない。中身は、新湊の神輿が完成したと聞いた、お祝いをかねて近いうちに若い連中を含めて一杯やらないか、というものに留《とど》めた。

伝治からこんな誘いをかけるのは珍しい。日頃から瑠衣は、伝治に若い従業員との親交を奨励している。このメールを読めば、早速日程を詰めようと連絡してくるはず、との読みだった。


その日の夜、時計が九時を回ったころ伝治のスマホが着信を告げた。

堀内百貨店、その他への訪問に時間を取られ、伝治が帰宅したのは午後八時過ぎ。缶ビールと持ち帰り弁当でわびしい夕食を終え、パソコンの前に席を移してウイスキーの水割りを呑んでいるところである。

画面に表示されていたのは瑠衣の名前だった。

「夜遅くに申し訳ありません。今日は遅番で……」

「いやいや、こっちこそ。メールの件だろ？」

「はい。それにしても珍しいですね、事業部長からこんなお誘い」

瑠衣は嬉しそうな、それでいてどこか疑っているような声を出す。

察しの良さは相変わらずだな、と感心しながら、伝治は今日湊町を訪れたことを瑠衣に伝えた。

「ああ、なるほど……。店長がご自分の車で外出なんて珍しいと思ってたら、事業部長のお伴《とも》だったんですね」

瑠衣は昼の休憩時、銀行に向かう途中で丸山の車を見かけたそうだ。どこにでもある車種なのに、と思っていると、どうやらナンバーが特殊で見つけやすいらしい。車を見たから丸山が出かけたことはわかったが、伝治が乗っているとは思わなかったのだろう。

「郊外のショッピングセンターを見てきた。あっちはいい感じに客が入ってるな」

「そうなんですよね……。ここ二年ぐらいで、ちょっとは盛り返したかと思ってたんですが、また水をあけられちゃいました」

「それについては、事業部でも早急に対策を検討する。それより……」

そこで伝治は、ようやく本題、つまり新田の懸念について話し始めた。

「そんなわけで、新田君はかなり心配してたし、聞けば俺だって気になる。実際はどうなのか、ちょっと様子を聞かせてもらおうと思って」

「そうだったんですか……。新田君にも心配をかけちゃいましたね……」

うっかり変な台詞を聞かせたばかりに……と、瑠衣はしきりに謝る。

伝治は、新田が瑠衣を心配しているのはもちろんのことだが、それ以上に『誰が辞めたがっているのか』を気にしていると説明した。

「新田君にしてみれば、奈々ちゃんだったらって、気が気じゃないでしょうね」

「そりゃそうだろ。今後の戦況に大いに影響ありだ。それで、本当に退職希望者が出てるのか？」

「まだそこまではいってません。でも、悩んでる子がいるのは確かです」

「それって、山城君？」

「いいえ」

「じゃあ、後藤君か……」

電話の向こうで、息を吞む気配がした。どうやらビンゴだったらしい。

「よくおわかりになりましたね。そこまで察しの良い方とは思っていませんでした」

「失礼だな。これでも長年管理職をやってきたし、今も一応『事業部長』って職に就いてるんだぞ」

「それはそうですが、事業部長は人事よりも業績を気にするタイプかと……」

「昔はそうだったが、人事をおろそかにしていたら、業績だって上がらない。適材適所を見極めるのは管理職の大事な仕事だ」

「そのとおりです。それで後藤さんのことですが……」

そこで瑠衣は、里美の能力に問題があるわけではない、と断った上で、彼女の現状について話し始めた。

「接客が下手なわけでもないし、商品知識が乏《とぼ》しいわけでもありません。それどころか、積極的に吸収しようと頑張っています。でも、本人はそう思ってないようなんです。それに、なんだか最近疲れてるみたいで……」

「疲れてる？　あの子はもともとバレー部なんだから体力もばっちりだろうに……」

「身体じゃなくて、気持ちがついていってないんです。たぶん、不安なんでしょうね。たまに休憩で一緒になることがあるんですが、接客についての相談ばっかりされます」

休憩時間ですら接客のことが頭から離れない。相手が経験豊富な先輩ということもあるだろうが、会うたびにそんな相談を受けるようでは、本人は相当悩んでいるに違いない、と瑠衣は心配する。

「問題があるようには見えないけどなあ……」

伝治が里美の接客を見たのは一度きり、お中元セールのときに、わざわざ彼女を探してやってきた客を相手にしたときだけである。だが、あのとき彼女は、相手の立場を考慮した実に温かい接客をしていた。あの丸山ですら、その場で彼女を褒めたぐらいなのだ。

「あれで自信が持てないとしたら、若いころの俺なんてもう……」

「ですよね」

くくく……と瑠衣が笑った。そこは是非とも否定してくれよ、と思いながらも、伝治は話を続けた。

「飽きてることはないのか？　確か、バレー部が廃部になってからずっと酒売り場だろ？」

さすがにストレートに飽きたとは言えず、接客そのものに向いていない、と言う。

里美は若いから、そんなこともあるかもしれない。

「三年以上ですね……そうかもしれません」

五代百貨店なら、少なくとも二年から三年に一度は人事異動がある。昇進する、しないにかかわらず担当売り場を替え、本人に一番合う売り場を探すのだ。

もちろん、瑠衣のように最初の配属がベストマッチで異動の必要がない上に、あっという間に売り場の顔になってしまい、異動させるにさせられないという場合もあるが、基本的に三年も同じ売り場にいることは珍しかった。

「原因が飽きてるってことだけなら簡単だろう。異動させてやればいい。俺からそれとなく丸山に言おうか？」

「そうですね……。なにか彼女が前向きに取り組めるような売り場があればいいんですが……」

酒というのは商品の入れ替えも多いし、堀内百貨店の中では変化に富む売り場である。酒の製造に関わる知識まで含めれば、堀内で一番、豊富な知識を求められる売り場かもしれない。

　そこから他の売り場に異動させても、物足りなく思うかもしれない、と瑠衣は心配した。

「その発言はちょっとどうかと思うぞ。どの売り場、どの商品だって掘り下げようと思えばいくらでもできる。酒は難しいが食器は簡単、なんてことはない」

　瑠衣ほど経験を積んだ販売員なら、そんなことぐらいとっくにわかっているはずなのに……と怪訝《けげん》に思っていると、電話の向こうからかすかなため息が聞こえてきた。

「おっしゃるとおりです。きっと私、認めたくないんですね……」

「認めたくないって、なにを？」

「彼女が販売員という仕事自体が苦手だってことを」

　自分は長年販売という仕事に携わってきたし、そもそも販売員という仕事が好きだ。だからこそ、後輩や部下にも販売員の面白さを知ってもらいたい。そのために後進の指導にも努めてきた。

　甲斐《かい》あって神田や奈々、その他の従業員は瑠衣を手本にしてくれているらしい。それなのに、里美は向いていないと悩み出してしまった。向いていないという発言は、面白くないと考えている証拠なのだ。

　堀内百貨店で唯一の女性管理職、しかも売り場にいるだけに、瑠衣はそうなったのは自分の責任のように感じているのかもしれない。

「向き不向きは上司の責任じゃない。でも、本当に後藤君は販売員が苦手なのか？

彼女のどこを見て君はそう思うんだ？」

「販売員というのは基本的に『待つ』仕事です」

客がやってくるのを待ち、彼らが売り場を見て回るのを待ち、商品を買うかどうか決めるのを待つ。買って帰ったあとも、商品あるいは接客に満足がいけば、また来てくれるはずだと再来を待ち続ける。それが、販売員の仕事なのだ、と瑠衣は言う。

「そうかな……適当な商品を勧めるとか、客が来たくなるような売り場を作るっていうのは『攻め』の姿勢じゃないのか？」

「確かにそうです。だからこそ、後藤さんは売り場作りそのものは楽しんでやってるんです。でも、売り場は一度作ればそれで終わりじゃありません。こちらが自信を持って作った売り場でも、ちっとも売れないことはあります。買うかどうかを決めるのはお客様。買ってくださらなければ、お客様のご要望に合うように変えていかなければなりません。お勧めも同じです。Aを勧めたあともお気に召さないようならBに切り替える。結局は、お客様の反応を待っているんです」

「後藤君は待てないってことか？」

「彼女は、バレー部時代はスパイカーでした。自分が攻め込みたいタイプなんです。

だから、売り場でお客様が来てくださるのを待っているのは性に合わないのかもしれません。もっと言えば、後藤さんはそんな自分を知っているから、あえて出しゃばらない接客を心がけた結果、余計につまらないと感じるようになってしまった可能性もあります。接客をしている後藤さんには、本来の彼女らしさがないような気がするんです」

「天性の狩人《かりゆうど》タイプってことか」

そういわれればそうかもしれない。伝治はふるみなと祭りのときに、たくさんの酒を台車に載せ、神酒所に配達に向かう里美を見た。重さをものともせず、「お気を付けくださいませ！」を連呼しつつ人波をかき分けていった背中に『元気潑剌《はつらつ》』と書いてあるようだった。

伝治がお中元売り場で見た彼女の接客は、丁寧で客の立場に立ったものではあったが、『元気潑剌』と表現したくなるような様子ではなかった。その点だけをとっても、彼女らしさがないという瑠衣の指摘は正しいように思えた。

「後藤さんには、販売員よりも向いている仕事があるのかもしれません」

「本人はもう、辞めたいって言い出してるの？」

「実は……。何度か話はしてみたんですが、なかなかいい方向に持っていけなくて……」

販売の仕事の楽しさを説いてみても、そのときは頷くものの、数日経つとまた暗い顔になっている。それを見つけた瑠衣がまた声をかけて……ということを何度か繰り返し、最近では言葉の内外に退職を匂わせることが増えてきたという。

「このままでは本当に辞めちゃいそうで……」

「それなら余計に早くなんとかしたほうがいい。堀内を辞めたいのか、販売員を辞めたいのか確かめることが先決だな。販売員を辞めたいだけなら、手はある。そっち方面からアプローチしたほうがいいかもしれない」

「やってみます」

「よろしく。じゃあ……」

そう言って電話を切ろうとした伝治を、瑠衣が慌てて呼び止めた。

「ちょっと待ってください。新しいお神輿のお祝いをするんじゃなかったんですか？」

神輿の祝いなんて、ただの口実だとわかってるくせに……と苦笑しつつ、伝治は終話ボタンを押そうとしていた指を戻した。

「ちょうどいい機会です。後藤さんも交えて一席設けさせてください」

神輿がふたつになれば担ぎ手の不足は明白。堀内百貨店としても協力したいし、里美なら神輿に興味を示すのではないか、と瑠衣は言う。

「居場所のない中学生じゃあるまいし……」

「ある意味、今の彼女には居場所がないのかもしれません。それに、きっと様になりますよ、後藤さんの法被姿《はっぴすがた》」

「神輿の話で釣って、本心を探るって作戦か。お主も悪よのう……」

「事業部長には言われたくありません。ってことで、セッティングしますね」

悪代官と御用商人の台詞で笑いを取ろうとした伝治を見事に撃破し、瑠衣は『花菱』でいいか、と訊《たず》ねてきた。

『花菱』は伝治のお気に入りの店だし、店主の菱田は新しい神輿の立役者だ。その膝元《ひざもと》以外に神輿を祝うに相応《ふさわ》しい場所があるとは思えない。加えて、慶太からの頼まれごともある。神輿の練習は見に行くとして、せっかく湊町に行くのだから、それとなく菱田の様子を窺《うかが》うのもいいだろう。

「もちろん。しばらく親爺の顔も見ていないし、たまにはゆっくり呑みたい」

「了解です。じゃあ、段取りが付き次第連絡します」

「日取りはそっちの都合のいい日にしてくれ。俺はなんとでもする」

百貨店で一番大事にされるべきは販売員だ。飲み会であろうと、他のレクリエーションであろうと、彼らに支障を来《きた》すようなスケジューリングは論外。合わせるべきは裏方、特に自分は事業部長だから、多少の融通はつけられる。

「全店休業の前日とかでもいいが、それだとかえって迷惑かな……」

全店休業日の前後に休日を入れ、連休を取る従業員は多い。そんなところに飲み会を設定しても、迷惑だろう。

「いっそ、宿も取るかな……」

終電に乗り遅れて急遽《きゅうきょ》一泊することになった過去を思い出し、伝治はぼそりと呟いた。

とたんに朗《ほが》らかな笑い声が聞こえてくる。

「また終電に乗り遅れちゃ大変ですもんね」

「まあな……俺の帰りを気にして、話を切り上げさせるのも悪いし……。いやいや、むしろ、うるさい年寄りはさっさと帰ったほうがいいんだろうか？」

金だけ払って退散、が正しい上司のあり方かもしれない、と悩み出した伝治に、瑠衣がまた柔らかく笑った。

「事業部長のそういうところ、すごく素敵ですよね」

こっちの方が忙しいのだから、と部下に都合をつけさせる上司は多い。上司を気遣《きづか》うのは当然といわんばかりの態度を取る者も……。だが、事業部長という地位にありながら、伝治はそんな気配は一切見せない。それは、管理職として見習うべきところだ、と瑠衣はしみじみと言った。

「君は大丈夫だろう。ちゃんと部下のことを考えてる」

「ならいいんですけど……」

里美の件についても、結局は話を聞くだけで、何もできていない。もっと部下に気を配って、力にならなければ……と瑠衣は落ち込んだような声を出した。

「それは仕方ないだろう。指揮系統から言えば、後藤君は君の部下じゃない。本来なら食品のフロア長が対応すべきことだ」

「でも、男性です。こう言ってはなんですが、私は堀内百貨店で唯一の女性フロア長です。女性従業員はみんな私を頼りにしてくれてるんですから、それに応えないと……」

「その気持ちが大事なんだよ。焦ることはない」

「そうでしょうか……」

それも含めて今度ゆっくり話をしよう、という伝治の言葉に、瑠衣は小さく「はい」と応えた。

――花村君は花村君なりの悩みがあるんだな……まあ当然か。そういえば昔、みんな悩んで大きくなった、ってテレビコマーシャルがあった。花村君は依然として伸び盛りってことだな……

管理職としての彼女の成長を期待しながら、伝治は今度こそ終話ボタンを押した。

第二章　意外な縁

瑠衣と何度かメールでやりとりした結果、神輿の完成祝いは六月最初の火曜日に決まった。木曜日が全店休業日で、水曜日は休みを取っている者が多かったからしい。

伝治は事業部所属なので、休日はカレンダーどおり、もちろん水曜日は出勤だ。だが、湊町と名古屋は特急を使えば一時間もかからない距離だ。始業は九時だから、火曜日の夜に湊町に泊まったとしても、なんとか間に合うだろう。

出席者のほとんどは堀内百貨店の従業員だ。たとえ早番だったとしても、仕事を終えてから集まるとしたら、七時開始がやっと、終電までは三時間ほどしかない。宴会というものは、とかく話題があっちに行ったりこっちに来たりしがちだ。それは楽しみのひとつでもあるし、そんな中でぽろりと漏れる本音もある。暴露大会は二次会に移ってから、という人もいるだろう。

今回は特に、本音を探りたい相手がいるのだから、実質三時間では目的を達することは難しい。やはり宿を取るに越したことはない。あらかじめチェックインしておけば、荷物を持ち運ぶ必要もなくなる。

なにより、近頃伝治は早起きより夜更かしのほうが辛くなってきた。それどころか、いくら夜遅くなっても一定の時間には目が覚めてしまうほどだ。眠るにも体力が必要だと聞いたことがあるから、これも体力の衰え、一種の老化現象なのかもしれない。

気持ちの上では若いつもりでいても、身体はどんどん年を取っていく。致し方ないこととはいえ、寂しいものだ……などと思いつつ、伝治はビジネスホテルを予約した。

＊＊＊＊＊＊＊＊＊

高島が困り果てたような顔で事業部長室に入ってきたのは、ちょうど神輿の完成祝いがおこなわれる日、終業時刻間際のことだった。

「なんだなんだ、ずいぶん不景気な面してるじゃないか」

この男がこんなにへこたれた顔をしているのは珍しい。速やかに仕事を終えて湊町に向かいたい気持ちを抑え、伝治は高島に応接セットのソファを勧めた。

「不景気な面にもなるさ。例の『魚博』の目玉企画がぶっ飛んじまった」

「『魚博』の目玉企画……ああ、あの活《い》きたままのイカを運んでくるってやつか」

催事場の真ん中に水槽を据え、その中に活きているイカを泳がせる。イカが泳ぐ姿を見たことがない人は多いだろうし、活きイカは味も極上。その場で刺身にしてイートイン形式で提供すれば話題を呼び、集客力が上がるだろう、ということでゴーサインが出た企画だったが、どこかに問題が生じたらしい。

「どうしたんだ？ やっぱり、活きたまま運ぶのが難しいのか？」

「いや……運ぶこと自体は問題ない」

イカはかなり繊細な生き物らしい。万全な環境管理態勢なしには活きたまま運べないと聞いている。高島がどこからイカを調達することにしたかは知らないが、問題が生じたとすればおそらく輸送過程だろうと伝治は思ったのだ。

だが、高島はそうではないと言う。

「水槽もいいのができたし、パッキング技術も向上した。夜中に漁師が獲《と》ってきたイカを港の水槽に移す。朝一番で、酸素をたっぷり詰め込んで出荷すれば、ある程度の距離まではその日のうちに着くんだ。活きのいい、ぴっかぴかのイカがな」

「そうか……。じゃあ何が問題なんだ」

　時計の針は午後五時を回っている。会合は午後七時からだから、そろそろ移動したいところだ。

　しかしながら、こちらも仕事、人事案件のひとつとはいえ、所詮《しょせん》は呑み会だ。困り果てた顔の高島を置いていくわけにもいかず、伝治は遅刻覚悟でじっくり話を聞くことにした。

　両手で目をごしごし擦《こす》ったあと、高島ははーっとため息をついた。

「イカがないんだそうだ」

「ない？　時化《しけ》でも続いてるのか？」

「時化ならまだマシだ。天候が回復すれば、また漁に出られるんだからな。だが、今はそんな状況じゃない。イカはここ二年ぐらい歴史的不漁らしい」

　品薄な上に、管理が難しい活きイカは出荷数が限られる。従って、市場に出てくる活きイカは奪い合いとなり、にわか参入に近い五代百貨店などお呼びじゃない。これでは高島が頭を抱えたくなるのも当然だった。

「金を出せば買えないこともないが、いくら目玉にしたいからって、損得抜きで出すわけにはいかない。こっちだって商売なんだからな……」

「ごもっとも。で、どうするつもりだ？」

代替案はあるのか？　と伝治に訊ねられ、高島はそれまで以上に苦々しい表情を浮かべた。

「あったらさっさと手配してる。俺がここにいるってことは、憂《う》さ晴《ば》らしがてら呑みに行って、一緒に対策を練ろうってことだ」

「あー……」

そんなことだろうとは思っていた。事業部長とマーケティング部長という以前に、高島と伝治は同期入社、三十年以上親しく付き合ってきた仲間なのだ。

ふたりは堀内百貨店の採用試験場で出会い、隣同士で筆記試験を受けた。当時始まったばかりのマークシート方式のテストで、しかも筆記具は鉛筆限定。筆箱の中にシャーペンしか入っておらず焦りまくっている伝治に、予備の鉛筆を貸してくれたのが高島だった。

筆記試験は苦手だったがなんとかパスし、一次面接、二次面接と順調に通過、無事採用されて臨んだ入社式でまたしても隣同士になったのは、鉛筆を貸してくれた男だった。偶然の再会に驚きはしたものの、なんせ名前が高橋と高島、アイウエオ順なら当然のことだな、と笑い合い、ふたりは堀内百貨店本店に配属されることになった。

とはいえ、高島が店頭に立っていたのは一年限り。二年目の春が来るなり、彼は商品部に異動となった。適性を考えてのことだとはわかっていても、伝治はずいぶん寂しい思いをしたものである。それでも、百貨店において商品部と販売員の関係は深く、どちらかが問題を抱えるたびに揃って頭を悩ませ、乗り越えてきた。その際、必ずと言っていいほどふたりの手に酒杯があった。

呑兵衛なふたりにとって、酒はこの上なき潤滑油、かつ最強の武器だったのだから、高島がそれを求めてやってくるのは当然だろう。

だが、さすがに今日は無理、タイミングが悪すぎだ。

「すまん、高島……」

申し訳なさそうに切り出した伝治に、高島は不満そのものの声を出した。

「なんだ、先約ありか」

「そうなんだ。実は今から湊町に行かなきゃならん」

「湊町……？　ああ、また堀内か。いかに古巣とはいえ、おまえ、本当にあそこが大好きなんだな。俺も堀内出身だが、さすがにそこまでは思えない」

「そりゃあ、おまえとは違うよ」

高島は配属一年で商品部に異動、当時五店ほどあった堀内百貨店全店を担当することになった。

堀内百貨店が五代グループに吸収合併されると決まったときも、バイヤーとしての手腕を認められ五代グループの商品部に迎えられた。その結果、堀内百貨店との関係はさらに薄れ、彼にとっての堀内百貨店は数ある担当店舗のひとつになってしまった。最終的には事業部に異動したとはいえ、新人から店長に至るまでずっと堀内百貨店で過ごした伝治と同列に語れるわけがなかった。

「そりゃそうだな。おまえは堀内の生え抜《ぬ》きだ。あっちの連中もことあるごとにおまえに頼ってくるんだし、もういっそ、店長に返り咲いちまったらどうだ？」

「それができるぐらいなら苦労はない。それに、あっちだって、毎日毎日俺の顔なんて見たくないだろう。たまに頼ってくるのは、離れてるからこそだ」

「そういうものかねえ……。で、今日はなんの名目で集まるんだ？」

そこで伝治は、新湊の神輿が完成したので今年のふるみなと祭りがどんな様子になるのか訊きにいくのだと説明した。

「なるほど……神輿がふたつになるのか。それは賑やかなことだ。で、本当の目的は？」

まさか神輿の祝いだけのためにわざわざ堀内の従業員を集めたわけじゃあるまい、と高島は探るように伝治を見た。

「相変わらず侮れん奴だな。本当の目的というか、これはあとから出てきた案件なんだが、実は堀内の若いのが辞めたがってるらしくてな……」

「困ったものだな。で、売り場の子なのか？」

「ああ。酒売り場。やっぱり販売は苦手だからってことらしい」

「販売が苦手？　それでよく百貨店に入ろうと思ったな」

「あー……それはあれだ、もともとバレー部員として入ったから……」

「バレー部はとっくに活動停止しただろう？」

てっきり全員辞めたと思っていた、堀内に残った子がいるのか、と高島は首を傾《かし》げた。

「ほとんどが辞めた。よそのチームに移った子もいたし、地元に戻って再就職した子もいる。でも、彼女は店に残ったんだ。きっと、その時点では合わないとは思ってなかったんだろうな」

「で、やってみたら無理でした、か」

「実際、周りは無理だなんて思ってない。でも、後藤君自身が合わないって言うんだから、きっとそうなんだろう」

「後藤……？」

そこで高島は、何かを思い出すように視線を斜め上に向けた。しばらくそうやって考えていたあと、改めて伝治に訊ねる。

「元バレー部の『後藤』だよな？　それって、後藤里美じゃないのか？」

「え、知ってるのか」

「知ってる。なんてことだ……あの子が、辞めたがってるだと？」

なんでそんなことに……と高島はひとりでぶつぶつ言っている。さらに彼は、なんでと言われても……と戸惑う伝治に、仰天するようなことを言い出した。

「今日、彼女も来るんだろう？　それなら俺も連れてってくれよ」

「いや、それは……」

ひとりぐらい増えてもかまわないだろう、と高島はかなり執拗《しつよう》だ。いったい何が彼をそうさせているのかわからず、伝治はただ戸惑うばかりだった。

それでも高島は頓着せず、ぐいぐいと押してくる。

「で、何時から？」

「……七時」

「七時？　もう五時半近いぞ。間に合わなくなるじゃないか」

そう言うが早いか、高島は立ち上がった。

「帰り支度をしてくるから、玄関ホールで待っててくれ」

置いてきぼりにするなよ、と念を押し、高島は事業部長室から出ていった。

――なんだよ、あいつ。いったい後藤君とどんな関係が……

高島はすっかり同行する気でいる。ふたりの関係については道中で訊くしかない。

伝治は煙《けむ》に巻《ま》かれたような気持ちのまま、瑠衣に一名追加の連絡を入れ、着替えが入った鞄を手に正面玄関に向かった。

「それで、いったい後藤君とはどういう知り合い？」

湊町に向かう特急電車の中、伝治は隣の席の高島に訊ねた。

高島は、さすがに無理やり割り込んだことを反省したのか、気まずそうに頭を下げる。

「すまん。後藤里美の名前を聞いたら、つい……」

高島は窓の外に目をやったまま独《ひと》り言《ごと》のように呟く。

「てっきり、バレー部が廃止されたときに辞めたとばかり思ってたんだ。彼女はものすごく優秀なスパイカーだったし、バレーができなくなっても堀内に残るなんて、想像もしてなかった。当然、どこかよそのチームに引っ張られて移ったとばかり……」

まさかどこからも声がかからなかったとは思えないが……と、高島は首を傾げた。

伝治も当時の詳しい事情は知らない。だが、瑠衣によると他企業のチームからの誘いはあったらしい。それでも彼女が堀内に止まった理由については、瑠衣も見当が付かないと言っていた。

「何か思うところがあったんだろう。もしかしたら、もうバレーはやり尽くしたと思った可能性もある。それより……」

さっさと教えろ、と伝治にせっつかれ、ようやく高島は里美を知る経緯について話し始めた。

「文香《ふみか》が、バレーをやってるのは知ってるだろ?」

高島には男女ひとりずつ子どもがいて、文香は上の娘である。中学、高校を通じてバレー部に所属していて、観戦も大好きで、テレビはもちろん、近場で試合があるときは会場にも出かけていく。

高島は酒呑み話のひとつとして、そんな娘の様子を語ることが多かった。

「何度か聞いたな。それで?」

「後藤里美は、文香の中学のときのバレー部の先輩なんだ。ものすごく目立つ選手で、中学のときもあっちこっちの高校からスカウトが来たし、たぶん高校を卒業するときも実業団や大学が群がってきたはずだ」

「それでよくうちに来たもんだな……」

正直、堀内百貨店のバレー部は強豪とはほど遠かった。全盛期でも地区大会優勝がいいところ、全国大会では大した成績は残せていない。もしかしたら里美が入社したころは、彼女が憧《あこが》れるような選手がいたのかもしれないが、とにかく引く手数多の選手が選ぶようなチームではなかったことは確かである。

「まったくだ。実際、うちの娘も後藤里美が堀内にいるのを知って、『嘘だと言ってーーー！！！』って絶叫してた」

高校でもバレー部に入った文香が、名古屋で開かれていた実業団バレーの地区大会を観に行ったところ、コートの中に矢鱈《やたら》と目を引く選手がいた。圧倒的なジャンプ力で、ばしばしスパイクを決めていたが、チームとしては守備力が今ひとつで、相手の攻撃を止められない。点の取り合いの挙げ句、そのチームは負けてしまったそうだ。

「すごい選手がいるのにもったいない、と思ってよくよく見たら、父親の関連会社のチーム。メンバー表とかも確かめた結果、中学のときの先輩だって気付いたらしい。帰ってきた娘に『宝の持ち腐れだ！』って散々文句を言われた」

「なるほど。それで？」

「で、それ以来、文香は後藤里美の追っかけみたいになった。大学受験の時期になっても、後藤里美が出る試合は残らずチェックして、可能な限り観に行った。もう親の方はどきどきだったよ。大丈夫かこいつ、って。でもまあなんとか無事、志望校に合格して、一週間後に、堀内のバレー部の活動休止が発表された。あのときばかりは神に感謝したよ。受験真っ最中じゃなくて本当によかった。さもなけりゃ、うちの娘はメンタルぼろぼろで受験どころじゃなくなってたはずだ」

「そんなに熱烈なファンだったのか……」

「かわいがってもらったんだそうだ。それこそ準備運動や筋トレのやり方、シューズの選び方から教えてもらったって」

「面倒見がいい子なんだな」

「典型的な運動部タイプだよ。礼儀正しい上に、変に周りに引きずられることはないし、自分の責任はしっかり果たす。周囲への気遣いも忘れない。会社としては是非ともほしいタイプの人材だよ」

「だが……本人は、自分は接客に向いていないって悩んでるみたいだぞ」

「あの前向きな性格がそこまでしおれるようじゃ、よっぽど合わないんだろう。だったら別の仕事をさせればいい。売り場だけが百貨店じゃないことぐらい、おまえはよく知ってるだろう」

企画、会計、総務……なんだってかまわない。接客以外の仕事はいくらでもある。彼女に向いた仕事を探してやるべきだ、と高島は力説した。

「彼女には、いいところがいっぱいある。それを生かせずに、辞めたいと思わせるなんて堀内の連中はいったい何をやってるんだ！」

「だーかーらー！　それをなんとかしに行くんだろう！」

「そうだったな……」

「後藤君との経緯はわかった。俺もできる限りのことはしたいと思ってるんだ。ってことで、俺は、夜更かしに備えてちょっと寝る」

もしかしたら高島は、もっと話を続けたかったのかもしれない。そもそも『憂さ晴らし』が目的で押しかけてきたぐらいなのだ。けれど、会合に備えて休んでおきたいと言われれば、邪魔はできないと思ったのだろう。

「わかった。ゆっくり寝てくれ」

俺は本でも読んでる、と言いつつ高島が取り出したのは、一冊の旅行誌だった。表紙に『山形蕎麦特集』とある。

そう言えば、前回この特急に乗ったときに読んだのも、蕎麦の記事だった。

最近、蕎麦は密《ひそ》かなブームになっているのかな……などと思いつつ、伝治は目を閉じた。

＊＊＊＊＊＊＊＊

「あ、高島部長！」

伝治のすぐ後から『花菱』に入ってきた高島を見て、神田が嬉しそうな声を上げた。即座に席を立ってやってくる。

かつて、地下食品フロアの改革に悩んだ神田が、中部事業部を訪れたことがあった。そのとき、高島も交えて呑みにいったのだが、それによって神田は、くじけかけていた自分を立て直し、新しい企画を成功させたという過去がある。

ふたりが顔を合わせたのは名古屋で呑んだとき以来のはずだし、再会を喜んでいるのかと思いきや、どうやらそうではないらしい。高島は鞄をかき回し、電車の中で読んでいた雑誌を取り出した。

「君も来てたんだな。ちょうどよかった。これ、この間、俺が話した雑誌。付箋が貼ってあるのは、俺がいいと思ったやつだ」

「うわ、早速持ってきてくださったんですか！　まさか、そのためにわざわざ？」

「いやいや、本当は明日にでも社内メール便に紛れ込ませようと思ってたんだ。今日は、打ち合わせをしたいのに、こいつが逃げ出そうとするから追いかけてきただけ」

「え、打ち合わせがあったんですか？」

事業部長、そんなにお忙しいのに……と、その場にいた全員が申し訳なさそうな顔になる。慌てて伝治は、高島の腹に軽くパンチを入れた。

「こいつの言うことなんて信用するなよ。俺はちゃんと段取りつけて、今日は定時で帰れるようにしてあったし、こいつが言う『打ち合わせ』は憂さ晴らしに呑みに行こうって意味だ。しかも、俺がこっちで呑み会だと知ったら即座に割り込んできやがった。急に人数を増やされたら、店だって困るだろうに」

そう言うと、伝治はカウンターの向こうにいる菱田とその息子、そして女将《おかみ》に頭を下げた。

「すみません。段取りが狂っちゃったんじゃないですか？」

「大丈夫ですよ。ひとりやふたりなんとでもなります。それに、今日はうちの神輿の祝いってことで集まってくださったんでしょう？　ありがたいことです」

そこで深々と頭を下げられ、伝治は軽く冷や汗が出そうだった。

瑠衣のほうを窺うと、彼女は店の一番奥のテーブルに座り、後ろめたそうな顔でこちらを見ている。今日の会合の隠れた目的を知っているからこそだろう。微妙な空気を読んだのか、神田が着席を促《うなが》してきた。

「まあ、まあ、そういうのは置いといて、まずは乾杯しましょう！」

ふたりが案内されたのは瑠衣の向かいで、神田の席は瑠衣の隣。それでそのテーブルはいっぱいになったが、他にも突き出しがセットされた席がいくつかある。おそらく、これから来るメンバーがいるのだろう。

「もう乾杯しちゃって大丈夫なのか？　来ていない人がいるみたいだが……」

「商店街の人たちにも声をかけてあるんですが、新田さんからもう少ししてからじゃないと行けないから、先に始めててくれって言われたんです。あと、うちの遅番連中も何人か……」

「そうか。それは賑やかでいいな」

「伝治さん、お飲み物は何をご用意いたしましょう?」

そこでタイミングよく女将から声がかかり、伝治は冷酒、高島は生ビールを注文した。

「じゃ、新湊の神輿の完成と、今年のふるみなと祭りの成功を祈って!」

「カンパーイ!」

各人が隣や向かいとグラスをぶつけ合い、賑やかに会合が始まった。

商店街の人たちが来るなら、先に里美の話を聞いてしまうべきかもしれない。だが、そんな話を唐突に持ち出すわけにもいかず、伝治はとりあえず高島が神田に渡した雑誌の話でお茶を濁《にご》すことにした。

「ところで神田君、近いうちに山形に旅行でもするのか?」

「旅行……あ、さっきの雑誌ですか? あれは、違います。最近俺、蕎麦と酒に興味があって、そのことをちょっと高島部長に話したら、それならいい雑誌があるからって……」

連休をもらって旅行したいのは山々ですが、先立つものがない。それに、もしもお金があったとしても、今のところ休みの日は体力回復で精一杯だ、と神田は情けなさそうに言った。

「目が覚めたら昼とか、どうかするとタ方なんてこともあるんです」

「若いのにそんなことでどうする。君はもうちょっと鍛《きた》えなきゃ駄目だな」

「デパート店員は身体を使う仕事だから大丈夫だと思ってたんですけど、ぜんぜん。俺、学生時代は運動部で筋肉もそれなりについてたのに、就職したら光の速さで溶けちゃって……」

「光の速さってなんだよ！」

周囲の者が一斉に突っ込み、場が笑いに包まれた。

神田もなかなか雰囲気作りがうまくなってきたな、と感心していると、奈々が興味津々で訊ねた。

「運動部だったなんて初めて聞きました。何をやってらっしゃったんですか？」

「なんだと思う？」

神田は、えっへんといわんばかりに仁王立《におうだ》ちし、自分の身体を周囲に示す。体形から推察しろと言いたいのだろうが、筋肉が光の速さで溶けてしまったあとでは学生時代の姿を推察することは難しい。そもそもやっている競技によって体形が異なるものだろうか。せいぜい、日焼けしているから屋外競技、と見当をつけるぐらいが関の山ではないのか。

伝治が首を捻《ひね》る中、口を開いたのは里美だった。

「バレーですよね？」

「え、なんでわかったの？」

意外そのものの顔をしたあと、神田はバレーボール選手の身体に特徴なんてあったっけ？　となんだか悔しそうに言った。だったら身体なんて見せつけるな、と言いたくなったが、どうやら里美の根拠は体形ではなかったらしい。

「神田さん、覚えてないんですか？　前に、試合を観にきてくださったとき、試合前の練習でうっかり観客席にボールを飛ばしちゃったことがあるんです。それを返してくれたのが、神田さんでした」

神田はきょとんとしているが、里美の記憶にははっきり残っているらしい。彼女にとっては余程印象深い出来事だったのだろう。

「けっこう距離があったのに、ためらいもなくサーブしました。普通なら投げ返すじゃないですか。それが、すごくきれいなフローターサーブで、ああ、この人やってたんだな、って……」

「うへー……。バレーの応援には何度も行ったけど、そんなことあったんだ……」

「なんなのその他人事《ひとごと》感は……」

呆《あき》れたように瑠衣に言われ、神田は頭を掻いている。

「言うほどうまくなかったんですよ。むしろ下手の横好きで、ただ長くやってたってだけ」

「それほど好きだったってことでしょう？　素敵なことだと思います」

即座に奈々にフォローされ、神田は苦笑いしている。確かに、彼女の言葉は下手の横好きを真っ向から肯定しているようなもので、神田にしてみれば、たとえ自分が言い出したことにしても複雑な気持ちになったのだろう。

ところが里美は、そんな神田に真剣そのものの口調で言う。

「運動部って、好きってだけで続けられるものじゃありません。特に、高校になると練習も厳しくなるし、勝ってこその世界になります。うまい子は注目されて、特練もやらせてもらったりしてどんどん上達していきますけど、その陰で、コートにすら入れてもらえない子が出てくるんです。ずっと続けられるのは、大好きプラスよっぽど辛抱強くて他人を羨まない素直な性格、じゃなければ、そもそもうまかったかのどっちかです」

「って、ことは、神田君はうまかったのね」

瑠衣の突っ込みに、即座に神田が口を尖《とが》らせた。

「フロア長、それ、ひどくないですか？　要するに俺は、辛抱強くて他人を羨まない素直な性格じゃないってことですよね？」

「あら、頭もいいのね」

「褒めてるように聞こえません……」

神田はがっくりと頭を垂れ、その場が爆笑に包まれた。周りにいた従業員にも散々弄《いじ》られ、神田は『どうせなら、下手の横好きのほうがいい』などといじけている。

賑やかな雰囲気の中、里美がぽつりと呟いた。

「下手の横好きは私です」

「いや、それは変だよ！　だって君は中学時代からスター選手だったし、スカウトもばんばん来てたじゃないか！」

いきなり声を上げた高島に、里美の目がまん丸になる。探るように高島を見ていたかと思うと、あっ、と小さな声を上げた。

「もしかして……文香ちゃんのお父さん？」

『花菱』に着いたとき、てっきりひとりで来ると思っていた伝治に連れがあったことにみんなが驚いた。高島を知っているのは神田、そして瑠衣ぐらいだったため、簡単に紹介をしたのだが、そのとき里美は別段なんの反応も示さなかった。

高島は彼女を心配してここまで押しかけてきたのに、当の本人は忘れている様子。なんとも気の毒なことだ、と同情までしたが、どうやらようやく思い出してくれたらしい。

「久しぶり……じゃなくて！　もしも君が『下手の横好き』だとしたら、うまい選手なんてほとんどいなくなってしまう。そもそも実業団チームに入れること自体、優秀な選手の証明だ。たとえチームがなくなってしまったとしても、それは堀内百貨店の懐事情で、君の技能が劣っていたからじゃないよ」

「でも、廃止になったのは、ちっとも勝てなくて広告効果がなかったからじゃ……」

「バレーはチームプレーだろ？　ひとりだけうまくても勝てるものじゃない。でも、間違いなく君はうまかった」

自分はバレーの試合をたくさん観たが、君のプレーは一目で群を抜いているとわかるものだった、と高島は断言した。

ところが里美は、頑《かたく》なに「違うんです！　全然違うんです！」と繰り返す。何がどう違うのかさっぱりわからず周囲が反応に困っている中、店の引き戸が勢いよく開いた。

「こんばんはー！　すみません、遅くなっちゃって!!」

「おお、朝倉君！」

「俺もいまーす！」

「その他諸々でーす！」

慶太に続いて新田、そして商店街の人たちがぞろぞろ入ってきた。おそらく大半が神輿の関係者、主に担ぎ手たちだろう。

奈々が新田に、大遅刻ですよーなんて声をかけ、新田はごめんごめん、と謝っている。

このふたり、けっこう親密な雰囲気だな、と伝治が意外に思う中、二度目の乾杯をすることになった。

「新湊の神輿完成、おめでとうございます！」

今度の乾杯は、一同がカウンターの向こう、つまり店主の菱田に盃《さかずき》を捧《ささ》げた。日頃、客の相伴になどあずからない菱田も、今日ばかりは……と客と女将の両方から勧められ、小さなグラスを手にしている。

それぞれがグラスの中身を一口呑んだところで盛大な拍手が起こり、菱田はぺこりと頭を下げた。

「親爺さん、一言ください！」

若い連中に言葉を求められても、菱田は応えようとしない。代わりに挨拶《あいさつ》をしたのは、彼の息子だった。

「ありがとうございます。お陰様《かげさま》で神輿はできましたが、神輿が勝手に宮入りしてくれるわけじゃありません。古湊さんと違って、うちの担ぎ手の算段はまだまだこれからですので、よろしくお願いいたします」

「任しとけ！　っていいたいけど、うちだってやっとこさだからなあ……」

古湊の神輿の担ぎ手たちは、永遠の人数不足を嘆き始める。ちょうどいい機会、ということで、伝治は堀内百貨店の従業員たちに声をかけた。

「君らの中で、神輿を担いでみたいって人はいるのかな」

「それって休みを取ってってことですか？」

「いや、業務の一環として。ほら、以前ふるみなと祭りのビラをまきに行ってもらったことがあるだろう？　あの延長で何人か神輿に参加してもらうのもいいかなと思ってるんだ」

これは自分の思いつきにすぎないが、もしも希望者がいるようなら店長の丸山に掛け合ってみる、という伝治の言葉に、一番に食いついたのは神田だった。

「大賛成！　俺は絶対やりたいです！」

「私もやってみたいです！」

女性でもOKですよね？　と念を押したのは奈々。神田は学生時代からふるみなと祭りの復興に尽力していたし、実際に何度も神輿を担いでいる。機会が与えられるならば是非と考えるのは当然だし、彼に想いを寄せている奈々は、神輿を通じて神田との距離を縮めたいと考えたのだろう。さらに奈々は、里美にも声をかける。

「ねえ、里美ちゃんも一緒にどう？」

「私はいいです」

さっきの成り行きを気にしてか、里美は俯《うつむ》いたまま小声で答えた。

「そっか、残念。絶対楽しそうなのに！　あ、そうだ。練習もあるんですよね？」

期待に顔を輝かせて、奈々は神田に訊ねる。ところが、神田はちょっと奈々の肩に目をやり、心配そうな顔をする。

「山城さんは神輿を担いだことあるの？　見た目よりかなりきついけど大丈夫かな？」

「あります。幼稚園の子ども神輿！」

「あれって、ほとんど段ボールじゃないの？　ここの神輿とは全然違うよ」

ところが、そこで反論したのは奈々ではなく新田だった。

「大丈夫だよ。俺たちもカバーするし、なにより『ニューマドンナ』の参戦で、担ぎ手が一気に増える。もしかしたら抽選になるかも」

「え、抽選？　それはないと思いますよー」

「いやいや……」

新田と奈々の和気藹々の様子に、伝治は思わず瑠衣を窺ってしまった。瑠衣は瑠衣で、なにこれ……といわんばかりだった。

一方神田は、『ニューマドンナ』の参戦で担ぎ手が一気に増えるという新田の意見に納得したのか、今度は里美に声をかける。

「じゃあ、山城さんは参加の方向として、後藤さんはどう？　君は元豪腕スパイカーなんだから、肩も強いはずだ。神輿ぐらい楽勝だろ。今でも、筋トレとかしてるんじゃない？」

「腕立てや腹筋ぐらいはやってます。でもそれって習慣みたいなものだし、それだけじゃぜんぜん……」

走り込みだってしたいし、もっと本格的に身体を動かしたいが機会がない、と里美はとても残念そうに言った。

「それじゃあ余計に、神輿をやったほうがいい。お嬢ちゃん、なんなら今年はうちの神輿を担いでくれよ」

菱田は、かなり真剣な眼差しだった。それを聞いた慶太も大慌てで勧誘を始めた。

「なんで新湊なんですか、そこは古湊の神輿でしょ！」

「堀内さんはいわば中立地帯だ。どっちを担ぐかは本人次第じゃねえのか？」

「えーそんなあ……」

「あ、あの、私まだ参加するとは……」

里美はもごもごと文句を言うが、菱田も慶太も気にも留めない。里美の参加が既定の事実のように進む会話が気の毒で、伝治は口を挟まずにいられなくなってしまった。

「参加するもしないも本人次第。それに、ふるみなと祭りは堀内百貨店の営業中にやるんだから、売り場の都合もあります。うちの人間のことはうちに任せていただけませんか？」

どうかすると、売り場が空っぽになりかねない。人の割り振りはこちらに任せてもらえないと、担ぎ手を出すよう話もできない、という伝治の言葉に、言い争っていたふたりは二の句が継げなかった。

「すみません。俺、つい必死になっちゃって……」

「言い出しっぺは俺だ。正直、なせばなるの一念で神輿を作ってみたものの、やっぱり担ぎ手の算段がつかなくて焦っちまってる。なにより、このお嬢ちゃんはいかにもいい担ぎ手になりそうでなあ……。でも、だからって本人の意志や堀内さんの都合まで無視しちゃいけねえよな」

身体を動かしたがっているようだし、この肩をみたらついつい……と店主は珍しく恥ずかしそうな顔で言った。

「どっちにしても、参加するもしないもあんた次第だ。神輿を担ぐ気になったら、そこら辺の若いのにでも伝えてくれればいいよ」

「是非是非。神輿の担ぎ方、一から教えますよ！」

「それこそ俺の台詞だ。こちとらひよっこことは年季が違わあ！」

「ふたりともそこで揉めないで！　お嬢さんが困ってるじゃないですか！」

最後は女将に叱られ、菱田と慶太は今度こそ口をつぐんだ。

「まったくもう……。ごめんなさいね」

女将は里美、そして他の客にも詫《わ》びながら、出来上がったばかりの料理を配り始めた。

皿にはマグロ、鯛、赤海老などの刺身が盛り付けてある。菱田が慶太と言い合いをしている横で、息子が黙々と造ったものだった。

「マグロは本マグロ、鯛も天然、赤海老は金沢から直送……」

「このイカはどこから!?」

息子の説明が終わるか終わらないかのうちに、高島が大声を出した。それもそのはず、盛り合わせの中に皿の模様が透けて見えるようなイカが入っていたからだ。

「これ、さっきまで活きてたんじゃないのか？」

「あ、おわかりになりますか？」

息子はひどく嬉しそうな顔で大きく頷いた。

「今日は新しい神輿の祝いだって聞きましたし、皆さんには日頃からご愛顧いただいています。うちとしてもちょっと特別なものを……って考えたんですよ。皆さんが普段あまり召し上がらないようなものはないかなーって」

本マグロや天然の鯛は高価な食材ではあるが、口にする機会がないわけではない。

その点、さっきまで活きていたイカというのは珍しい。特にこの町では滅多に手に入らないはずだ、ということで息子はわざわざ友人に頼んで仕入れたらしい。

「函館《はこだて》で料理屋をやってる友だちに頼みました。うちだって足りないのに、って文句は言われましたけど、おまえのとこは活きイカとほとんど変わらないほど新鮮なものが手に入るんだから一日ぐらいいいだろ！　って泣きついて回してもらったんです」

「そうか……函館のイカか……」

嘆息混じりにそう言うと、高島は皿の端に添えてあったおろし生姜《しょうが》を箸《はし》でつまみ上げた。透明な一切れにのせ、身の端を醤油《しょうゆ》にちょんちょんとつけ、即座に口に運ぶ。

終始無言で、ちょっと見ただけでは、旨いのか旨くないのかさっぱりわからない。だが、付き合いの長い伝治には、彼がこんなふうに無言になるのは、余程旨いときだけだとわかっていた。

高島に倣《なら》い、伝治も早速イカを食べてみた。ただし、伝治はおろし生姜よりも山葵が好きなので、そちらを選んだ。

「うん、正真正銘、捌《さば》き立ての活きイカ、こりこりの食感はさすがだ。口に入れたとたん、イカの風味がばーっと広がる。しかも山葵がまた、いい仕事をしてくれてる。このイカの甘みは山葵だからこそ引き立つんだよな」

「まったくおまえの山葵好きには困ったものだな。イカと言えば生姜だろうに」

「イカそうめんなら生姜にするさ。だが、こうやって刺身になってるなら山葵がいい」

「薬味なんですから、お好きにどうぞ」

ここでもまた女将に仲裁され、伝治と高島はしばし大人しく刺身に専念することにした。

そこですっかり空になったグラスに気付いた女将が、新しい冷酒を出してくれた。

「北の魚に北のお酒……とはいっても、こちらは青森のお酒ですけどね」

「ほう……『八甲田』……」

伝治は見たことのない銘柄だったがラベルに大吟醸《だいぎんじょう》と入っているから、フルーティで喉《のど》どおりの良い酒だろう。案の定、グラスを鼻に近づけただけで、ほのかに甘い香りを感じた。

上質な酒は『水のようだ』と評されることも多いが、この『八甲田　華想い四〇』は水、しかも汲んだばかりの上質な湧《わ》き水《みず》のような酒だった。

「イカの味を壊さない。それどころか、酒の香りが加味されて堪《たま》らない味わいだ。いいなあ、これ……」

伝治は酒とイカに夢中になり、本来なら堂々主役を張れるはずの本マグロや天然鯛は脇役《わきやく》に追いやられる始末だった。

「名古屋はもちろん、東京でも難しいような組み合わせだ。まったく頭が下がるよ……」

こんな酒と肴《さかな》を揃えて出せるだけの仕入れルートがあるなんて、羨ましい限りだ、と高島はまさにバイヤーそのものの発言をした。

「それはうちが小さい店だからです。デパートやスーパーがやろうったって無理ですよ」

自慢そうに鼻をひくひくさせながら言った菱田の言葉は、高島のみならず伝治の胸に突き刺さるものだった。

「食べ物でも酒でも、小口商いをやってるところは大手参入を嫌がることが多いんです」

「大手に買ってもらったら安心、って考えはないんですか？　うちは大手が仕入れにくるほどいいものを扱ってるんだぞ、って自慢できそうじゃないですか」

「自慢は自慢なんでしょうが……」

菱田が困ったように伝治の顔を見た。代わりに説明してほしかったのかもしれないが、伝治自身、どちらかといえば慶太や新田と同意見。大手に評価されるのは嬉しいし、継続的な取引ができれば安心としか思えなかった。

そんな伝治の代わりに、慶太の問いに答えたのは神田だった。

「出せば出すだけ売れるとわかってるのに、少ししか作らない、あるいは出荷しないのは、それだけ商品自体にこだわりを持っているからでしょう。大手に出すとなったら数を揃える必要があるし、そうなったら品質が維持できなくなるって考えてるんじゃないですか？」

店主は我が意を得たり、といわんばかりだった。

「そのとおりだ。なにより、そういう商品ってのは、労力がかかる割に儲けが出ない。本当は数を売って儲けたいのに、それでも断るのは、質を落としたくないからに決まってる。その点、うちみたいな小さい店の、一回だけ、ちょっとでいいからっていうのは話は違う。たまたま今は数に余裕があるから、あるいは、ちょっと苦しいが今回だけなら、って出してくれることがあるんだ。まあこれは、それ以前の付き合いあっての話だけどな」

「このイカとお酒もそうなんですよ。どっちも家族同様のお付き合い。小さいところには小さいなりのやり方ってものがあるんです」

女将は誇らしげに店主と息子を交互に見る。どうやら、イカは息子、酒は店主が、それぞれの友人に融通してもらったものらしい。息子と夫が良い友人を持っていることと、親子の連携で成立した料理と酒の組み合わせを、今夜の客が大いに評価してくれたことが、嬉しくてならないのだろう。

「小さな店が生き残るためには、とにかく商品の品質を守り抜くことが大事なんです。人の関係を大事にして、お互いに支え合って、その結果、お客さんが喜んでくださる。それが小商いの醍醐味《だいごみ》ってやつですよ」

「それは俺たちも同じだよ……。それこそが商売の原点だ」

伝治は心の底からそう思っていた。だが、店主はうっすら笑うばかり……

おそらく、商店街の小さな店と堀内百貨店を同列に語ることはできないと考えているのだろう。たとえ年がら年中閉店危機に見舞われているといっても、五代グループという後ろ盾があるかないかは大違いだと……

「ま、大きくても小さくても物を売って暮らしてるってところは同じです。お互いに知恵を出し合って、ちょっとでもいいほうに行けるように頑張りましょう。それには、ふるみなと祭りで一致団結することが大事……ってことで、今年の祭りのことについて話しましょう」

きれいにまとめる慶太の発言に、一同がほっとしたような顔になった。

その後、店主と息子は調理に戻り、話題は、神輿がふたつに増えた今年の祭りをどのように運営するかに移った。堀内百貨店の面々も、温かいものは温かく、冷たいものは冷たい状態を保《たも》って出される料理に舌鼓を打ちながら、どのように祭りに関わるかについて活発に発言している。

そんな中、ふと気付くと隣に座っていたはずの高島がいない。どこに行ったかと探してみると、彼はちゃっかり里美のテーブルに移っていた。

今日の会合には、里美の本心を探るという目的があった。最初に座ったとき、彼女は隣のテーブルにいて、これは好都合だと思っていたが、宴《うたげ》が進むにつれ、みんなが席を移動し始めた。

いつの間にか新田と慶太、神田はひとつのテーブルにまとまり、そこには奈々も加わっている。

奈々は新田に呼ばれて席を移ったのだが、その際、里美を誘うことはなかった。想いを寄せている男が、自分以外の女性を神輿に参加するよう誘う。しかもふたりはともにバレーボール経験者で話題に事欠かない、となったら、気持ちは穏《おだ》やかではない。これ以上の接触を阻《はば》むべく、里美は元のテーブルに置き去り、ということだろう。

なかなかの駆け引きだ、と苦笑したあと、折を見て自分が里美のところに移動しようと考えていたが、すっかり高島に先を越されてしまった。ふたりはにこやかに笑い合っているから、おそらく文香の話でもしているのだろう。

さてどうしたものかな……と思っていると、高島が不意に頭を上げ、伝治を手招きした。

「おーい高橋、ちょっと来い！」

これ幸いと伝治はグラスを持って高島のところに行った。

「なんだ、偉そうに呼びつけやがって。事業部長、お運び願えますか、ぐらい言えよ！」

「おーっと、ここでまさかの上司風！」

がはは……と盛大に笑ったあと、高島はまあ座れと隣の椅子を叩いた。

その時点で四人がけのテーブルには里美と高島が向かい合い、高島の隣に伝治という状態。そこにすかさず瑠衣がやってきた。

「はいはい、私もお邪魔しますよ。お偉いさまがふたりがかりでうちの大事な社員を虐《いじ》めようったってそうはいきませんからね。後藤さん、大丈夫？」

瑠衣に顔を覗き込まれ、里美は、くくっ……と鳩《はと》のように笑った。

「大丈夫です。すごく楽しくお話しさせていただいてます」

「ならいいけど……。ところで、そんなに楽しいなんて、なんのお話ですか？」

あまりよく知らない伝治から見ても、里美はかなり人見知りの強いタイプのように思える。伝治ですらそうなのだから、普段から接している瑠衣にしてみれば、里美がこんなに笑っているのが不思議だったに違いない。

高島が、嬉しそうに答える。

「実はうちの娘もバレーをやっててね。後藤君は娘の中学校の先輩なんだ」

「あら、それは奇遇ですね！」

「まったくだ。活動休止前の最後の試合でちらっと会っただけだから、忘れてても無理ないけどな」

「お顔は覚えてました。でも、マーケティング部の部長さんだから、きっとお店のどこかでお見かけしたんだろうなあって……。でも、バレーの話が出て、あっ、違う、文香ちゃんのお父さんだ！　って……。すぐに気付かなくて申し訳ありませんでした」

「いやいや……」

娘の名前を覚えてくれていただけでも嬉しかった、と高島は微笑《ほほえ》んだ。

「へえー……お嬢さんもバレーを……。それで、やっぱりお上手だったんですか？」

瑠衣に真顔で訊かれ、高島は天井を仰いだ。

「それがさ、うちの娘は本当に下手くそで、レギュラーなんて夢のまた夢。それでも後藤君は辛抱強くあれこれ教えてくれたそうだ。試合に全然出してもらえなくても、下手は下手なりにバレーを嫌いにならずにすんだのは、後藤君のおかげ。俺も娘も感謝してるんだ」

「あれは文香ちゃんが素直で真《ま》っ直《す》ぐな性格だったからで、私なんて……」

「ご謙遜《けんそん》。ともかく、うちの娘こそが下手の横好きの典型だ」

「それを聞いて思い出した。ねえ、後藤さん。さっき、自分のことを下手の横好きだって言ってたけど、あれってどういう意味？」

里美が困ったように周りを見回した。瑠衣にしても、本当はもっと静かなところで話すべきだとはわかっているはずだ。

けれど、周りはふるみなと祭りの話で盛り上がっている。賑やかすぎて、他のテーブルの話など聞こえないし、そもそも誰も伝治たちのテーブルには気を留めていないように見える。瑠衣はそれを踏まえた上で、話を持ち出したのだろう。

「実は俺も、花村君から話を聞いて気になってね。問題があるなら解決して、なんとか君に堀内にとどまってもらおうとはせ参じた。で、こいつはおまけ」

伝治におまけ扱いされた高島が、食ってかかった。

「誰がおまけだ！　おまえよりは俺のほうがずっと後藤君との付き合いは深いんだ。心配するのは当たり前だろう」

「付き合いが深いのは娘さんであって、おまえじゃない」

「同じことだ。娘が信望してやまない先輩の不遇、俺が救わずしてどうする」

「で、本当に不遇なの？」

伝治と高島ばかりか瑠衣にまで詰め寄られ、里美はたじたじの様子だった。それでも、絶好の機会、と思ったかどうかは定かではないが、ぽつりぽつりと話し始めた。

「下手の横好きって言うのは、お酒についての仕事のことです。接客が苦手なのは間違いありません。もう三年も売り場にいるのに、いざお客さんを目の前にするとなんだかうまくいかないんです。お中元やお歳暮のノルマだって全然達成できないし……」

「ノルマのことなんて気にしなくていいのよ。後藤さんが地の利が薄いのはわかってるし」

若い従業員の場合、販売ノルマを助けてくれるのは家族や友人といった知り合いがほとんどだ。里美は、堀内百貨店のバレー部に入るために湊町にやってきた。ここで生まれ育ったわけではないのだから、知り合いが少ないのは当然だ、と瑠衣は言う。

だが、里美は全然納得しない。

「でも、お酒の知識だっていつまでも中途半端《ちゅうとはんぱ》で、ちゃんとお勧めできないんです。本当にこれがお客さんがほしがってるものだろうか、とか、他にもっと適当な銘柄があるんじゃないか、とか考えたら何も言えなくなります。勉強してもしても足りない気がして、全然自信が持てません。きっとお客さんも不満に思ってらっしゃるはずです」

お酒について勉強するのは好きだ。好きなら続けていけるし、ちょっとずつでも向上するはずだ。里美はこの三年間、そう自分に言い聞かせて頑張ってきたらしい。それなのに、酒の世界は広く深く、いつまでたっても終わりは見えない。近頃では、接客している暇があったら知らない酒について勉強していたいと思うほどで、販売員としては最悪なのだ、と里美は情けなさそうに言った。

「でも、後藤さんの接客について、お客様から苦情をいただいたことなんてないわよ」

瑠衣は先般、伝治との電話の中で、里美は接客が苦手ではないかと言っていた。それでもやはり、認めたくない気持ちが大きいのだろう。必死に、里美の接客に非がないことを説明しようとしていた。

「たとえ苦情が来てなくても、私自身が駄目だと思ってたら駄目なんです」

里美は頑固に言い張る。瑠衣が助けを求めるように、伝治を見た。

そこで俺に振るな、いっそ丸山も呼び出すのだった、と思いつつ、やむなく伝治は口を開く。

「えーっと、要するに後藤君は、自分は販売員に向いてないって思ってるってことか。それで、君は今後どうしたいの？　もしも販売員以外の仕事に替われるなら堀内に残ることを考えられそうかな？」

「他の仕事……っていうと？　総務とか会計でしょうか……私、事務もあんまり伝治の言葉に里美は、身体を動かすほうが得意なんです、と肩をすぼめた。

「商品部というのはどうかな……」

そこに割り込んできたのは高島だった。

伝治は、唖然としてしまった。やけについてきたがると思ったら、里美を自分の部署に引っ張るつもりだったのか。娘が世話になったというだけで、そこまでするとは驚きである。それとも、この短時間で彼女にバイヤーの適性を見いだしたというのだろうか……

里美は目を丸くして高島を見る。くくく……という笑い声といい、このまん丸な目といい、なんだか本当に鳩みたいである。

だが、この鳩は運動神経抜群。真面目《まじめ》だし、うまく仕込めば上等の伝書鳩《でんしょばと》になりそうだ……なんて失礼なことを考えていると、里美の申し訳なさそうな声が聞こえた。

「商品部って、頭ばっかり使うところじゃないんですか？　私には無理……」

「それは誤解ってものだよ。商品部は頭よりも足を使う部署なんだ。少しでも良い商品、売れる商品を探して東奔西走。もちろん、まったく頭を使わないってこともないけど、むしろ体力勝負。丈夫な足があってこそ、だ」

それはやっぱり伝書鳩なのでは？　と伝治は笑いをかみ殺す。だが、その一方で高島の説には賛同できない部分もある。

以前なら自分の足だけが頼りだったかもしれないが、インターネット全盛のこのご時世、ある程度の事前調査はインターネットで足りる。最終的には自分の目による検証は必要だが、商品の場合、大半は通販で取り寄せることができるのだ。

今の商品部に必要なのは、売れる商品を見抜くセンスとそれを引っ張ってくる説得力だと伝治は思っている。だが、高島の意見は、伝治と少々異なるものだった。

彼は、不満そうな伝治を見て、笑いながら言う。

「今は何でもネットで調べられる、って言いたいんだろ？　でもな、ネットにあるのは今既に売れてる商品ばっかりだ。バイヤーの仕事は、これから売れるものを探すことなんだ。ネットに情報が上がってからでは遅すぎる」

「でも、口コミで一番早いのはネットじゃないのか？　そこでしか買えなくて、しかも通販とかやってないものとか……」

「そうかもしれないが、実際に仕入れるとなったら、ネットで済ませるわけにはいかない。個人の取引とはわけが違うんだ。実際に出かけていって、どんな場所で、どんな人が、どんなふうに作っているのか確かめる必要がある。やっぱり足なんだよ」

「そういうものかねえ……」

「マーケティング部長の言葉を疑うのか？　とにかく、商品部は体力勝負、それに間違いはない。だから、後藤君はうってつけだよ」

高島は断言するが、伝治はやはり疑問だった。商品部に体力が必要なのはわかったが、それだけでいいのだろうか。里美も同じように思ったらしく、心配そうに訊ねた。

「商品部って、本当に体力だけでやっていけるんですか？　だったら、ちょっと運動をやってた子なら誰にでもできそうですけど……」

里美の問いに答えたのは、瑠衣だった。

「誰にでもってことはないでしょう。でも、今高島部長のお話を伺って思ったんだけど、後藤さんは意外に商品部に向いているのかもしれないわ」

「そうでしょうか……」

「後藤さんはお酒にすごく詳しいでしょ？　あれって、うちに入ってから、しかもお酒担当になってから覚えたことよね？」

「もちろんです。お酒の勉強は楽しいし、なにより仕事ですから……」

「お酒売り場にいるのに、ほとんどお酒について知らない販売員だっているわよ？特に若い子なんて、ちょっと突っ込んで訊ねると『わかる者に訊いて参ります』って、逃げていっちゃう」

瑠衣は自分でも酒を呑むし、進物にも使う。酒を買いに行く機会も多いせいで、幾度かそんな思いをしたのだろう。

「下手をするとこっちのほうがよく知ってたりするのよ。でも、後藤さんは売り場にあるお酒なら、どれでも説明できるし、お客様がお好きな銘柄を聞いて、好みに合いそうな別のお酒も提案できるもの。かなり勉強してるはずよ」

それを聞いた高島が、うんうんと頷きながら問いを重ねる。

「さっきは勉強が足りないみたいなことを言ってたけど、やっぱりただの謙遜か。で、どうやって勉強してるの？」

「お酒について書かれた本を読んだり、ネットで調べたり、他のお店の売り場もしょっちゅう見に行きますし、試飲会も……」

「試飲会も行ってるのか！」

高島が小さく息を呑む。もちろん伝治もびっくりである。本や他の店を調べるのは当然にしても、試飲会にまで行くのは珍しい。なぜなら、そういった試飲会が湊町で開かれることなど滅多にないからだ。ところが、里美は平然としている。

「え、駄目ですか？　秋になるとあっちこっちで試飲会が開かれますし、限定品や新しい銘柄も紹介されてすごく勉強になるんです」

「俺も新入りのバイヤーに修業がてら行ってこいって指示することがあるが、湊町で試飲会が開かれることがあるの？　もしかしたら名古屋まで出てきてるのかな？」

「名古屋より東京のほうが多いです。東京の試飲会はたくさんの蔵が参加しますから効率がいいんですよ」

「東京まで行ってるの⁉」

今度は瑠衣の目がまん丸になった。

貴重な休日を『酒の勉強』という仕事のために費やすのは並大抵のことではない。ましてや流通業、連休は滅多に取れないから日帰りするしかないはずだ。それなのに里美は頻繁に東京の試飲会に出かけているらしい。

「自分が呑んだことがなければ、お客様に説明なんてできないじゃないですか。だから……」

「それ、交通費だって自腹でしょ？　大変じゃない」

「あ、でも私、実家が東京ですから……」

試飲会に合わせて休みを取り、前日を早番にする。仕事が終わるなり電車に飛び乗り実家に戻り、翌日試飲会に出てその足で帰宅すれば、宿代はかからないし翌日の業務にも支障はない、と里美は説明した。

伝治は思わず、大変すぎる……と呟いてしまった。だが、里美は何でもないことのように言う。

「でも、いろいろなお酒を試せて楽しいし、あ、これ、去年とちょっと違うな、とかわかるとすごく嬉しいんです」

「やっぱりな……」

高島は得意満面だった。

説明を受けるまでもない。里美が今やっていることは商品部の仕事そのものである。それを『楽しい』とか『嬉しい』と表現できるのだから、彼女がバイヤーに向いていることは明らかだった。

「君はもともとお酒が好きだったの？」

念のために……と前置きして、高島はそんな質問をした。里美は間髪を入れず答えた。

「実は最初はあんまり好きじゃありませんでした。でも、勉強しているうちにだんだんお酒の美味《おい》しさとか面白さがわかるようになって、どんどん興味も出てきてやめれなくなりました。今ではきっぱり好きって言えます。それでも、お酒について知り尽くすことなんてできないし、得た知識を接客に生かせてるわけでもないんです」

下手の横好きとしか言いようがないでしょう？　と里美は寂しそうに言った。

「じゃあ、もしもそれがお酒じゃなくて、別の商品になったら？」

「何かについて調べるのは好きですから、最初は戸惑っても、やってるうちに面白いと思えるようになるかもしれません」

「好奇心は旺盛《おうせい》なほう？」

「わりと……」

そこで高島は、どうだ？　と言わんばかりに伝治を見た。瑠衣もしきりに頷いているし、伝治も異論はなかった。

「私も後藤君は商品部に向いてるように思う。急な話だからすぐに決められないとは思うけど、興味があるなら考えてみたらどうかな。もしやってみたいってことなら、丸山店長に打診……いや、これは花村君のほうがいいな」

「そうですね。お店の中のことですから、私のほうがいいでしょう。私からそれとなく食品のフロア長にも話してみます」

「でも……それでいいんでしょうか？　お酒売り場にも迷惑が……」

「気にしないで。せっかく育てた社員に辞められるよりはずっといいもの」

とにかくよく考えて、と三人から言われ、里美はようやく明るい笑顔を浮かべた。

その後しばらくバイヤーの仕事について高島に訊ねていたが、途中で慶太がやってきて、腕を引っ張るように彼らのテーブルに連れていかれてしまった。

おそらく本格的に神輿の担ぎ手に勧誘するつもりだろう。

「いいなあ、若いのは元気で……」

高島がなんだか羨ましそうに言う傍《かたわ》らで、瑠衣は心配そうに彼らのテーブルを見ている。

「どうした？　なにか気になることでも？」

伝治はつい訊ねてしまった。

瑠衣は里美の進退についてとても悩んでいた。だからこそ、里美をこの場に呼んだのだし、必要最低限の話はできたと思う。しかも高島が来てくれたおかげで、思ったよりもいい方に向かいそうでもある。もう少し明るい顔をしても良さそうなものだった。

神田たちのテーブルばかり見ていた瑠衣は、伝治の声ではっとしたようにこちらに向き直った。

「あ、ごめんなさい……」

「やっぱり、後藤君を商品部に取られたくない？」

「そういう気持ちがまったくないと言ったら嘘になりますが、それより今は奈々ちゃんのほうが気になります」

「山城君？」

そこで伝治は、改めて奈々の様子を窺った。彼女は新田たちのテーブルで、黙って話を聞いている。もちろん、話の中身は神輿についてなのだろうが、ついさっきまでしきりに上がっていた笑い声が見事に消え失せていた。

「なんかあったのかな……」

「事業部長、ついこの間、それぐらい見抜けないようでは……とご自分でおっしゃってたくせに、鈍《にぶ》すぎませんか？」

「は……？」

呆れ顔で瑠衣に言われ、さらにじっくり彼らのテーブルを観察する。だが、それでも奈々が急に様子を変えた原因がわからない。助けを求めるように瑠衣を見ると、彼女はことさら大きなため息をつくばかり。そこで口を開いたのは、高島だった。

「山城って、あの里美君の隣にいる子だろ？」

堀内百貨店にフードコートを作ったとき、高島は様子を見に来てくれた。その際客を誘導している奈々を見て、この改装のコンセプトについて説明がてら名前を教えたことがあった。高島はそれを覚えていたに違いない。

「そうだけど、それがなにか？」

「あのふたり、普段からあんまり仲がよくないのか？」

「後藤君と山城君？　そういうことはないと思うが……」

「にしては、ずいぶんおっかない目で後藤君を見てる」

「え……」

驚いて瑠衣を見ると、彼女も頷いていた。

「やっぱりそうですよね……。今まであんなことなかったのに……」

そして瑠衣は、何かを訴えるような目で伝治を見る。

そこでようやく、伝治は新田、奈々、神田の直線関係を思い出した。

奈々が里美にきつい眼差しを向けるのは、おそらく神田がしきりに里美を気にしているからだろう。要するに奈々は直線がさらに延び、神田の先に里美が入ることを懸念しているに違いない。

確かに、神田は積極的に里美に言葉をかけていた。それはバレーボールという共通項があってのことだろうけれど、神田に特別な想いを抱く者としては気になるに決まっている。奈々はきっと、無意識のうちに里美を睨《にら》み付けてしまっているのだろう。

「里美君にずいぶん熱心に話しかけてる男がいるな。もしかしたら山城って子は、あいつに気があるんじゃないか？」

伝治は、高島の目にも明らかなのか……と驚きつつ神田たちのテーブルを見た。ところが、今、里美に話しかけているのは神田だけではなかった。

奈々と里美は並んで座り、その向かいには神田、新田、慶太の三人。新田は別のテーブルから椅子を持ち込んで座っている。その三人の男のうち、今里美と話しているのは新田で、高島が言う『あいつ』も新田のことらしい。

「さっきもずいぶん仲よさそうだったし、たぶん彼女はあいつに気があって、里美君とあの男の仲を疑ってるんじゃないかな」

「かもな。いいなあ……若いのは」

ここで高島に実情を暴露するわけにもいかない。奈々が気にしているのは新田ではなく神田だ、とは思いながらも、伝治は適当に相槌《あいづち》を打った。

それからあとも、奈々が里美に向ける視線が緩《ゆる》むことはなかった。それでも、祝いの席であること、目の前に今年のふるみなと祭りという大きな課題があったことで、衝突することもなく、『花菱』での会合はお開きとなった。

「なんだよ、ちゃっかりおまえだけ宿の手配済みか！」

『花菱』を出たところで、今夜は伝治が湊町泊まりと知った高島は、文句たらたらだった。

「ちゃっかりもなにも、おまえは勝手についてきたんだろう？　参加させてもらっただけでも感謝しろ」

娘が世話になった先輩に再会できたのは誰のおかげだ、と伝治に言われ、高島はぐうの音も出ない。せめてもの腹いせと言わんばかりに、伝治をタクシーに押し込もうとする。そのタクシーは、高島が湊町駅に向かうために呼んだものだった。

「呑んだあと家まで帰れないような根性なしは、さっさとホテルに行って寝ろ。武士の情けだ、一緒に乗せていってやる」

「お断りだ。俺はもうちょっと呑む。おまえこそさっさと帰れ」

「なんてひどい男だ！　おい、おまえが泊まるホテルに空き部屋はないのか！」

「知るか」

「あ、高島部長、駅前のホテル、空いてる部屋ありますよ。なんなら押さえましょうか？」

　そこで高島に声をかけたのは神田だった。

　さっきからスマホを弄っていると思ったら、そんなことをやっていたのか。こいつは家族持ちなんだから、さっさと帰ってほしいのに……

　そうでなくとも予定にない呑み会に参加しているのだ。まさか無連絡とは思えないが、この上泊まりとなったら家族に何を思われるかわからない。配慮を欠いた結果、家族を失った伝治としては、高島に自分と同じ轍《てつ》は踏んでほしくなかった。

　ところがそんな伝治の気持ちと裏腹に、高島は大喜びしている。

「さすが神田君、仕事が早い！　君は本当にいい奴だ。で、どこのホテルだ？」

　そこで神田が口にしたのは、こともあろうに伝治が予約しているホテルだった。

「なんだ、同じかよ！」

「なんでそんな嫌そうにするんだ。このホテル、朝飯が旨いんで評判のところだろ？

こうなったら明日の朝一緒に飯を食って、そのまま同伴出勤と洒落込《しゃれこ》もう」

「おまえと同伴なんて勘弁してくれ！」

ギャアギャア騒ぐ伝治を完全に無視して、高島は瑠衣に声をかけた。

「宿が確保されたらもう安心。腰を据えて呑めるぞ。花村君はまだ大丈夫だよな？」

「お伴します。とはいっても、このあたりじゃもう開いてるお店が……」

閉店ぎりぎりまで粘《ねば》っていたせいで、周りの店はもうすっかり灯《あか》りを落としている。それならいっそ、湊町駅に移動したほうがいい、と瑠衣は提案した。

「お泊まりは湊町駅ですし、駅前なら遅くまでやってるお店もあります」

「それは助かる。高橋も来るよな？」

「当たり前だ。そもそも、何でおまえがそんなに仕切ってるんだ！」

「いいじゃないか。たまには違うメンバーで呑みたいんだよ。えーっと他に……あ、神田君はどう？　家はどこだっけ」

「古湊商店街の先です。でも行きます。明日は遅番ですし、湊町駅からなら歩いても帰れるんで」

「光の速さで筋肉が溶けたんじゃないのか？」

「歩くぐらいできますよ！」

「そうか。じゃあ、一緒にいこう」

「私もお邪魔していいですか？」

そう言ったのは奈々で、彼女は明日休みだそうだ。さらに、ちょっと周りを見回して新田を見つけて話しかける。

「新田さんたちも一緒にいかがですか？」

誘われた新田は、明らかに嬉しそうな顔をした。一も二もなく同行するかと思ったが、意外にも彼は慶太共々帰宅することを選択した。

「ごめんね、せっかくだけど、明日も朝から店を開けなきゃならないから」

「そうでしたね。じゃあ、また今度」

奈々はあっさり諦め、新田と慶太は帰っていった。鯨飲した様子も見られないし、もしかしたらふたりとも店に戻って、明日の仕込みでもするのかもしれない。

神田や奈々以外の若い従業員たちは、駅近くにあるコーヒーショップに行く相談を始めている。もう少し楽しみたいけれどお酒は十分ということなのだろう。

里美は……と気になって目をやると、どうやら彼女は真っ直ぐ帰宅するつもりらしい。タクシー組とコーヒーショップ組の両方に挨拶し、ひとりで歩き出す。慌てて高島が呼び止めた。

「後藤君、ひとりで帰るのは危ないよ」

「大丈夫ですよ。まだそんなに遅くないし……」

「いやもう十時を過ぎてる。大都会ならまだしも、湊町基準で考えたら夜中もいいところだ」

湊町基準という言葉にちょっと笑ったあと、瑠衣も通りを見渡して言う。

「そうね……人通りも全然ないし、後藤さんみたいな若い子がこんな時間に歩いて帰るのはちょっと心配だわ」

「でも、私のアパートまでなんて十分ぐらいですから……」

「その十分が危ないのよ。もう一台タクシーを呼びましょう」

「この距離じゃ嫌な顔をされるだけです」

本当に大丈夫ですから、と里美は頑なに言う。そこに偶然タクシーが通りかかった。神田がすかさず手を上げて止める。里美は大慌てだ。

「神田さん！」

「心配しなくても、後藤さんを送ったあと、俺が湊町駅まで乗っていくよ。それならそんなに嫌な顔もされないだろう」

「神田君、グッドアイデア！」

湊町駅に移動しようとしていたのは高島、伝治、瑠衣に神田、そして奈々の五人。どのみち一台のタクシーでは乗り切れないのだから、二台に分乗して片方が里美を送るというのは名案だった。

「じゃあちょっと送ってきますんで、店が決まったら連絡してください」

そして神田は、でもでも……と言い続けている里美を押し込み、さっさとタクシーを発車させた。

「これで後藤君は安心、じゃあ我々も移動しよう」

高島は満足そうに頷くと、ずっと待っていたタクシーに近づく。誰がどこに座るかしばし揉めたものの、助手席に高島、後部に伝治、瑠衣、奈々ということに落ち着き、タクシーは湊町駅を目指して走り出した。

「いやーあの神田って奴はいいね。気が利くし、男気もある」

「おいおい、神田まで商品部に……とか言い出さないでくれよ」

「くれるならいつでも引き受ける、って言いたいところだが、彼は売り場のほうがいいだろう」

「え、どうしてですか？　神田君なら商品部でも大丈夫だと思うんですけど……」

即座に瑠衣に異議を唱えられ、高島は、ははは、と笑い出した。

「良い上司だな、花村君も。でも、俺は彼に商品部が勤まらないとは言ってない」

「ですよね！　私も意外と彼は商品部にも向いてると……」

「向いてるかもしれないけど、彼は客を相手にしたときのほうが力を発揮できるんじゃないかな」

伝治はちょっと驚いてしまった。

正直、二年前に神田を初めて見たとき、自分は明らかに彼の能力を見誤った。服装は乱れまくっていたし、やる気も皆無。数多くの販売員を見てきた伝治ですら呆れ果てるようなダメダメ販売員だった。このまま売り場に立たせるのはいかがなものか、とすら思ったほどだ。実際、その評価は高島にも伝えたし、そのときは彼も、典型的な今時の若者だ、と眉根を寄せたのである。

その後の交流を経て、伝治は神田を二度、三度と見直した。それでもなお、彼は販売員にぴったりだとは思えないのだ。高島が、神田は販売員に向いていると言う根拠が知りたかった。

「おまえは神田君のどこを見て、販売員に向いているって言うんだ？」

伝治の問いに対する高島の答えは、至ってシンプルなものだった。

「だって彼は人をよく見てるじゃないか」

「人を見てる……？」

「そう。言ってみれば商品部は、物を見る仕事だ。前提として『客がほしがる』って条件があるから、客のニーズは探るし、反応を予測もする。でも、その場合の客は架空、かつ漠然とした人の集合体でしかない。実際に目にするのは物、はじめに物ありきなんだ。だが、販売員は逆だ」

「はじめに人ありき。目の前の客に応じた物を選び、勧めるのが販売員の仕事……ってことか」

「正解。商品部に向くか、販売員に向くかの分かれ目は、そいつの思考の原点が人なのか、物なのかだと俺は思ってる」

特定の客のニーズに応えるのが販売員。不特定多数のニーズの共通項を探すのが商品部。両者は似ているようで違うのだ、と高島は説いた。

「ということで、神田君の興味は明らかに人に向いている。だからこそ彼は売り場にいるべきなんだ」

なるほど、後藤君とは逆なんだな……と伝治は納得した。

里美自身は人間が嫌いなわけじゃないと言っていたが、彼女の興味は明らかに酒、つまり物そのものに向かっていた。遮二無二商品知識を増やそうとし、なおかつ接客に十分な知識を得ていてもなお満足していなかったのはその表れだろう。それどころか、接客にあてる時間で酒の勉強をしたいと考えたぐらいなのだから、里美は販売員に向いていない。

一方、神田はとにかく人ありき。売り場にいて客が来れば、興味のすべてを客に向けることができるのだ。そこには接客技術の優劣に止まらない基準があった。

「調べ物が好きっていうのも、バイヤーをやる上ではかなりポイントが高い。後藤君はいいバイヤーになるよ。でもって、彼女が探し出して送り込んだ商品を、君たちがばんばん売れれば、堀内の未来は安泰だ」

高島は後部座席の瑠衣と奈々を振り返り、嬉しそうに笑った。

その後、湊町駅前の居酒屋に入り、十数分後に神田も無事合流。メンバーが関係者ばかりになったことで、話題は堀内百貨店および五代グループに関するものに絞られ、日付が変わるころまで活発な意見交換が続けられた。

翌日の勤務に差し支えないか気になるところだったが、マーケティング部長の高島を交えての意見交換は神田や奈々にとって大いに役に立ったことだろう。里美も加わればよかったのに、と思わないでもないが、とりあえず今はひとりで考える時間が必要なのかもしれない。

いずれにしても今夜の首尾はなかなかだった。

そんな満足とともに、伝治はホテルのベッドに身を沈めた。

第三章　新たな取り組み

瑠衣から電話がかかってきたのは、六月第三週の水曜日午後三時過ぎのことだった。

着信表示に瑠衣の名前を見たとき、おそらく里美の件だろうと考えていた。だが、その内容は、伝治の予想とは少々異なるものだった。

『花菱』での会合から二週間が過ぎている。そろそろ一度、様子を見たほうがいいと考えた瑠衣は、里美と昼休憩を合わせ一緒に食事を取ったそうだ。

その結果、瑠衣は、里美は商品部よりも他の部署に興味を持っていると考えたようで、伝治の意向を確認しようと電話をかけてきたらしい。

「後藤さんの異動先の件ですが、商品部じゃないといけませんか？」

「いや……いけないってこともないとは思うが……」

　里美は高島から、販売員よりもバイヤーに向いている、と正面切って言われている。それを覆して、というのはちょっと、いやかなり勇気の要る提案だろうし、瑠衣だってそれは十分承知しているはずだ。

　それでもなお、彼女の口を開かせるほどのものがあったのか、と伝治は逆に興味を覚えた。

「具体的にはどこに？　事務は苦手だと言ってたはずだけど……」

　それよりなにより、手を広げて待っている状態の高島になんと言おう。今のまま販売員に留まるというならまだしも、他の部署と言われては説明に困るし、高島自身、かなり落胆するだろう。

　ところが瑠衣は、伝治のそんな思いを察したかのように、電話の向こうでふふっと笑った。

「高島部長のことを心配していらっしゃるのでしょう？　それなら大丈夫です。私も後藤さんは、高島部長のご指導を仰ぐのが一番だと思っています。高島部長は以前から後藤さんをご存じのようですし、彼女の能力も見極めてらっしゃいます。きっといい方向に引っ張ってくださるでしょう」

「なんだ……びっくりさせないでくれよ。じゃあ、やっぱり商品部ってことでいいんだな？」

「じゃなくて、企画。ただ商品を探すだけじゃなくて、それをどんな形で提供するかまで含めて催事企画をやってもらったらどうかと思ったんです」

「催事企画……。なるほど高島のところには違いないな」

五代グループにおいて、イベント全般に関わる催事企画部は、商品部とともにマーケティング部内に置かれている。イベントを開くにあたって物品の調達は必須、なるべく近いところに置いて密に連絡を取らせたいという考えから来るものだった。

「催事で行き詰まってるのは堀内だけじゃないでしょう？　おそらく五代グループ全体の問題だと思います。うちの催事企画というと、比較的経験を積んだ社員が携わることが多いですが、後藤さんのような若い感性を取り入れることで、現状打破できるような気がするんです」

「なるほど。それについて本人は何か言ってたの？」

「いいえ。でも、話している最中に、ちらっとうちの催事場の話が出たんですが、そのときに彼女、これまでとは全然違う企画が必要だって言ってました。しかも、その企画についての話が、ずいぶん具体的だったんです」

たとえば、これまで堀内百貨店の物産展というと北海道とか九州とか地域を区切っておこなわれることが多かった。だが、近頃は地域ではなく肉だったり、海産物だったりという商品そのものに焦点を絞った物産展が増えてきたし、五代百貨店ですら、その方向に動き始めている。

　里美は、堀内百貨店としても、そういった新しいタイプの物産展、イベントを積極的におこなっていくべきではないか、と熱弁したらしい。

「具体的には、お蕎麦の試食をやったらどうかって言ってましたね」

「試食？　それならいつもやっているだろう？」

　物産展に限らず、地下食品フロアにおいても、試食は散々やっている。むしろ、それを目当てにやってくる客が後を絶たない。伝治にしてみれば、何を今更、であった。

　ところが瑠衣は、里美の提案はこれまでとはまったく違うものなのだという。

「今までの試食って、一口タイプの使い捨て容器にちょっとだけ入れて、あらかじめおつゆもかけてってものだったでしょう？　でも、後藤さんはおつゆとの組み合わせも選べるような形で試してもらいたいって言ってました」

「それは難しいんじゃないか？　普通なら蕎麦とつゆはセット売りだろう？」

　麺とつゆは最低限、どうかすると山葵やもみ海苔まで添えられたセットもある。要するに一袋の中に、必要なすべてが詰め込まれ、それさえ買えばあとは帰宅して作るだけ、というのが、物産展でよく目にする蕎麦の売られ方である。

　そこには製造者のこだわりが込められているし、麺とつゆを切り離して売ることなどできるはずがなかった。

そんな伝治の意見に、瑠衣は慌てたように答えた。

「すみません。説明が足りませんでした。後藤さんが言っているのは、通常食品売り場で扱っている麵やつゆの話なんです。全国の有名どころのお蕎麦と一緒に、普段使いのお蕎麦も並べてみてはどうかって」

太い麵や細い麵、甘いつゆに辛いつゆ、薬味も各種取りそろえ、あらゆる組み合わせで試してもらう。そうすれば、自分がどんな麵、どんなつゆが好きか探すことができるはずだ、と里美は言ったらしい。

「ずいぶん面白いことを考えたな……」

「でしょう？　彼女、お酒の勉強のために本や雑誌をたくさん読んだそうです。そういった本って、大人の男性向けに書かれていることが多くて、お蕎麦の紹介も頻繁なんですって」

「確かに。特に日本酒と蕎麦を一緒に扱ってる記事は多いだろうな」

「でしょう？　粋《いき》な大人の世界、蕎麦屋で一杯、なんて特集もよく見ます」

近頃しきりにクローズアップされている言葉に『蕎麦屋呑み』というものがある。いつだったか伝治も、事業部長会議の帰りに東京駅近くの蕎麦屋で呑んだことがあったが、あれなど典型的な『蕎麦屋呑み』の例だ。

蕎麦味噌、板わさ、焼き海苔……そんな簡単な肴で静かに酒を呑み、蕎麦を手繰ってさっと引き上げる。蕎麦そのものだけではなく、そんな呑み方が『粋』かつ『大人』だと、密かなブームになっているらしい。

「俺も蕎麦屋で呑むことはあるが、単に蕎麦が食いたいからだ。もっと言えば時間の関係。粋なんてほど遠いけどなあ……」

「それも『蕎麦屋呑み』の魅力のひとつなんじゃないですか？　とにかく、後藤さんはお酒と一緒にお蕎麦も調べたり、食べてみたりしたそうなんです。でも、なんか取り合わせがぴんとこなかったんですって」

「酒と蕎麦の？」

「じゃなくてお蕎麦自体だそうです。麺は好きだけど、おつゆがちょっと甘すぎる、とか、このおつゆはすごく好きなのに、麺が合わない……とか」

「あー……」

それは伝治にも覚えがあった。

もともと伝治は細くてコシのある蕎麦を気に入っているが、つゆは甘めを好む。ところが、その組み合わせがなかなかうまくいかないのだ。この店の麺は好みにぴったりだと思っても、つゆが今ひとつなんてことはいくらでもあったし、その逆もある。

それならいっそ、自分で麺を茹《ゆ》で、気に入ったつゆを拵《こしら》えればいいではないか、と言われるかもしれないが、同じように細い麺であっても、それが伝治の望むツルツルと喉どおりがよく、なおかつコシがしっかりあるタイプなのかどうかは食べてみるまでわからない。

蕎麦もつゆも多種多様。なおかつ、伝治のような独《ひと》り者《もの》が一本のつゆを消費するには相当な時間がかかり、次々試すわけにはいかない。

そんなこんなで理想の組み合わせを探すことなどすっかり諦めてしまった伝治だが、里美のアイデアどおり、催事場に蕎麦とつゆがずらりと並び、片《かた》っ端《ぱし》から試食できるのであれば、お気に入りの組み合わせを見つけることができるだろう。

「それはいいなあ……でもそれ、商売として成り立つのか？」

どう考えても試食用の麺やつゆに経費がかかりすぎる。

多少はメーカーから提供を受けられるかもしれないが、『蕎麦屋呑みフェスタ』を開くほどの規模となると補いきれない。堀内百貨店からの持ち出しが増えて、利益が確保できないのではないか。長年損益に関わる数字ばかり見てきた伝治と異なり、里美にはそういった視点が欠けているのではないか、と伝治は心配になった。

「それに、試食三昧《ざんまい》となったら『食い逃げ』が大量発生しかねない」

試食目当てに訪れ、なにも買わずに帰っていく。しかも連日……

どこの店にもそんな客が一定数いて、伝治は彼らを『食い逃げ』と呼んでいる。もしも試食し放題となったら、そういう『食い逃げ』が群がってくることは容易に予想できた。

「私もそれは心配したんですけど、後藤さんは、それなら入場料を取ればいいって……」

「入場料!?」

「イベントで入場料を取るのはよくあること、あんまり高額というわけにはいかないけど、二百円とか三百円ならいけるんじゃないかって言うんです」

「それなら『食い逃げ』されても大丈夫ってことか。だが、本当にそれで客が入るかな」

「後藤さん曰《いわ》く、入りたくなるようなイベントにすればいいんです、だそうです」

「……元気だな。いや、ちょっと驚いた」

これはあくまでも雑談の中のこと、だからこそ里美は思いつくまま、奔放に語ったのだろう。だが、その内容は長年流通業に携わってきた伝治や瑠衣の興味を十分惹《ひ》きつけるものだった。

「この企画、やり方によっては化けるかもしれないな……」

でしょう？　と答えたあと、瑠衣はちょっと心配そうに言う。

「後藤さんは発想が面白いし、本人も企画に興味を持ってるような気がします。でも彼女、高島部長にバイヤーに向いてるって言われた手前、企画をやってみたいとは言い出せずにいるんじゃないかと思うんです」

里美に限らず、若い従業員は事業部の仕事、特にマーケティング部の職域について詳しく知らない。長年商品部長を務めていたせいで、高島イコール商品部と思い込んでいる可能性がある、と瑠衣は推測した。

「考えられなくもないな。俺にしたって、マーケティング部がどこまでやってるかなんて、事業部長になるまでろくに知らなかった」

「それもどうかと思いますが……」

「ま、俺なんてそんなもんだ。とりあえず後藤君が商品部じゃなくて、企画でもいけそうかどうか高島の意見を訊いてみるよ。その上で、大丈夫そうなら君から丸山に打診してもらうってことでいいか？」

「お願いします。お忙しいところ申し訳ありません」

瑠衣が電話の向こうで深々と頭を下げた気配を感じつつ、伝治は電話を切る。

——さて、今日は高島はいるのかな。それともまた商談で留守だろうか。あいつも俺に負けず劣らず腰が軽いからなあ……

そして伝治は、類友の典型と言われる男に会うために、マーケティング部長室に向かった。

話を聞いた高島は、しばらく宙を睨んで考えていた。

彼がふたつ返事で引き受けてくれなかったのは意外だった。商品部であろうと企画部であろうと高島の管轄下に入ることに違いはない。てっきり大喜びするだろうと思っていたのだ。

里美が考えた催事企画案まで示したにもかかわらず、即答しない高島に伝治は不満を隠せなかった。

「なんだよ、あれほど自分のところに呼びたがってたくせに！」

「俺は彼女ならバイヤーをやれると思った。だからこその提案だ。企画をやりたがってるなんて思わなかったんだよ。商品部と企画部は似ているようでけっこう違う。一度白紙に戻して考えないと」

「そうか？　あんな企画が出せるんだから、適性はあると思うがな」

「確かに面白そうな企画だ。だが、それだけじゃ駄目なんだ。企画部ってのは、採算の見込みがいる」

「思いつきだけじゃ駄目ってことか」

「端的に言えばそうなる。しかも一発屋じゃ駄目だ」

企画を立てるのは簡単なことではない。それでも、ひとつぐらいならなんとか思いつけることもあるだろう。いわゆる渾身《こんしん》の一作というやつだ。けれど、それきりで後が続かないようでは困る。とてもじゃないが企画部員としてはやっていけない。特に、催事場の集客力が落ちている今、企画部としては斬新なアイデアを次々出せる人材がほしいのだ、と高島は言うのだ。

「そんな人材がそこら中にいたら苦労しないだろう」

「それはわかってる。だからこそ、育てようとしてるんだ」

「だったら後藤君を育ててやればいいじゃないか」

「おまえは順序とか段取りって言葉を知らないのか？」

企画を立てるには、それなりの知識が必要だ。売り場に三年いて酒に関する知識は得たが、それ以外はまだまだだ。企画に携わりたいなら余計に、仕入れについての経験も積んでからにしたほうがいい。客がほしがるような商品を探し出し、販売元と交渉し、自分の店で売れるように手配するノウハウは、企画を立てる上できっと役に立つだろう——

そんな高島の意見は間違っていない。五代グループの企画部に中堅以上の社員が多いのはそのせいに違いない。

だが、里美は進退に悩んでいる。もしも彼女が今現在やりたがっている仕事が企画だった場合、まずは商品部というルートに納得するだろうか。もしかしたら、それぐらいなら堀内とは縁を切り、新しい道を探します、と言い出すのではないか。

伝治はそれが心配でならなかった。

「それなら辞めます、って言わないかな……」

「後藤君なら大丈夫だとは思う。だが……」

前々から里美のことを知っていたとはいえ、娘からの情報が大半。しかもほとんどはバレーボールプレーヤーとしての里美についてだ。高島も確信は持てないのだろう。

「こればかりは本人に任せるしかないが……。それよりも人事のほうは大丈夫なのか？」

高島は気軽にうちで引き取るというが、いくらマーケティング部内のこととはいえ、部長の一存でできることだろうか。堀内百貨店にしても、里美が異動すれば補充人事が必要となる。堀内百貨店と中部事業部を跨《また》いでの異動だから、双方への影響は小さくないはずだ。

「実は、商品部でひとり退社予定の社員がいる。後藤君に代わりに入ってもらえばいいと思ってたんだが、企画となるとそうはいかない」

「やけに勧めると思ったらそういうことか！　なんてずるい男だ！」

伝治に罵《ののし》られても高島は平然としている。自分のところに欠員が生じて、よそで異動したがっている人間がいるなら、引っ張って何が悪いとでも思っているのだろう。

「後藤君は今すぐ異動させなきゃ駄目って感じか？」

「うーん……できるなら早く動かしてやりたいが、こればっかりは……」

「そうか。うちのほうは三月退社を希望してる。それまでの間に、後藤君の適性を見極めるっていうのはどうだ？」

「具体的には？」

「堀内の催事企画をやらせてみたい」

目下、堀内百貨店の催事場は売上げが下がる一方、しかもこれといった改善策も見つけられない状態である。半年近く先まで打ち合わせが進んでいる企画を修正し、少しでも数字を上向かせることができたとしたら、企画部でもやっていけるのではないか、と高島は言うのだ。

これには伝治も堪りかねた。あまりにも里美に酷すぎる。

「おまえは鬼か！　既に動き出してる企画の修正なんて、ベテランの企画部員にだって難しい。それを販売員と並行してやれというのは無理すぎる！」

「販売員だからこそ見えることもあるはずだ。それに、若者にはベテランと違った視点がある、ってのがおまえの考えじゃなかったのか？　しかも、失敗したところでダメージはしれてる。もともと堀内の催事なんて、郊外スーパーにやられっぱなしで死に体も同然なんだからな」

「そこまで言うか……。ダメ元上等、うまくすれば起死回生？」

「一石二鳥、って言葉もある」

「こんな話、おまえの娘が聞いたら……」

「言う必要ない、というより内部事情なんだから言うほうが問題だ。ま、本人の意向次第だがな」

啞然としている伝治を笑い飛ばし、高島は机の引き出しからファイルを取り出す。どうやら話はこれまで、仕事に戻るつもりらしい。やむなく伝治は、瑠衣になんと言おうと考えつつ事業部長室に戻った。


その日の夜、持ち帰り弁当と缶ビールという夕食を終えた伝治は、テーブルの上に放り出してあったスマホを取り上げた。

時刻を確かめ、着信履歴から瑠衣の番号を選んでプッシュする。午後九時を過ぎているし、大きなセール前でもないから、瑠衣も仕事を終えているだろう。

ところが、五度、六度と呼び出し音が続いても、瑠衣は電話に出ない。諦めて終話ボタンを押そうとしたところで、慌てたような声が響いてきた。

「お待たせしました、花村です」

「取り込み中だった？」

「すみません。まだちょっと家に帰れてなくて……」

「それは申し訳ない。じゃあまたあとで……」

「いえ、いいんです。ここ、居酒屋の個室ですから。さきほどの話ですよね？」

「ああ……」

居酒屋の個室にひとりでいるのは不自然だし、相客に聞かせていいものかどうか……と迷いはしたが、瑠衣にせっつかれ、やむなく伝治は高島の意向について話した。

瑠衣は時々質問を交えながら話を聞き終え、後でかけ直す、と言って電話を切った。

とりあえず話だけ聞いてあとは帰ってからゆっくり、ということか、と思ったが、ものの十分もしないうちに電話が鳴った。

「お待たせしてすみませんでした。取り込み中でした？」

「いや、大丈夫。もう家に帰ったの？」

「いいえ、まだ。実は今、後藤さんと一緒なんです」

「え……」

瑠衣と里美がふたりで居酒屋の個室にいる。それはなんとも不安になる状況だ。

おそらく里美が緊急、かつ内密に相談したくなるようなことが起こったに違いない。

「さっき伺ったお話を後藤さんにしてみたんです。そしたら、チャンスをいただけるならやってみたいって」

そこで瑠衣は二、三秒沈黙した。きっと、向かいにいる里美に確認でもしたのだろう。

「今の仕事と並行になるけど大丈夫そうかな？」

「頑張るって言ってます。たぶん、企画部で仕事をするとなったらいくつもの案件を一度にこなさなきゃならなくなるはずだから、それができないようなら企画部も無理だろうって」

「そうか。それは頼もしいな。せいぜい頑張ってもらってくれ。あと、さっきの蕎麦の企画、俺はすごくいいと思う。蕎麦屋がこだわりを尽くして選ぶ組み合わせだけがすべてじゃない。麺がもうちょっと太ければ、とか、つゆがもうちょっと濃ければ、とか思ってる客はいるはずだ。麺もつゆも試食しまくって、自分が一番好きな組み合わせを探せる、ってのはすごく魅力的だ。実現となったら、俺もできる限り協力するって伝えてくれ」

「ありがとうございます。きっと励みになるでしょう」

「ああ、それと、丸山のほうには……」

「わかってます。ただ、私としては、この企画をある程度形にしてからのほうがいいと思ってるんですけど、どうでしょう？」

通常なら異動を考える時期ではない。前向きに検討する、なんて常套句《じょうとうく》でお茶を濁されかねない。闇雲《やみくも》に『催事企画をやらせてほしい』では、丸山も相手にしてくれないだろう。

簡単なものでもいいから企画書という形にして持っていけば、こちらの気持ちも伝わりやすいのではないか、と瑠衣は言うのだ。

「それはいい考えだ。具体例があるのとないのとでは全然違う。それに、その企画書がちゃんと書けるかどうかで後藤君の能力や意気込みを量ることができる。丸山にしても、催事場の落ち込みは頭痛の種だろうから、それに関わる新企画が出てきたら真剣に考えざるを得ない」

「ですよね。まずは、店長を引き込めるようなものにしないと」

「多少のはったりはありってことで、君もせいぜい相談に乗ってやってくれ」

「はい。できる限り」

花村瑠衣の『できる限り』、それはずいぶん頼もしい台詞だ。里美は企画書の書き方なんてろくに知らないだろうけれど、瑠衣の後ろ盾があるなら大丈夫。言葉は悪いが、きっと丸山を丸め込めるだろう。

それでもなんともならなければ、自分、あるいは高島の出番だ。頃合いを見て、マーケティング部に若い企画スタッフがほしいから、誰か推薦してくれ、とでも言えば、企画書を書いて持ってきた里美のことを思い出す。ついでに彼女が三年も同じ売り場にいることも……

まずは里美が、これならやれそうだと思えるような企画書を書くことだった。

「これから二ヵ月先までの企画はしっかり固まってて動かしようがないし、半年ぐらい先までは交渉が始まってる。それを踏まえて頑張ってみてもらってくれ」

イベントを開く際、時期つまり季節は大事な要素だ。時期設定が曖昧《あいまい》なままでは、説得力に欠ける企画書になりかねない。そのあたりも考慮するように指示したあと、伝治は電話を切った。

おそらく、里美と瑠衣はこのまま企画を練り始めるだろう。居酒屋の個室というのは絶好のシチュエーション、きっと良いものができるに違いない。

意気揚々と風呂場に向かった伝治は、そもそもふたりはなんのために居酒屋の個室にいたのか、という疑問について、すっかり忘れ去っていた。

＊＊＊＊＊＊＊

里美が書いた企画書は想像以上にいい出来だった。
伝治が、とりわけ素晴らしいと思ったのは企画意図である。

『堀内百貨店がある町はどちらかと言えばうどん文化圏で、蕎麦屋というものが少ないように思います。せいぜいうどん屋で麺を蕎麦に替えることもできる、ぐらいが関の山で、蕎麦の専門店はほとんどありません。でも、もともと蕎麦が好き、あるいは蕎麦屋が多い地域から引っ越してきて、美味しいお蕎麦が食べたいと思っている人は少なくないはずです。普段はもっぱらうどんだけれど、美味しい蕎麦なら食べてみたいと思っている人もいるでしょう。そんな人たちをターゲットに、たくさんの麺やつゆの中から自分の好みにぴったりのものを見つけてもらい、催事期間だけではなく、通常でも蕎麦関連商品の売上げを伸ばす、それがこの企画の意図です』

言葉遣いは平易で幼さすら感じる。正直、企画書としてはちょっと物足りない。だが、企画意図はしっかり伝わってくるし、普段から蕎麦を好む者ばかりか、そうでない客も惹きつけそうな内容だ。何よりも『催事期間だけではなく、通常でも蕎麦関連商品の売上げを伸ばす』というのは魅力的なフレーズだった。

たしかに堀内百貨店のみならず、東海地方の五代百貨店各店においても、蕎麦関連商品は今ひとつだ。企画書にあるとおり、関西に近いということでうどん、あるいは名古屋界隈においてはきしめんの需要が高く、蕎麦の影は薄い。唯一の例外は大晦日《おおみそか》の年越し蕎麦だが、それすらも跳ね上がるのは海老の天ぷらの需要ばかり、蕎麦は細《ほそ》麺《めん》のうどんで代用する客がいるほどなのだ。

伝治は蕎麦文化圏で生まれ育った。若いころは取り立てて蕎麦が好きということもなかったため、中部地方に移り住んだときも特に不満は感じなかった。むしろ関西のうどんの旨さに感動したぐらいだ。ところが、転勤で首都圏事業部に戻ったあたりで蕎麦の味に目覚めてしまった。おそらく年齢のせい、加えて酒の味を覚えたことも大きかったに違いない。

ともあれ、再び中部地方に移った伝治が想像以上に寂しいと思ったのは、手軽に蕎麦が食べられないということだった。

もちろん、名古屋界隈にだって旨い蕎麦を食べさせる店はある。だが、圧倒的に数が少なく、従って人気も高い。行列していたり、売り切れて閉店していたりで、手軽とは言いがたいのだ。

そこまで考えて、伝治はにやりと笑った。

——もしかしたら、後藤君自身が旨い蕎麦に飢えているのかもしれない。彼女はまだ若いが、実家は東京だと言っていたし、酒と蕎麦の組み合わせに着目したぐらいだから、もともと蕎麦好きだった可能性はあるぞ。

旨い蕎麦を食べたい気持ちが高じてこの企画を思いついた。なんとも単純な動機ではあるが、売上げを伸ばすため、とか、お客様のニーズに応えるため、なんてものより遥かにパワーがある。

今後も同じやり方が通るかどうかは疑問とはいえ、はじめの一歩としては悪くない。なによりこの企画が実現したら、伝治だって蕎麦を買って家で茹でる気になるかもしれない。

あとは企画書を読む丸山が蕎麦党で、身を乗り出さんばかりになってくれるのを祈るばかりだった。

——なあに、あいつだって生まれは東京だ。蕎麦の魅力ぐらいわかってるさ。

そして伝治は、目に付いた誤字をひとつふたつ指摘、修正した上で丸山のところに持っていくように指示した。

瑠衣から報告が来たのは、伝治が企画書をチェックした翌日のことだった。

ずいぶん早いなと驚いたが、どうやら瑠衣は、閉店後、里美を従えて店長室を急襲したらしい。

「あとで見ておく、なんて言われたらいつになるかわかったものじゃありません。長いものじゃありませんから今すぐ読んでください、って突きつけたんです」

そのときのことを思い出したのか、瑠衣はふふふ……と笑った。

ひとりは自分よりも長く堀内百貨店に勤めている瑠衣、もうひとりは女性とはいえバレー部あがりで上背もたっぷりある里美。このふたりに詰め寄られては、丸山も大人しく企画書を読むしかなかっただろう。

「お疲れ様。で、反応は？」

「ずいぶん興味を持って読んでいただけたように思います」

「それはよかった」

「でも……」

そこで瑠衣はにわかに声のトーンを落とした。

いくらトレーディングカードに熱中するあまり他の売り場はなおざり傾向とはいえ、丸山とて店長に足ると判断された男だ。素直な性格とは言いがたいし、部下が出してきた企画書をそのまま通すとは思えない。ましてや専門外の里美が書いたもの、おそらく何らかのケチをつけたのだろう。

『なかなか面白い企画だ。でも……』とでも言われたんじゃないか？」

「そのとおりです。お蕎麦の企画自体は面白いけど、それだけじゃ華がない。催事場全体から蕎麦をすする音しか聞こえないようでは、陰気くさくて仕方がない、って……」

「あいつには侘《わ》び寂《さ》びの文化ってものが理解できないのか？」

確かに、企画の中心が蕎麦とつゆのマッチングではパンチに欠ける。だが、言うに事欠いて陰気くさいはないだろう。丸山の表現力、および語彙《ごい》にはいささか問題があるようだ。

「それで、後藤君はどんな感じだった？　企画にケチをつけられて落ち込んだんじゃないだろうな？」

「私もそれを心配したんですが、案外平気でした」

堀内百貨店の客は湊町界隈の住民が多く、年齢層も高めである。これまでは子どもからお年寄りまですべてを狙える企画ばかり立ててきたが、フードコートができてから若年層の客は増加傾向にある。一方、中高年層は横ばい、もしくは徐々に低下しつつある。この傾向を止めるためにも、中高年層にターゲットを絞ったイベントが必要で、蕎麦企画はそれにぴったりだ——

里美は、存外落ち着いた口調でそう説いたらしい。

「へえ……それは素晴らしい。後藤君もなかなかやるなあ。丸山はさぞかし驚いただろうな」

「店長どころか、私もびっくりしました。後藤さんはお客様の前ではなんだか萎縮《いしゅく》してるみたいでしたけど、従業員同士だったら店長相手でも平気なんですね」

「うーん……というよりも、花村君が一緒だったから心強かったんだろう。それで、きっぱり丸山を敵認定できたってことじゃないか？」

相手が客なら最大限丁重に応対しなければならないが、いったん敵認定してしまえば攻撃は可能。瑠衣という強力な後衛もいる。ここは攻めどき――

元スパイカーの里美は、そんなふうに考えたのかもしれない。

「まさか。でも、だったら私も気をつけなきゃ。現役時代の後藤さんのスパイクはすごかったんです。あの勢いで攻撃されたらひとたまりもないわ」

ひとしきり笑ったあと、瑠衣はまた真面目な声を出す。

「いずれにしても、丸山店長も、後藤さんの意見には一理あると思ったようです」

「じゃあ、『陰気くさい、華がない』は引っ込めたのか？」

「いえ、それにしてももうひとひねりほしい、って……」

なんだかどこかで聞いたような台詞だな、と苦笑いしてしまった。自分も、おそらく高島も、こんな台詞で何度も部下が持ってきた企画を修正させた。きっと丸山も同じなのだろう。

「見所があるからこそ修正させるんだ。目処《めど》は立ちそうなのか？」

「お蕎麦だけじゃなく、お蕎麦の産地の地酒とその地域ならではのおつまみも組み合わせたらどうでしょうか、って言ってました。頭の中にいろいろなアイデアが渦巻いてるみたいで頼もしかったです」

「なるほど、テーマを『蕎麦屋呑み』に持ってったか。いい線だ」

「私もそう思いました。事業部長がおっしゃったとおり『陰気くさい、華がない』は、ひっくり返せば『侘び寂び』の世界、日本の心です。『蕎麦屋呑み』は目下、人気急上昇ワードですから」

「中年親爺が興味津々、いや中年とは限らないか……神田君あたりも……」

そこで伝治は、高島が神田に雑誌を貸したことを思い出した。確かあれも、蕎麦と酒の特集が載っているものだった。きっと彼は『蕎麦屋呑み』についての情報を集めているのだろう。里美の企画にも協力してくれるはずだ。

伝治は勢い込んで瑠衣にその話をした。ところが、喜ぶに違いないと思った瑠衣は、なぜか黙り込んでしまった。

「どうした？　なにか都合の悪いことでもあるのか？」

「神田君が後藤さんにアドバイスをしてくれるのはありがたいことなんですが、奈々ちゃんがそれをどう思うか心配なんです。実は、先日もその件で相談を受けて……」

「ああ、例の個室居酒屋？」

何か相談があったに違いないとは思っていたが、まさかそれが神田に関わることとは思いもしなかった。なにより、上司にそういう相談をすること自体が、伝治には理解できなかった。

「今の若いの……って言ったらまた叱られるんだろうけど、とにかく後藤君や山城君あたりの年代は上司ともっと距離を置きたがっているとばかり思っていたよ。山城君は特に君に懐《なつ》いているから特別かもしれないが、後藤君まで……」

結局のところ、あの三人は三角関係になりかかっているのか、とため息が出そうになった。

だが、瑠衣はそうではないと言う。

「依然として直線、しかも延びてるわけでもありません。私も確認したんですが、後藤さんは神田君を仕事の先輩としか思ってないそうです。ただ、奈々ちゃんの気持ちには薄々気付いていて、巻き込まれたくないって……」

先日『花菱』でおこなわれた会合のあと、里美は神田に話しかけられることが増えたそうだ。

神田は、休憩時間になると地下まで降りてきて酒を物色する。お勧めの酒を訊ねられれば答えないわけにもいかず、何本かの酒を紹介すると、その中から一本か二本買っていく。酒の説明は一言で終わるようなものではなく、産地や特徴、使われている米、精米歩合などを話しているとどうしても長引く。そして、ふと気付くと、ふたりのやりとりを奈々がじっと見ているらしい。

「じっと見てる？　柱の陰からか？　どこかにそんなドラマがあったな……」

「笑い事じゃありません。後藤さんに言われてから、私も気をつけて見てたんですが、本当に『凝視』って感じでした。たぶん、奈々ちゃん自身に自覚はないんでしょうけれど」

「後藤君にしてみたらいい迷惑だな。神田も罪な男だ」

女心を手玉に取るような男だったのか、と思った瞬間、笑い出しそうになった。なんせ神田は、病気の弟を助けてくれたのは矢来神社だと信じ、ふるみなと祭りの復興に尽くしたぐらいなのだ。あの一途を絵に描いたような男にそんなことができるわけがない。おそらく無自覚のなせる業だろう。

「まあ、だが、それも後藤君の異動話がうまくいけば万事解決だ。まずは今回の企画をうまく練り上げて、丸山に認めさせることだ」

どうせそう長く続くことではない。この際、奈々の視線については気にしないように努めるしかないだろう。

「そうですね……でも、神田君に釘を刺す必要は？」

「ないない。ほっとけ。奴はただ酒がほしくて酒売り場に行ってるだけだ。それのどこが悪い」

「そりゃあ事業部長は、ご自分の影響で神田君がお酒に目覚めて嬉しいでしょうけど……」

「そういうこと。神田は蕎麦にも興味を持ってる。知識もそれなりにある。うまく利用することだ」

「お主も悪よのう……と申し上げておきます。本当にそれですめばいいですけど……」

瑠衣の言葉から心配の色が滲《にじ》み出《で》ていた。

部下の恋愛沙汰《ざた》に巻き込まれるなんて気の毒なことだ。これでは皺が増える一方、そもそも人の心配をしている場合か、なんて思ったものの、さすがに口にできることではない。

なんとか無事に収まることを祈りつつ、伝治は静かに終話ボタンを押す。

『蕎麦屋呑み』の話をしていたせいか、やたらと日本酒が呑みたくなっていた。蕎麦屋が出してくれるような出汁《だし》巻きでもあれば言うことはないのだが、そんな贅沢は望むべくもない。

深夜に自分ひとりしかいない家で酒を呑む。冷蔵庫の中にあるのは酒とつまみだけで、生活感は皆無。人の心配をしている場合か、なんて言う資格はない。一度は得た家庭という宝物を維持することができなかった自分を思い出し、盃を空けるスピードが上がる。もっと酒が苦くなる前に酔っ払ってしまいたい気持ちが大きかった。

＊＊＊＊＊＊＊＊

「おい、これを見てくれ！」

伝治は勢いよくマーケティング部長室のドアを開けた。

『これ』というのはどれのことだ、と突っ込まれる前に、伝治は企画書を突きつける。

「堀内百貨店の後藤里美の企画書だ。丸山に見せたところ、着眼点は悪くないがもう少し捻れと言われて目下修正中とのことだ」

「へえ……修正中ねえ……」

そう言いながら、高島は企画書を捲《めく》り始める。ちなみにこれは瑠衣がメールに添付しておくってきたものだが、チェックするにあたってプリントアウトしたものだ。

「へえ……けっこう様になってるじゃないか。これ、かなり手を入れたのか？」

「誤字は直させたが、ほぼ元のままだ。たぶん、俺に見せる前に花村君が直したんじゃないかな」

「だろうな。形式がちゃんと五代グループ仕様になってるもんな。それにしても、中部地方で蕎麦企画とは思い切ったな」

「その思い切りようが丸山には不満らしい。それだけでは人が呼べないとのお達しだ。散々、人を呼べない企画を繰り返した男が何を言う、だがな」

「それ、巨大なブーメランだぞ」

胸に刺さりまくって痛すぎる、と高島は大げさに心臓を押さえてみせた。

「そもそも、地元では手に入らないものを身近に持ってくるっていうのが物産展の売りだ。でも、ネットの普及のせいで手に入らないものがどんどん減ってる。ただ遠くのものを持ってくるだけじゃ駄目な時代になったんだよ。その点、この企画はそこらに普通にあるものの中から、自分の好みにぴったり合うものを探す企画、いわゆるマッチング企画なんだ。これは新しいな」

高島はなんだか鼻高々だった。おまえが出した企画でもあるまいに、とは思ったものの、『マッチング企画』という言葉が面白くて、伝治は素直に頷いた。

「とはいっても、それだけじゃ駄目だって丸山の意見にも頷ける。どうせ蕎麦をやるなら有名どころは置きたいし、麺とつゆに限らず、酒とのマッチングも考えたい。つまみも相応しいものがほしい」

「要するに、行き着くところは『蕎麦屋呑み』か……」

「ああ。後藤君もその方向で修正するみたいだぞ」

「いいところに目をつけたな。『蕎麦屋呑み』なら、いろんな方面に広げられるし、金の使い道に困った年寄り連中が群がってくるに違いない」

「どこにいるんだよ、そんな連中が！」

バブルのころならともかく、ここ最近、金の使い道に困っている年寄りになんてお目にかかったことがない。医療が発達したせいか平均寿命は年々延びているし、年金は受給開始年齢がどんどん引き上げられ、もらえる額は減る一方なのだ。使い道に困るどころか、寿命より先に資産が尽きてしまわないかと心配している人ばかりのような気がする。

ところが高島は、それこそ発想の転換だ、と笑う。

「年寄りが金を使わないのは、この先いくら金がかかるかわからないから。加えて、今更物を増やしても、って思いからだ。それはある意味間違っていない。でもそんな年寄りでも、食い物《とりで》には金を出す」

結局、最後の砦は食にまつわることだけになってしまう。たとえ百貨店業界が冷え込んでも、レストラン街やデパ地下だけは活気があるのはそのせいだ。

　それは高島に説かれるまでもないことだった。

「だが、かといって毎日外食ばっかりしてるわけにいかない。いくら気に入った店があっても、長年通ってるうちに飽きるってこともあるだろう。それなら家でちょっと良いもの、自分たちの好みにばっちり合ったものを食べる。しかも、外食では味わえないようなマッチングで。これならいけると思わないか？」

「……微妙だぞ、それ」

　伝治は高島の話の半分以上が眉唾物《まゆつばもの》に思えてならなかった。

　本当に年寄りは食い物に金を出すのか。むしろ子どもや孫に残したいと思っているのではないか。ただ、好きなものを外食では味わえないようなマッチングで、というコンセプトには説得力があった。

「外食にしても、湊町あたりじゃ選択肢が多いわけでもない。後藤君が出した企画は、『蕎麦屋呑み』という外食そのものの看板を掲げながら、その実、家で食べるものに目を向けさせる、そこに金をかけさせるための企画だろう。そう考えると素晴らしいと思わないか？」

　高島はひどく嬉しそうだった。

　おそらく彼は、里美の企画力を疑っていたに違いない。ところが、いざ出てくると思ったよりもレベルが高かったせいで、舞い上がっているのかもしれない。

堀内百貨店は現在、究極の危機を脱し、なんとか低空飛行を続けている。

そして、低いながらも墜落せずに飛び続ける原動力になっているのが、新しく作ったフードコートである。

家で食べるものにこだわり、金をかけさせた結果、フードコートの売上げが鈍るようなことがあれば元の木阿弥、低空飛行すら続けられなくなるのではないか。そんな不安が頭をよぎる。

だが、失敗を恐れるあまり挑戦しなくなった企業など先は知れている。なにより、一時は辞めたいと考えていた里美が、こうやって生き生きと企画に取り組んでいるのだ。

高島は里美に関して、商品部ならともかく、企画部にすぐ異動させるのは難しいと言っていた。その彼がここまで認めるのであれば、里美の異動は半ば叶《かな》ったようなもの。あとはできる限り穴を塞ぎ、企画を実現させるだけだった。

「これ、もらっていいのか？」

里美の企画書をひらひらさせ、高島が訊ねた。

「もちろん。なにかいいアイデアがあったら教えてやってくれ」

「よし、なんとしてもこの企画を形にするぞ」

「形にしても成功するとは限らないぞ」

「成功しなくたってかまわない。どうせ失敗続きなんだろ？　失敗を隠すなら赤字の中」

「それを言うなら、木を隠すなら森の中だ！」

「そうだったか？」

その後、高島は新しいファイルを取り出し、たった三枚の企画書を大事そうに納めた。きっとあとで取り出して見直すつもりだろう。

これでＯＫ、里美の件はなんとかなりそうだな、と安心し、伝治が事業部長室に戻ろうとしたところ、高島が声をかけてきた。

「なあ、この企画、本当にやるとなったら秋にしたらどうだ？」

里美が書いた企画書には、十二月が開催予定とされていた。十二月には中国物産展が予定されており、出雲《いずも》蕎麦も出展されるはず。加えて、年越し蕎麦の需要も見越してのことだろう。

だが、高島は蕎麦についての企画をやるなら秋から冬がベストだと主張した。

「蕎麦は夏から秋にかけて収穫される。夏に取れるのが夏蕎麦、秋に取れるのが秋蕎麦って呼ばれるんだが、香りが良いのは断然秋蕎麦。だから、いわゆる新蕎麦ってのは秋蕎麦を指すことが多いんだ。ついでに秋は新酒が蔵出しされる時期だ。新蕎麦と新酒、呑兵衛にはぐっとくる組み合わせだと思うぞ」

新酒と新蕎麦——確かに聞いただけでも旨そうである。イベントの魅力も増すことだろう。

「いい考えだ。伝えとく。実際にやれればな……」

ところが、伝治の答えを聞いた高島は不満そのものの表情になった。

「やれるようにするのがおまえの仕事だろ。堀内の催事売上げは下がりっぱなし、即効性のあるイベントが必要だってことぐらいわかってるだろ？」

「とはいっても、ある程度準備期間もいるだろうし、蕎麦と組み合わせられるものなんて……。いや、待てよ？」

そこで伝治は、高島の机上に立ててあったファイルを開いた。そこには五代グループ全店のイベントスケジュール表が綴《つづ》られており、堀内百貨店の分も入っている。確かこのあたりだったはず、と思いながら開いたページには、伝治の思ったとおりのイベント名が書き込まれていた。

「これならなんとかなるかも……」

そう言いながら伝治が指さしたのは、『全国唐揚げ祭り』という文字だった。

「唐揚げ祭り！　思いっきりつまみじゃないか！」

「おかずであり、つまみであり、おやつでもある。どうかすると唐揚げは飲み物だって主張する猛者《もさ》もいるとかいないとか……」

「唐揚げを飲むな！　だが、唐揚げってビールや酎《ちゅう》ハイのイメージが強くないか？　蕎麦や日本酒に合うのかな？」

高島の心配はもっともだった。だが、伝治が『全国唐揚げ祭り』ならいけるかも、と言ったのは唐揚げそのものが理由ではなかった。

「忘れちまったのか？　これ、メインは唐揚げだが、鶏料理《とりりょうり》全般を扱うんだ。どっちかって言うと『唐揚げ祭り』よりも『鶏祭り』。でも、『唐揚げ祭り』のほうが……」

「インパクトがありそうだから、だったな。確か焼き鳥とか四国の骨付き鶏も持ってくる？」

「そのとおり。もともとイートインでビールも出す予定だから、反対側に蕎麦と酒のコーナーも作っちまうってのはどうだろう？」

「いいね、いいね。それなら俺、絶対行く！」

「だよな！　よーし、後藤君に提案してみよう」

「そうとなったらいろいろ考えないとな！　丸山のゴーサインが出たらすぐに知らせてくれ」

机上の空論ではなく、実際に催事をやらせる。メインではなくサブ企画であれば、失敗しても傷は少ないし、成功すれば自信に繋《つな》がる。里美がこのイベントを成功させることができれば、彼女の企画部への異動の道は開けるし、彼女自身が自分の適性を見極められる。

「実際にやってみれば、イベント企画の楽しさと難しさがわかる。失敗しようが成功しようが、とにかくやり遂げて、その上で企画をやりたいっていうなら俺も大歓迎するよ。企画部に入ってもらって、堀内の催事企画に全面的に携わってもらう。そうすれば、堀内百貨店催事場の売上グラフもちょっとは上向くかもしれない」

「その言葉、忘れるなよ。後藤君がものすごい企画を連発して、頼むから五代のほうも、なんって言ったたって知らねえからな」

「期待してるよ」

高島は、いつになく真剣な面持ちで頷いた。

事業部長室に戻ったあと、伝治は丸山に連絡を取ることにした。『全国唐揚げ祭り』の進行状況を確認するためである。

企画そのものは企画部が担当しているにしても、堀内百貨店は店舗裁量が大きい店だ。具体的な内容は丸山に訊くほうがいい。だが、間違っても里美の企画について触れてはいけない。

いくら伝治が瑠衣とツーカーで、お互いに相談しあう関係だとわかっていても、頭越しに話を進められれば面白くないに決まっている。万が一にも里美の企画に悪影響を及ぼすことがあってはならない。

丸山によると、『全国唐揚げ祭り』の準備はほぼ終わっているとのことだった。

だが、出店予定だった二店が参加を見合わせたそうなので、うまくすれば里美の企画用のスペースを確保することができるだろう。

この出店見合わせは、堀内百貨店では労力に見合う売上げが確保できないという理由からだったが、全国的に有名な店が参加しないとあれば売上減は火を見るより明らか。丸山や催事担当の従業員たちはずいぶん落ち込んだらしい。

里美の企画が有名唐揚げ店の穴を埋められるかどうかは定かではないが、目新しい企画があれば少しは客が来てくれるかもしれない。さらに『全国唐揚げ祭り』という柱企画があれば、蕎麦だけでは弱いという丸山への絶好の説得材料となるだろう。

伝治は直ちに瑠衣にメールを送り、里美の企画と『全国唐揚げ祭り』の同時開催を提案するよう指示した。

瑠衣と里美の動きは早く、その日の夜には修正された企画書が送られてきた。今度は誤字もなかったから、瑠衣はそこまで含めて入念にチェックをしたのだろう。

伝治に太鼓判を押された企画書は、丸山のチェックも無事通過。イベント名も『蕎麦屋呑みフェスタ』と決まり、実現に向けて動き出すことになった。

翌週、丸山から送られてきた催事スケジュールを確認した伝治は、『蕎麦屋呑みフェスタ』と『全国唐揚げ祭り』の開催がふるみなと祭りと同時期だと気付いて驚いた。『全国唐揚げ祭り』と『蕎麦屋呑みフェスタ』を同時開催するよう助言したのは自分だが、まさかそれが祭りと重なるなんて思ってもみなかった。ただ単に、ああ十月か……食欲の秋だな、ぐらいの感覚だったのだ。

我ながら、迂闊《うかつ》にもほどがあると呆れてしまうが、理由がないわけではない。

堀内百貨店は例年、ふるみなと祭り期間中に東北物産展を開催してきた。だが今年は、件《くだん》のショッピングセンターが先んじて開催することがわかっていたため、少しでも時期を離そうと考えた結果、『全国唐揚げ祭り』と順番を入れ替えることになった。

要するに、入れ替えがあったにもかかわらず、伝治の頭には『ふるみなと祭り期間中は東北物産展』という認識が居座り、新しい情報が入らなかった。『全国唐揚げ祭り』がふるみなと祭りと重なることに気がつかなかったのは、そのせいとしか考えられなかった。

「ふるみなと祭り期間中は、トレカ・イベントのおかげで普段よりずっと若い客が増えます。売上減が見えている物産展よりも唐揚げづくしのほうがマシなんじゃないですかね」

今更ながら、そんな自慢とも謙遜ともつかないような丸山の台詞が浮かんできた。

あのとき彼は、トレカ・イベントの合間に催事場で買い食いしてくれるのではないか、と期待していたが、伝治は怪しいものだと思った。

トレカ・イベントが開かれるのは正面玄関ホールだ。彼らが来てくれるのはせいぜい関連グッズを扱っている四階の玩具売り場までで、催事場がある六階まで上がってくるとは思えない。

なんせ彼らは、トレーディングカードが大好きなのだ。特にイベント開催中となったら、ゲームやグッズの物色以外に時間を取られたくないのではないか。食事や休憩にしても、六階に上がるよりも地下のフードコートで手っ取り早く済ませたがるに決まっている。

『唐揚げの味の差なんてわからないよ。よっぽどのことがない限り、揚げたてならどれだって美味しいし、安けりゃ安いほどいい』

息子の卓也《たくや》なら、きっとそんな台詞を吐《は》くことだろう。

『全国唐揚げ祭り』が東北物産展よりも大きな数字を作れる保証なんてない。どっちもどっち、もしかしたらもっと悪い数字になりかねないと伝治は危惧《きぐ》していたのだ。

だが、そこに『蕎麦屋呑みフェスタ』が加わるとなったら話は別である。

もともと『全国唐揚げ祭り』ではイートインコーナーを設置することになっている。

唐揚げや焼き鳥、親子丼《どん》なども提供する予定だが、『蕎麦屋呑みフェスタ』と同時となれば酒好きの大人も来てくれるかもしれない。揚げたての唐揚げでビール、あるいは焼き鳥で地酒を一杯……。考えただけで生唾《なまつば》が出そうになる。何より、祭りなんだから昼酒もあり、と考える客はきっといるだろう。

子どもは玩具とフードコートに任せ、催事場に大人を誘い込む。このイベントの成功は、それができるかどうかにかかっているような気がした。

第四章　ふたつの神輿《みこし》

『蕎麦屋呑みフェスタ』の準備は急ピッチで進められた。

なんせ開催まで三ヵ月しかない。普通なら半年、どうかすると一年以上かけて準備するのに半分以下で形にしなければならないのだ。しかも前例がない新企画ときては、大変としか言いようがない。

それでも里美は、一切泣き言を漏らさなかった。

催事場担当の従業員たちに、予定外の仕事を増やしてしまったことを詫び、懇切丁寧に企画意図を説明する。昼休みや午後休憩になると食品売り場に駆けつけ、蕎麦やつゆの担当者に頼み込んで教えを請《こ》う。家では、買って帰った麺やつゆを試食、それぞれの特徴を一覧にしたパンフレットも作ろうとしているらしい。

いくら違う味と言っても蕎麦は蕎麦。伝治も自分ではかなりの蕎麦好きだと思っているが、何日、いや何十日も続けてとなったらうんざりするだろう。

それでも平然と試食を繰り返す里美は、余程の蕎麦好きか、この企画を成功させようと必死になるあまりどこかが麻痺《まひ》してしまったのではないか。

いずれにしても催事場の売上減に悩む堀内百貨店としては、ありがたいとしか言いようがなく、ひたすら頑張る里美の姿に従業員一同も、自分にできることはなんでも……という雰囲気になっている。特に協力的だったのは神田だ。

彼は、もともと蕎麦と酒に興味を持っていて、わざわざ高島に雑誌を借りるほどの打ち込みようである。にもかかわらず、近隣に蕎麦と酒を一緒に楽しめる店が少ないとあって、『蕎麦屋呑みフェスタ』にかける期待は大きいらしい。自分が得た知識や経験に照らして、里美にいろんな提案をしているそうだ。

企画立案にあたって、知恵を出す者は多いほうがいい。ひとりではわからない問題点にも、ふたりなら気付けることもあるだろう。神田の協力は、里美にとって大きな力となるはずだ。

里美の努力が実を結ぶことを、切に祈る伝治だった。

夏休みが始まり、トレカ・イベントやフードコートのあちこちに子どもの姿が目立つようになってきた。

そんなある日、慶太から電話がかかってきた。用件はふるみなと祭りの準備状況報告と神輿の練習への誘いで、そろそろ練習が本格化してきた、近々一度見に来てくれないかというものだった。

言葉の端々《はしばし》に、『なんとかしてくれ』という思いが表れている。それぐらい、菱田の指導が度を越えているのだろう。神輿の祝いの際に話をすればよかったのだが、あのときは里美の問題でいっぱいいっぱい、時間切れとなってしまった。もっとも、時間があったところでそんな話を持ち出せる雰囲気ではなかったことも確かである。

まあ、行くしかないよな……ということで、伝治は予定表を確認し、湊町に行く日を決めた。

「ありがとうございます。お忙しいのに、申し訳ありません」

「了解。それで、練習に来ている人数というか、担ぎ手の数自体はどうなんだ？」

先ほどの準備状況報告の中に、練習に参加している人数の推移はなかった。以前、慶太から相談を持ちかけられたときよりも、さらに状況は悪化したのだろうか、と伝治は心配したのだ。

案の定、慶太の声がより深刻そうなものに変わった。

「圧倒的に足りていません。最初は人数もそれなりにいたはずなのに、だんだん来なくなっちゃう奴が増えて……。これじゃあ、新湊どころかうちの神輿すら危なそうです」

慶太ははっきり言葉にしないが、『来なくなっちゃう奴が増えて……』の元凶はおそらく菱田だろう。これまでのふるみなと祭りでは、菱田の頭に『よその神輿』という概念があったせいか、担ぎ方の指導にしても少しは控えめだった。ところが今年は晴れて自分たちの神輿ができた。菱田がここぞとばかり張り切った結果、ついていけない若者が続出、うんざりして来なくなったというのが本当のところだろう。

「注意する奴はいなかったのか？」

「商店街の年寄りたちは、菱田さん寄りか中立。ちゃんとした神輿にしたければしょうがない、って感じなんです。俺や新田さんも何度か注意めいたことを言ってみたんです。でも……」

「聞く耳持たず、か……」

「はい。若者の泣き言に聞こえたんでしょうね。頼みの綱は高橋さんだけです」

伝治なら、年齢的にも慶太たちと菱田の間ぐらいになる。伝治の言葉なら聞いてくれるのではないか、と慶太は言う。

「このままでは三年前に逆戻りです。菱田さんは、新しい神輿を作ってまでふるみなと祭りを盛り上げたいと考えてくださってるんです。祭りの名称についても、以前は『新湊も参加するのにふるみなと祭りか』って渋い顔していたんですが、今はそんな気配もありません。それどころか、歴史ある名前なんだからなくしちゃ駄目だ、なんて名称変更派の人たちの説得に回ってくれたんです。おかげで、『ふるみなと祭り』のままいけることになって、大いに助かりました。でも、今はその気持ちが空回りしちゃってる状態で……」

「気持ちの空回りか……」

焦るあまり迷走するのは若者の特徴のように言われがちだが、実はそうではない。伝治に言わせれば、年寄りのほうがずっとせっかちだ。おそらく人生の残り時間は減る一方だとわかっているせいだろう。何事も途中で放り出したくない、できる限り片付けておきたいと思うあまり、気が急《せ》いてしまう。誰もが同じとは言わないけれど、菱田はそんな性格のように思われた。

「神前で神輿の揉み合いは素晴らしいが、人の気持ちまで戦わせるようじゃ本末転倒だ」

「そうなんです！　俺たちは、せっかくの祭りなんだから楽しみたいって思ってます。でも菱田さんは『儀式』だからちゃんとやらなきゃの一点張りで……」

「わかった。俺にできるかどうかわからんが、とにかく話してみるよ」

結局、電話というのは頼み事のためにあるのだな、気軽な用件ならメッセージで済むのだから……なんて穿《うが》った考えが浮かぶ。苦笑いしながら、伝治は次の土曜日の予定表に『湊町神輿練習』という文字を入力した。

土曜日、遅く起きた伝治は朝昼兼用の食事を済ませ、神輿の練習会場となっている湊町の自治会館にでかけた。自治会館はそう大きな建物でもなかったが、屋内で天候に左右されないし、足並みを揃えたり、神輿の上げ下げの練習に広い面積は必要ないとのことだった。

——親爺、さすがにこれはちょっと……

湊町駅からバスに乗り継いで自治会館に到着した伝治は、菱田の振る舞いに軽い頭痛を起こしそうになった。

口調の荒さは今に始まったことではないが、とにかく口から出るすべての言葉が棘《とげ》だらけ、いやみったらしくて仕方がないのだ。

話を聞いたときは、慶太が大げさに言っているのだろうと思っていた。菱田とて長年接客業を営んできた身だ。多少不満があっても自分を抑えることができるはずだと……

それなのに、菱田は周りの若者を怒鳴り散らしている。

『何度同じことを言わせるんだ』とか『なっちゃいねえ』とか『おまえの腰は太いだ

けでなんの役にも立たねえ』とか、とにかく聞くに堪えない。きっと若者たちへの苛《いら》立《だ》ちが、溢れ出しているのだろう。

慶太はなんとかしてほしいと言っていたが、部外者である自分に何ができるだろう。こんな調子の菱田が、客とはいえ、数ヵ月に一度ぐらいしか訪れない伝治の話を聞いてくれるだろうか。そもそも何をどう話せばいいのだ。あんなに張り詰めた様子の男にかける言葉など、伝治には見つけられそうにない。いっそ、しばらく見るだけ見て、そのまま帰ってしまおうか、と思うほどだった。

そのときふいに菱田が振り向いた。壁際に立っていた伝治を怪訝な顔で見たものの、すぐに自分の店の客だと気付いたらしく、軽く会釈をする。少し離れたところからは、慶太のすがるような眼差しが飛んでくる。

やむなく伝治は会釈を返し、精一杯明るい声を出した。

「親爺さん、ご精が出ますね。でも、ここらで一度休憩してはどうですか？」

練習は午後二時からだったはずなので、始まってから既に一時間が過ぎている。エアコンが効いているとはいえ動けば暑いし、こんなに怒鳴り続けられれば、担ぎ手たちも怒鳴っている本人も疲れ果てているに違いない。休憩を入れることで、とにかくこの場の空気をなんとかしたかった。

「休憩してる時間なんてねえ。俺はともかく、みんなは仕事があるんだぜ」

なんで土曜日、しかも昼日中に練習なんて……と菱田は眉間に皺を寄せる。

どうやら菱田は、練習時間も気に入らないらしい。菱田自身は体調を考え、土曜日は息子に店を任せているから支障はないにしても、商店街の人たちにとっては書き入れ時だ。練習が大事なのはわかっているが、せめて平日にすればいいのにと考えるのも無理はない。

けれど、平日の練習には会社員や学生が参加しづらい。特に今年は、神輿が増えたこともあって、知人友人に声をかけまくって人を集めた。なんのかんのいっても、商店街の人たちは神輿を担ぎ慣れているから、多少練習不足でもなんとかなる。本当に練習が必要なのは新メンバーだ、ということで土曜の午後が選ばれたそうだ。

現に、練習に来ている大半は学生、大人にしても伝治が知らない顔がほとんどだ。わずかに覚えのある顔は、慶太のように家族で店をやっている人間ばかり。それでも、長時間の留守は商売に差《さ》し障《さわ》るはずだ。

菱田に言わせれば、うちの連中が参加できねえような日に練習しやがって、ということになるのだろう。

「まあそう言わずに。あんまり疲れると怪我や事故も起こります。たとえ五分でも休んだほうがいいですよ」

そう言いつつ、伝治は持ってきた紙袋を店主に差し出した。

「これ、つまらないものですが皆さんで……」

「こりゃどうも……。仕方ねえ、ちょいと水入りにするか……」

菱田は不服そうに、それでもちゃんと頭を下げて礼を言う。そして、大声で叫んだ。

「一息入れるぞ！　おい、『あさくら』の！」

慶太が飛んできて、伝治の差し入れを受けとり、みんなに配り始める。ついでにペットボトル入りのお茶も配られ、各々好きなところに座り込んでの休憩が始まった。

伝治にもお茶が一本届けられた。水滴がたくさんついているところを見ると、しっかり冷やされているのだろう。ところが菱田は渋い顔でペットボトルを睨んでいる。

ああ……と思った伝治は、練習場を出て玄関ホールに向かった。

練習場に戻った伝治は、部屋をぐるりと見回して店主を探した。

他の人間は数名ずつ固まって歓談している中、彼はひとりきりで座っている。やはり疲れたのか壁にもたれ、目を閉じたままだ。ちなみに、配られたペットボトルは脇に置いたままで、飲んだ形跡はない。

やっぱりな、と思いながら近づき、伝治は店主に声をかけた。

「親爺さん、もしよかったらこっちを……」

そう言って伝治が差し出したのは、小ぶりなペットボトルだった。オレンジ色の蓋《ふた》を見て、菱田が驚いたような顔になる。

「こいつはどうも……」

目礼で応え、伝治は菱田の横に座り込む。自分用にも買ってきたお茶を開けながら、隣の男に話しかけた。

「いくら暑くても、冷えすぎたお茶はきついですよね」

「きんきんに冷えたのを飲みたいのは山々だが、身体にはよくねえって聞くし……」

「わかります。おまけに、歯にも滲《し》みまくり」

「あんたみたいに若くてもそうなのか？」

「もともと歯が弱い上に手入れ不足、虫歯だなんだって歯医者に行っては叱られまくってます」

「そいつはうまくねえな」

「まったくです」

俺は今んとこ歯は大丈夫だがな、と店主はにやりと笑う。とにかく笑顔が見られたことにほっとして、伝治は自分の茶を飲む。もちろん蓋の色はオレンジ、中身はホットの玄米茶である。

「うまいねえ……玄米茶は」

「緑茶よりも焙《ほう》じ茶《ちゃ》、それよりもっと好きなのは玄米茶？」

「よく知ってるな」

「前に女将さんに伺ったことがあります」

そういうのは一度聞いたら忘れません、と笑う伝治に、店主はひどく感心した様子だった。

「さすがだな」

「習い性になってるんですよ。でもそれって親爺さんも同じでしょう？」

「もちろん。だが、最近の奴らはそうでもないらしい。祭りの練習のたびに冷え冷えの緑茶が出てきやがる」

「自分の店の客ならまた違うんでしょうけどね」

「俺はあんたの客じゃないのにちゃんと覚えてたじゃねえか」

「それはあれです。今は客じゃなくてもいつか客になるかもって下心」

「大事なことだ」

それに引き替え……と店主はまた苦い表情になる。

「ここにいる連中は、いつまで経っても俺が飲み物に口さえつけねえことに気付かない。神輿の練習はもう何度となくやってるっていうのに……」

これはよくないパターンだ。店主の気持ちをほぐそうと温かい飲み物を買ってきたのに、逆効果になりかねない。伝治は慌てて、彼らの弁護に回った。

「でも、土曜日なのにちゃんと神輿の練習に来て偉いじゃないですか。俺だったら放り出して遊びに行っちゃいますよ」

「この町じゃ、若いのが遊ぶ場所もねえんだ。ゲーセンぐらいはあるだろうが、金がかかるばっかり。それぐらいなら神輿の練習をしてたほうがいい。冷房は効いてるし、茶の一本ぐらいは出てくる。たまにはあんたみたいに奇特な人が、差し入れもしてくれる」

疲れていると甘いものが旨い、と菱田は差し入れの饅頭《まんじゅう》をぽいっと口に入れる。饅頭は一口サイズで動物や魚の形を模《も》している。差し入れに何を持っていくか悩んだが、見ただけで和むし、どれを選ぶかで和気藹々の様子。差し入れとしては悪くなかったのだろう。

餡の甘みを洗い流すように、菱田がまた玄米茶を飲んだ。

「ごちそうさん。元気が出そうだ」

「どういたしまして。一休みしたら、きっと練習もうまくいきますよ」

最初はともかく、こんなにうるさい親爺に怒鳴られるとわかったら来たくなくなる。それでもちゃんと練習に出てくるのだから、それなりに熱意はあるのだろう。その熱意を生かすためにも、菱田には少しやり方を変えてほしかった。

とはいえ、本人を前にうるさい親爺云々《うんぬん》なんて言うわけにはいかない。なんとかうまく伝える方法はないか、と伝治は言葉を探す。そんな伝治を知ってか知らずか、菱田の愚痴《ぐち》は止まらない。

「練習に来さえすればいいってもんじゃねえ。気合いが足りねえからちっともうまくなりゃしないんだ。昔から神輿をやってる連中は、担ぎ方はしっかりしてるが体力がねえ。若い奴らは体力はあるが、担ぎ方がなっちゃいねえ。いっそ仕事なら、技は見て盗め、なんて突き放しちまえるんだが……」

年に一度しか見る機会がない神輿ではそういうわけにはいかない。こちらは丁寧に指導しているつもりだが、若い連中は口うるさいとしか思ってくれない。そんな気持ちではうまくなるわけがない、と菱田は吐き捨てた。

「わかります。誰かに何かを教えるっていうのは大変ですよね。特に相手が若いと、根本的に感覚が違うというか、価値観が違うというか……」

「あんたぐらいの年でもそうなのか。じゃあ、俺なんてなおさらだな」

「俺と親爺さんより、ここにいる若い連中と俺のほうが年の差があると思いますよ」

「そうかもしれねえ。とにかく俺には、あいつらが何を考えてるのかさっぱりわからねえんだ。神輿は神事だ。神さんに乗っていただくものなんだから、ぴしっとしなけりゃとは思わねえんだろうか？」

「あー……」

伝治は菱田の言葉に問題の根源を見たような気がした。

若者たちに神輿が神事のひとつだという意識があるとは思えないし、あったとしても薄いだろう。菱田は『ぴしっと』という言葉に、礼節を守ってという意味を込めているのだろうが、若者たちはそんなことはお構いなしで、ただ楽しみたい、文字どおりのお祭り騒ぎに興じたいとしか思っていないのではないか。

加えて、担ぎ手が足りないというから来てやったのに、という意識もあるだろう。こんなにうるさく言われるぐらいなら来なければよかった、という不満がますます両者の溝を深めているのかもしれない。

伝治がそんなことを考えていると、菱田がふーっとため息を漏らした。

「わかってるよ、伝治さん。あんた、『あさくら』の大将にでも泣きつかれたんだろ？　クソ親爺が聞かなくて若いのがみんな逃げちまいそうだ、なんとかしてくれねえか、ってさ」

「いや……その……まあ、そんなとこです」

面と向かって言われては、さすがに否定できない。しどろもどろに肯定する伝治に、菱田は軽く頭を下げた。

「すまねえな……俺が聞かねえばっかりに、あんたにまで迷惑かけちまって」

「迷惑だなんて……」

「休みの日にこんなとこまで出張《でば》らされたんだ。迷惑に決まってる。俺だって、年寄りがごちゃごちゃ言わねえほうがいいことぐらいわかってるんだ。でも、若い連中がちんたらしてるのが目に入っちまうとどうしてもよ……」

「だったらもういっそ、年齢別にしちゃったらどうですか？」

菱田がぎょっとしたように伝治を見た。

菱田の言葉を聞いて、伝治は反射的に思ったのだ。目に入ると言いたくなるなら、いっそ入れなければいいと……

菱田は、自分たちの神輿がない、という理由から新しい神輿を作った。ふたつの神輿が矢来神社の鳥居前で揉み合えば、ふるみなと祭りはもっと盛り上がると考えたのだろうし、事実そのとおりだろう。だが、そのふたつは必ずしも、新湊と古湊でなくてもいい。こんな状態なら、いっそ新参と古参に分けるという手だってあるのではないか。

店主はしばらく考えていたが、やがて、首を左右に振りながら言った。

「無理だな」

「駄目ですか？　案外いけそうな気がするんですけど」

「ありえねえ。老いも若きも入り交じって神さんをお乗せして運ぶ、それが神輿ってもんだ」

「別に入り交じらなくてもいいでしょう。神輿がひとつしかなくて、どっちか片方だけしか担がないならまだしも、神輿がふたつあるんです。いっそきっぱり分けて、それぞれが好きなように担げばいいじゃないですか。あ、別に年齢で分けなくても経験が多い少ない、もしくはきっちり担ぎたい人と、とことん楽しみたい人でもいいです」

若くても古来の正しい神輿の担ぎ方を身につけたい人間もいるだろうし、年齢そっちのけで元気いっぱい、神輿は勢いだ！　と主張する年寄りだっているはずだ。とにかくふたつに分ければ、菱田を筆頭とする『技』にこだわりたい年寄りたちも、うるさく言われたくない若者たちも満足できるのではないか。

「作法に適《かな》った美しい神輿ととにかく元気いっぱいの神輿。そのふたつが矢来神社の門前で揉み合う。それはそれで見物だと思いませんか？」

年寄りばかりで本来のコースすべてを担ぎきることが難しいというのであれば、ショートカットすればいい。そもそもひとつだった神輿をふたつにするのだから、コースについても再検討する必要があるはずだ。

今のままでは担ぎ手、特に若者たちがどんどんいなくなってしまう。これまで担いでくれていた人も、年を取るにつれて身体がきつくなる。いずれ、ふたつどころか今までであった神輿ですらまともに担げなくなる日が来かねない。それぐらいなら担ぎ手の構成から変えてしまうほうがいいと伝治は思ったのだ。

うるさいことを言われずただ担ぐだけ、あるいは、今までほど体力がいらない、となれば参加者だって増えるかもしれない。

「あんたは道理のわかった大人だとばかり思ってたが、とんでもない男だったんだな」

まじまじと伝治の顔を見ていたあと、菱田が呟いたのはそんな言葉だった。

「神輿ってのは神聖なものなんだ。いい加減な気持ちで担がれたんじゃやたまったもんじゃねえ。俺はその一心で……」

「わかってます、わかってます。俺が学生時代に担いだときも、親爺さんみたいな人にびしばし仕込まれました。でも、それは三十年以上前の話です」

「今はもうそういう時代じゃないってことか……」

「いろんな意味で、そういう時代じゃないのかもしれません。なにより今の若い連中はビジュアル重視、写真の撮り方だってSNSに投稿して見映《みば》えがするかどうかが基準だそうです。まずは、親爺さんが言うところのぴしっとした神輿を見せちまうってのはどうです？」

熟練者だけで担ぐ神輿はさぞかし見事だろう。若い奴らが見たら、すげえ、かっこいい、と思うかもしれない。俺もあんなふうに担ぎたい、と思わせたらこっちのものだ。来年以降、多少練習が大変でも頑張るのではないか、と伝治は考えたのである。

「いちいちうるさく言うより、本物を見せろってことか」

「親爺さん、むしろそっちの方が得意なんじゃないですか？」

そこで伝治は言葉を切り、店主の様子を窺った。

店主は案外ちゃんと伝治の言葉を聞いてくれている。これはいけるかもしれない……と期待が高まった。

「ここには何年、何十年と担ぎ続けてきた人たちがいるはずです。片方の神輿は新参に任せて、親爺さんは伝統に則《のっと》った神輿を貫《つらぬ》いたらどうですか？　ふるみなと祭りは毎年のもの、神輿だってずっと続くものです。いい担ぎ手を育てるためには、かっこいい背中を見せるのも大事なことだと俺は思います」

「かっこいい背中か……。それはありだな……」

そこで店主は場内を見回した。担ぎ手たちは数人ずつ固まって休憩を取っていたが、グループ構成は若い者とそうでない者が入り交じっている。世代の断絶という言葉とは無縁の情景だった。

「この町は、ああやってみんなが仲よく暮らしてる。あんたの話を聞いたとき、せっかくうまくやってるのにわざわざ分けることはねえと思った。だが、ふるみなと祭りっていうでっかいくくりの中で、それぞれが気にいったやり方で神輿を担ぐってのもありかもしれない。要するに神輿の住み分けってやつだな」

「神輿の住み分け……」

その言葉を聞いた瞬間、伝治ははっとした。

『住み分け』という概念が、今の堀内百貨店の問題を根本的に解決してくれるように思えたのだ。

これまで堀内百貨店は、とにかく客に来てほしくていろいろなことを試みた。しかしながら、いずれも大成功とは言いがたい。思ったほどの効果がなかったり、成功したと思っても続かなかったりの繰り返し。その原因のひとつが、ターゲットの絞り込みにあるのではないか。

来客を増やしたいと思うあまり、たくさんの要素を盛り込む。その結果、誰から見ても興味の薄い企画になってしまう。それならばもういっそ、ターゲットを絞り込んで、思い切り『オタク』なイベントを開催してはどうだろう。現に、ターゲットを子どもと『オタク』に絞り込んだトレカ・イベントはそれなりにうまくいっているではないか。

現在里美が企画している『蕎麦屋呑みフェスタ』は、もともと予定されていた『全国唐揚げ祭り』に便乗する形で進行している。そのため、催事場の中に蕎麦も酒も唐揚げも焼き鳥も……という状況となり、テーマがわかりにくい。折り込みチラシを作ったところで、ありとあらゆる写真が載り、物産展と大差ないものになってしまう。ロゴや説明文なしに『蕎麦屋呑み』というテーマに気付ける者は少ないだろう。

――『蕎麦屋呑み』を謳うなら、一目瞭然《いちもくりょうぜん》にする必要がある。『蕎麦屋呑み』の世界をもっともっと作り込まなければ……

そもそも堀内は百貨店であって蕎麦屋じゃない。とりわけ催事場は明るく賑やかな雰囲気を目指している。イートインコーナーで酒を呑めるようにしただけでは、本物の蕎麦屋の雰囲気に敵うはずがないのだ。

確かに『蕎麦屋呑み』は興味深いし、注目されてもいる。ふらっとやってきて酒を一杯、盛り蕎麦を一枚手繰ってさっと帰る。形式だけ考えれば、催事場のイートインにもってこいの企画だろう。だが、『蕎麦屋呑み』をやってみたいと思うような人間が、催事場の喧噪《けんそう》を好むだろうか。

ひとり静かに酒を呑む――それが『蕎麦屋呑み』の醍醐味ではないのか。『蕎麦屋呑み』に憧れる人間が増えているのは、それがいかにも『大人の呑み方』で粋だからではないのか。

酒を呑むのだから肴は豊富なほうがいい。唐揚げや焼き鳥は絶好のつまみだから、『蕎麦屋呑みフェスタ』と同時開催できるはずだ。そのほうが客もたくさん来るだろう……

今まで伝治はそう考えていた。もちろんそこには、リスクヘッジという概念もある。たとえ『蕎麦屋呑みフェスタ』が失敗しても、多少は『全国唐揚げ祭り』で補えるはずだからだ。

特に、『蕎麦屋呑み』企画が始まったあと、少しでも売上げに貢献できるようにと、高島自ら出店業者を見直し、人気が出そうな商品については仕入れ量を増やす交渉をしてくれた。

増えた分をイートインの『蕎麦屋呑み』に提供すれば、それを目当ての客も入ってくれるだろうというのが高島の読みだ。

けれど、そうやってなにもかもを一緒くたにすることで『蕎麦屋呑み』というテーマを台無しにする危険性が出てくるのではないか。『蕎麦屋呑み』には、焼き海苔とか板わさとか、蕎麦屋が手軽に出せるようなつまみこそが相応しい。そこに多種多様なつまみ、ましてや『子どもから大人まで大好き』な唐揚げなんて必要ない。それでは粋な世界がぶちこわしになってしまう。『蕎麦屋呑みフェスタ』は徹底して大人向けのイベントにすべきなのだ。

伝治は、何気ない菱田の発言でそれに気付かされた。そして、安易に『ごちゃまぜ』を推進してきた自分を殴りつけたくなってしまった。

「駄目だ！」

伝治はそう叫ぶなり立ち上がった。

のんびり神輿の練習を見ている場合ではない。神輿の担ぎ手の振り分けもどうでもいい。一刻も早く堀内百貨店に行って、イベント企画を練り直すように伝えたかった。

「親爺さん、すみませんが今日はこれで！　朝倉君、またな！」

投げつけるような挨拶を済ませ、神輿の担ぎ手たちが唖然とする中、伝治は自治会館を飛び出した。


「後藤君は休みか⁉」

伝治の切羽《せっぱ》詰まった口調に、丸山は少し驚いたようだった。とはいえ、予定にない来店は今日に始まったことではない。思い立ったらすぐやってくるのが伝治だという ことぐらい、丸山もわかっているはずだ。彼はすぐに『またか……』という顔になり、食品担当者のシフト表を取り出した。

「土曜日ですから、社員は余程のことがない限り出勤しているはずですが……。あ、大丈夫です。後藤里美は出勤してます」

「さっき行ってみたが、売り場にいなかったぞ？」

「午後休憩じゃないですか？」

「もうそんな時間か……」

時計は午後四時を回ったところ。従業員たちが交代で十五分の休憩を取る頃合いだった。

「後藤君に用事ってことは、『蕎麦屋呑みフェスタ』の企画の件ですか？　もうほぼ固まったと思ってましたが、まだなにか？」

『蕎麦屋呑みフェスタ』の企画書は先週伝治のもとにも届けられていた。

催事場を四分割し、蕎麦コーナー、唐揚げなどを主体としたつまみコーナー、全国の地酒を集めた酒コーナー、イートインコーナーを設ける。

蕎麦コーナーでは里美の発案どおり、通常売り場に並べられている乾麺《かんめん》や生麺を含めた試食品を並べ、麺とつゆのマッチングを試せるようにする。三百円のチケットを買う必要があるが、それで好きなだけ試せるのだからかなり良心的な価格設定だろう。

他にも、特にマッチングに興味がない、ただ蕎麦を食べられればいい、という客向けに、イートインコーナーで信州、出雲、祖谷《いや》、出石《いずし》……といった有名どころの蕎麦が日替わりで用意される。驚いたことに、日替わりの中にわんこ蕎麦や皿そばまで入っている。

一方、つまみコーナーについては当初の『全国唐揚げ祭り』の企画どおり、唐揚げだけではなく、焼き鳥や四国の骨付き鶏などの鶏料理が集められている。酒コーナーでは各地の地酒が試飲できるようになっているし、気に入った酒があればイートインコーナーで呑むことができる。一杯五百円前後の価格設定になっているから、これまた客にしては嬉しいことだろう。

蕎麦とつまみと酒、それぞれ気に入ったものをイートインコーナーで味わうことができるというのが、今回の『蕎麦屋呑みフェスタ』の売りだった。

里美はこの企画書を瑠衣や神田の助けを借りて作成した。途中、かなり苦労したらしいが、瑠衣も相当自信があるらしく、伝治に送ってくるにあたって『至福の蕎麦屋呑み』なんてフレーズが追加されていた。

その時点では伝治にも異論がなかった。よく考えられていたし、きっとうまくいくだろうと思った。だが、今は違う。この企画はもっと手を入れたほうがいい、いや、手を入れるべきだ。

里美や瑠衣が考える『蕎麦屋呑み』は本質を取り違えている。本当の『蕎麦屋呑み』は、ただ蕎麦とつまみと酒があればいいというものではない。そこには『大人の時間』『大人のやすらぎ』が必要だ。それがあるからこそ、人は『蕎麦屋呑み』に惹きつけられる。

伝治は里美に、その視点からもう一度企画を練り直してほしかった。自信満々で出した企画、しかも一度はＯＫとされた企画が差し戻される。それは企画を立てた人間にとってひどく不本意なことだろう。だが、企画に携わっていればそんなことは日常茶飯事だ。

自信を失ったり、ふて腐れたりすることなく修正に挑めるかどうか。さらに、こちらの意図に添って修正できるかどうか。それが、里美が今後企画部員としてやっていけるか否かを量る指針になるような気がした。

「大人の時間……。確かに蕎麦屋呑みっていうのは究極の大人の楽しみではあります。でも、それを追求しすぎたら、ごく限られた人間しか来てくれないんじゃありませんか？」

ただでさえ催事場は集客力が落ちている。その上、客を限定するようなイベントにしたらさらに業績が悪化するのではないか、と丸山は懸念した。

「それはどうだろう？　俺はやり方次第だと思うけどな。『大人』の定義をどこに置くかがポイントだ。後藤君にはそのあたりも含めて考えてもらいたい」

「わかりました。ではそのように……」

丸山は、彼女には自分から話をしておく、企画がいいものになるよう全面的に協力すると約束してくれた。里美が仕事を終えるまでここで待つという手もあるが、早番だったとしてもまだ三時間以上ある。

もう一度神輿の練習を見に行く気にはなれないし、あとを任せて帰宅できるというのはありがたい話だった。もっとも、丸山にしてみれば一刻も早くうるさい上司に帰ってほしいだけだろう。

いずれにしても、こちらの意図ぐらいは伝えられるだろうし、わからないことがあれば瑠衣なり神田なりに訊くはずだ。

――さて、どう出るかな……

神輿を年寄りと若者に分けるのは難しいことではない。だが、百貨店に来る客を『大人』に絞るのはかなりの冒険だ。そのあたりを里美がどう捌くか、伝治は興味津々だった。

企画の修正を提案して帰った翌週月曜日、伝治がそろそろ昼食を取りに行こうと考えていたところにスマホが鳴った。着信中というメッセージの下に表示されているのは、瑠衣の名前だった。

「無理難題を押しつけましたね。後藤さん、絶句してましたよ」

瑠衣は、まるで歌うような調子でそんなことを言った。

瑠衣からの電話だとわかった瞬間、伝治は覚悟を決めた。やはり企画の修正が難航しているのだろう。

　文句のひとつやふたつは言われるに決まっている。企画を進めるアドバイスをするにしても、言葉を選ばないと……と心して電話に出ただけに、瑠衣の明るい声は予想外だった。

「いや、あれは……」

　里美からどのように話を聞いたのかはわからないが、とりあえず意図を説明しておこうとした。だが、瑠衣はころころ笑って伝治の言葉を遮《さえぎ》った。

「わかってます。実は後藤さんが店長に呼ばれたとき、私も一緒に話を聞いたんです」

「え、あいつ、花村君まで一緒に呼び出したのか？」

「いいえ。日報を出しに事務所に行ったら後藤さんが来て、店長に呼ばれたって言うものですから……」

　これはきっと催事企画のことだと察した瑠衣は、里美と一緒に店長室に乗り込んだらしい。

「無理難題を言われたらかわいそうだと思ってついていったんですけど、張本人は事業部長だったんですね」

「だから、無理難題って言わないでくれよ」

「無理難題としか言いようがないでしょう？　できるだけたくさんの人に来てほしい百貨店、しかも催事場で客を絞り込めなんて」

「やっぱり無理かなあ……」

「どう考えたって無理です……って言いたいところですが、後藤さんはそう考えなかったみたいです」

そこで瑠衣は、里美の反応について話してくれた。なんでもふたりは店長室から出たあと、一緒に食事に行ったらしい。食事とはいっても行き先はきっと居酒屋、丸山と伝治を誹《そし》りながら一杯やったに違いない。とはいえ、それはまったく問題ない。上司は悪口を言われるものと決まっている。それで部下たちの結束が強まり、士気が上がるならいくらでも誹ってくれ、だった。

「びっくりしました。後藤さん、自分では頭を使うのは得意じゃないとか言ってましたけど、ものすごく頭の回転が速いんです」

「というと？」

「実は丸山店長ご自身、『大人向け』のイベントにするって案は危なすぎるって考えてらっしゃるようで、後藤さんにも、『これはあくまでも事業部長の意見だから』って強調してました。もしかしたら、うまくいかなくても俺のせいじゃないとでも言いたかったのかもしれません。後藤さんも最初は、ものすごく難しい顔になってました。でも、お店に着くなり私に訊いてきたんです。『蕎麦屋呑みをする人って、全部が全部大人じゃないですよね？』って」

「全部が全部大人じゃない？」

「ええ、後藤さん曰く、蕎麦屋呑みをしたがる人のうち、半分ぐらいは背伸びをしている人、だそうです」

日本酒や蕎麦に興味を持つ若者は少なくないかもしれない。だが、それをあえて蕎麦屋で楽しもうとするのは『蕎麦屋呑み』が持つ大人の雰囲気に憧れるから。そして、憧れというのは得てして、自分が持っていないもの、属さない場所に対して抱くものだ。

『蕎麦屋呑み』の世界に憧れてはいても、実際に足を踏み入れられない。それは、自分が背伸びしていることがわかっているからだ。自分にはまだ早いけど、興味は尽きない。そんな人まで含めれば案外ターゲットは多いのではないか、と里美は語ったそうだ。

里美はそれを、会社から居酒屋に移動する間に考えついたらしい。店に着いたあと、里美はスマホでしばらく何かを調べたあと、くくっと笑ったという。

「『このあたりには蕎麦屋呑みを試せるようなお蕎麦屋さんは少ないです。中途半端なイートインに止めず、徹底的に大人の雰囲気を追求して蕎麦屋呑みを疑似体験してもらう。行ってみたくても近くにそういう店がない、あるいはハードルが高いと思ってる人でも、デパートの催事場なら気軽に来てくれるんじゃないでしょうか？』ですって。そりゃあもう、得意満面って感じでした」

「それは得意満面にもなるだろう。確かに湊町にはうどん屋はあっても蕎麦専門店はない。『蕎麦屋呑み』ができる店自体がないんだ。堀内で『蕎麦屋呑み』ができるとなったら、試してみたい客は多いかもしれない。で、本当にそこまでの雰囲気作りができるのか？」

所詮はデパートの催事場、しかも『全国唐揚げ祭り』が同時開催されているのだから、そちらに来る客だっているだろう。そんな中で『無言』『静寂』がモットーとされる『蕎麦屋呑み』の雰囲気作りができるのだろうか。いくらパーティションを立てたところで、周りの喧噪を完全にシャットアウトすることは難しいに違いない。

だが瑠衣は、それについても里美はちゃんと考えていたと言う。しかもそれは、今まで試みられたことのない方法だった。

「時間帯を区切ればいいって言うんですよ。朝から四時ぐらいまではいつもどおり気軽なイートインで昼間の時間が自由になる層を狙う。四時からあとは『蕎麦屋呑み』にして仕事帰りの人もターゲッティングするそうです」

三百円の参加料を取る予定だった蕎麦とつゆのマッチング企画も、いっそイートインコーナーに移して、食べ放題形式にしてしまう。もちろん、買った唐揚げや焼き鳥を持ち込んでもいい。鶏天であればトッピングにもできるだろう。千円前後の価格設定にすれば、ランチ代わりに利用する人が出てくるだろうし、もしかしたらお腹《なか》いっぱい食べたい中高生も来るかもしれない。

採算を考えれば厳しい価格設定かもしれないが、麺やつゆのメーカーに協賛を持ちかければできなくもない。それこそ、高島の腕の見せ所だ。

午後四時までは、とにかく賑やかにマッチング、食べ放題企画。それ以後は徹底的に大人の時間を演出したらどうか、というのが里美の案だった。

「夕方だけやるのか……」

「考えてみれば、もともと蕎麦屋呑みってそういうものですよね。ちょっと遅い午後あたりから始めて小一時間で切り上げる。おまけにお蕎麦屋さんって閉店も早いですし」

「だな……たいてい八時ぐらいには閉まっちまう」

「でしょ？　堀内の閉店時間は午後八時ですから、それもちょうどいいですよね」

「だが、毎日時間になるたびにイートインコーナーの模様替えをするのは大変じゃないか？」

夕方までイートインコーナーを遊ばせておくのは論外だ。せっかく蕎麦やつまみを用意するのだから、そこで食べたいという客はいるはずだ。みすみす逃すのはもったいない。それはわかるが、実際問題、開催期間は一週間もあるのだ。毎日の模様替えは負担になりかねない。

そんな伝治の疑問も検討済みだったらしく、瑠衣の返事は早かった。

「簾《すだれ》で済むんですって。催事場のイートインコーナーなんて、普段からほとんど装飾なんてしてません。パーティションに品書きとかメーカーのポスターをちょっと貼るぐらいなんです。パーティションのままじゃあんまりですけど、簾で隠して照明も工夫したらどうかって」

あちこちに間接照明を設置し、午後四時になったらイートインコーナーの照明の一部と入れ替える。あの蛍光灯の白っぽい灯りを暖色に替えるだけでもぐっと落ち着いた雰囲気になる、と瑠衣も言う。

「あとは、武者小路実篤《むしやのこうじさねあつ》みたいな絵でも引っかけとく？」

「グッドアイデアですね！　うちの売り場にも装飾用の色紙がありますから、それを持っていきましょう」

「贈答品売り場なら、他にも使えそうな販促物もありそうだな。それっぽい壺《つぼ》とか花《か》瓶《びん》とか」

「探してみます」

簾なら日中は巻き上げておけばいい。色紙にしても、壺、花瓶にしても設置に時間がかかるようなものでもない。季節柄、柿《かき》や栗《くり》の実がついた枝を一本だけ生けるのも面白いだろう。

蕎麦屋はもともと華美とはほど遠い世界、場面転換はそう難しくないと言われれば、そのとおりのような気がした。

「事業部長はよくご存じでしょうけど、もともとうちの催事場は夕方以降売上げがぐっと落ちます」

「昼間買い物できる客はもっと早い時間にすませるし、仕事帰りの客はそんな時間も労力もかけたくないんだろうな」

「催事場も夕方になると売り切りたいお総菜とかは多少値引きしますが、元値が高いせいもあって地下の投げ売りには敵いません。駅前立地の百貨店なら別でしょうけど、うちの場合、夕方以降、催事場にいるのは人待ち顔の従業員ばっかり。落ち着いた雰囲気を作るのはそんなに難しくないと思うんですよね」

買い物だけなら面倒だが、『蕎麦屋呑み』ができるとなったら話は別。静かに呑みたい客が催事場まで上がってきて、ついでに他の買い物もしていってくれれば、願ったり叶ったりだと瑠衣は語った。

「これは私の憶測ですが、たぶん後藤さんはそこまで考えてたと思います」

「大したもんだ……」

喜べ高島、後藤里美は企画でもちゃんとやっていける。それどころか、堀内百貨店の救世主になりかねない。おまえはお気に入りを手元におけるし、俺は悩みの種がひとつ減る。これなら丸山だって、里美の異動に文句は言わないだろう。

伝治はマーケティング部長室で難しい顔をしているに違いない男の顔を思い浮かべ、満足そのものの笑みを浮かべた。

八月下旬、『蕎麦屋呑みフェスタ』の修正企画案が事業部会議を通過し、商品の選定や仕入れ交渉が始まった。

蕎麦やつゆ、薬味などに加えて、酒や器も選ばねばならない。想像するだけでも大変そうだったが、もともと酒売り場担当で蕎麦についても勉強していた里美は、至って楽しそうにやっているらしい。

地下一階のフロア長も積極的に動いてくれているそうだ。特にありがたかったのは、他の売り場のアルバイトを酒売り場に回し、里美が企画に割く時間を増やしてくれたことである。もちろん、丸山の指示あってのことだろうけれど、この企画が成功すれば、通常の蕎麦やつゆの売上げも伸びる。その数字に期待したに違いない。

そんなことを思いながら、机の上に積み上がっている書類を整理し始めた伝治は、しばらくして書類の間に雑誌が挟まっていることに気付いた。それはふるさと納税の返礼品についての記事が載っている雑誌で、丸山と郊外ショッピングセンターを訪れた帰り、特急の中で読んだものだ。鞄から取り出して机の上に置いたまま、書類の間に紛れてしまったのだろう。

「そういえば、ここにも旨そうな蕎麦や酒が載っていたな……」

改めて見てみると、そこに書かれているのは伝治が知らない銘柄が大半だった。

おそらく、ふるさと納税の返礼品とすることで世に広く知らしめ、流通量を増やしたいという各自治体のねらいがあるのだろう。

たくさんの人に評価されている銘柄ばかりじゃなく、こういうあまり世に知られていない酒を持ってくるのも面白い。ふるさと納税はなにかと話題になりやすいし、それに絡めてPRするというのはいい手ではないか。

思い立ったが吉日、伝治はその足でマーケティング部長室に行った。

里美の企画の進行状況報告と合わせて、ふるさと納税の返礼品になっているような酒を仕入れることができるかどうか確かめるためだった。

「後藤君、頑張ってるんだな。さすがは俺が見込んだだけのことはある」

里美の様子を聞いた高島は、にんまりと笑った。

高島はかつて、経験が浅い彼女には企画は難しい、まずは商品部から始めるべきだ、というような趣旨の発言をした。だが、今の様子を見る限り、あれは高島なりの保険、里美が失敗したときの逃げ道を作り、失望するのを防ぐための作戦だったのだろう。

「頑張ってるさ。そりゃあもう、力一杯頑張ってる。だからなんとかこの企画を成功させてやりたい。鳴り物入りで企画部に入れてやりたいんだ。そのためには……」

「わかった、わかった。それでうちはどの蔵のどの酒を分捕ってくればいいんだ？」

「分捕るとか、人聞きの悪いことを言うな」

「文字どおりじゃないか」

全国に名が知られていないということは、それだけ流通量が少ない。ひいては生産量も少ないということだ。いくら自治体が広告し、世に広めようと頑張ったところで酒の仕込み量は一朝一夕に増やせるものではない。旨い酒であればあるほど、ふるさと納税の返礼品だけで品薄、あるいは売り切れ状態になっている可能性だってある。それを仕入れようというのだから、盗賊並みの根性がいるのだと高島は拳《こぶし》を握った。

「この間の『活きイカ』みたいな失敗はこりごりだ。あの小料理屋の親子が言うとおり、そんな量は確保できない、なんて思われたらそれで終わりだ。どれぐらいの量なら可能か見極めてから交渉に臨みたい」

「にしても時間が……」

「わかってる。とにかく銘柄の特定を急いでくれ。できれば多少は生産量に余裕がある蔵がいいが、そんなことまで後藤君や堀内の連中に調べさせるつもりはない。酒のリストさえくれれば、あとはこっちでやる。仕入れてくるのは商品部の仕事、そして俺はその親玉だからな」

高島はそんな頼もしい台詞を吐き、にやりと笑った。

「助かる。じゃあ、俺は早速後藤君に連絡してふるさと納税の返礼品にも注目して、早々に酒のリストを作るように言う」

「よろしく。ただし、全部揃えられるとは思わないでくれよ。あと、量にも期待しないでくれ」

「それこそわかってる。多めにリストアップするように言っておく。それに、量が確保できなければそれはそれでやり方がある」

瓶《びん》単位での販売を諦め、イートインコーナーで出すだけに止める。希少な酒であれば、それを呑むためだけに訪れる客がいるかもしれない。もしもその酒が気に入って、買って帰りたいという客が出たときには、ふるさと納税の返礼品になっていることを伝えるのもいいだろう。もしその客が酒を目当てに納税してくれれば、自治体や蔵元だって悪い気はしないはずだ。

「ない袖《そで》は振れない。損して得取れ、っていうのとはちょっと違うが、売りたくても物がない状況ならうまく利用しないとな」

「まったくおまえって奴は……」

高島は呆れ返りながらも、とにかく一銘柄でも多く揃えられるよう頑張ると意気込む。

かくして『蕎麦屋呑みフェスタ』のための酒の仕入れ作戦が開始された。

高島から『蕎麦屋呑みフェスタ』用の酒が整ったと連絡があったのは、九月の最終月曜日のことだった。

里美と神田が精選した酒リストを高島に渡したのは、八月末日。その後、高島は相変わらずの出張続きで、ろくに連絡が取れない状況だった。伝治を経由するのは時間の無駄ということで、打ち合わせも里美と高島が直接やっていたので、伝治にはさっぱり様子がわからなかった。

なにか問題が起きれば連絡があるはず、と思ってひたすら待っていたが、どんどん過ぎる時間に焦りは募《つの》るばかり。それだけに、事業部長室に高島が酒のリストをひらひらさせながら入ってきたときには、安堵を通り越してへたり込みそうになってしまった。

「目茶苦茶久しぶりじゃないか。忙しいのはわかってるが、ちょっとは、様子を知らせてくれてもいいだろう」

「必要な報告はちゃんとしてるし、会議でも顔を合わせてたじゃないか」

「五代グループとしてはな。俺が言ってるのは、『蕎麦屋呑みフェスタ』のことだ」

「え？　そっちは後藤君が知らせてるとばかり……」

「後藤君も同じように考えてたんだろうな。まさか、同じ建物内にいてろくに話す時間もないなんて思ってもないはずだ」

堀内百貨店、それも前例のない企画が進行中だというのに……と嫌みを言う伝治に、高島は平然と言い返す。

「おまえだって暇じゃない。交渉過程でちまちま連絡しても迷惑だろうと思ってさ。でもまあ、安心しろ。リストに上がってた酒は全部ゲットした」

「全部？　マジか!?」

「俺を誰だと思ってる。五代グループ切っての人たらし、かつては商品部にこの男ありと言われた高島達也だぞ」

「自分で人たらしとか言うな……って、おまえが交渉に行ったのか？」

このところほとんど社内にいなかったのはそのせいだったのか……。常日頃から出張がちな男だったが、いくら何でも不在が多すぎる。酒の調達がうまくいっていなくて、俺を避けてるわけじゃあるまいな、とまで考えていたのである。まさか、自ら交渉に乗り出していたとは思ってもみなかった。

「あいにくうちの商品部は忙しくてな。暇なのは、俺しかいなかったんだよ」

「暇じゃねえだろ！　でも、助かった。まさか全部揃えてくれるなんて……大変だったんじゃないか？」

「大変すぎて禿《は》げそうだ。俺が禿げたらおまえのせいだからな」

「はいはい、あとで養毛剤でも買ってやるよ。それで、いったいどうやったんだ？　やっぱり蔵元にダイレクトアタックか？」

「いけそうなとこはそれ。難しそうなのは自治体の広報経由。おまえが言ってた『これをきっかけにふるさと納税を……』って話をしたら、案外興味を持ってくれて、蔵元に話を通してくれた」

意外と官公庁がらみは強いときがある。場合によってはそっぽを向かれることもあるが、今回はうまくいってラッキーだった、と高島は嬉しそうに語った。

「自治体から……よく伝手《つて》があったな」

「そこはそれ、俺もこの道が長いからな……と言いたいところだが、さすがにそれでは自分の手柄にしすぎる。実はこれ、合わせ技だったんだ。しかも、どっちも仕掛けたのは俺じゃない」

「は？」

嘘はつきたくないから、と前置きしたあと、高島は今回の本当の功労者について話し始めた。

「たいていのところはなんとかなったんだが、ひとつだけどうしても話を聞いてくれない蔵があったんだ。うちはとにかく地元重視、外に出すつもりはない、の一点張り。電話にも出てくれないし、行っても会ってくれない」

時間はどんどん過ぎるし、リストにあった酒はほぼ揃った。一銘柄ぐらいは仕方がないか、と高島は諦めかけたらしい。それでも、最後にもう一度だけ訪ねてみようと蔵のある町に向かった。

その蔵元は、駅から少し離れたところにある。バスとタクシーのどちらを使うか考えながら改札に向かうと、そこに里美がいたそうだ。

「駅員に何か訊いてたんだ。俺が声をかけたら、何食わぬ顔で『あ、お疲れ様です』ときたもんだ。もうびっくり仰天だよ」

里美は、ここは無理だという連絡を受けたものの、どうしても諦められず、一本でも二本でも買えないかと考えてやってきたという。

「個人でこの町に来れば買えるんじゃないかと思ったんだってさ。買った酒をどこに持っていこうが、客の勝手だろう、って……」

「あり得ない……それは仕入れじゃないだろ！」

「掟破《おきてやぶ》りもいいところだ。さすがに俺も、それじゃあ利益もへったくれもないって言ったんだ。そしたら彼女、仕入れ値との差額は自分がかぶるとまで……」

「そうまでして入れたい酒だったのか？」

「間違いなく旨い。今回のラインナップの中ではピカイチだ。日本酒通の中でもかなりの高評価を受けてる。それだけに、後藤君の諦めきれないって気持ちはよくわかる」

「しかも、地元優先で外に出てこない酒ときたら、集客効果も抜群だな」

「そういうこと。俺も、時間さえあればもっとじっくり説得できたのに、って残念でならなかった。でも、まさかストレートに買いに行こうなんて考えもしなかったよ」

少しでも入手できれば、品書きに名前を入れられる。せめて二、三升《しょう》でも用意できれば、ひとり一杯の限定をかけ、あとは『完売』で通せるのではないか。里美はそう考え、休みを待ちかねるように出かけてきたらしい。

「また休みを使ったのか……。どう考えたって業務だろうに」

「本来の業務じゃないし、うまくいくかどうかもわからないから、って言ってた。彼女にしてみれば資格試験の勉強と同じくくりなんだろう」

「試飲会も同じか。彼女らしいけどな……」

「とにかく、そんなわけで俺と後藤君は駅でばったり会ったってわけ」

おっさんミーツガールかよ、と薄い笑いが湧いたが、脱線している場合ではない。伝治は話の先を促した。

「それで？」

「どうやら後藤君は、駅員に酒が買える場所を訊ねていたらしい」

「駅の売店には売ってなかったのか？」

「飲みきりタイプの小瓶《こびん》はあったんだ。でもそれじゃあ話にならない。せめて四合《よんごう》瓶、あわよくば一升瓶がほしいってことだった。俺が今から蔵元に行くって聞いて、ちょっと悩んでた」

里美は当初、駅近くにある販売店で酒を買うつもりだったそうだ。

蔵元の中には直販しないところもあるが、幸いここは売店を併設している。高島が蔵元に行くのなら、同行してそこで買うという手もある。いずれにするか、里美は迷ったらしい。

「なるほどな。で、結局どっちに行ったんだ？」

「販売店。駅から歩いて五分ぐらいのところにあったし、なにより蔵元に行くにしても、そこの酒をぶら下げて行ったほうが、印象がよくなるんじゃないかって彼女が言うんだ」

「一升瓶を!?」

「二本をひとくくりにしたのをひとつずつ。重かったぞー」

そこで高島は、肩をぐるぐる回した。おそらく、一升瓶を担いだ疲れでも思い出したのだろう。

「最初はなんてことないと思ってたんだが、持って歩いているうちに辛くなってきてな。その点、後藤君はさすがだよ。平然としてた」

「そりゃ、彼女にしてみれば日常業務だろ」

「違いない。で、なにはともあれ酒は買えたし、飯でも食おうってことになったんだ」

時刻は昼になろうとしていた。一本でも二本でも……と思って出かけてきたが、高島に会えたおかげで四本も買うことができた。ほっとしたとたん、お腹が空きました、と里美が言うので、ふたりして目に付いた蕎麦屋に入ったそうだ。

「古い蕎麦屋でな、これぞ『蕎麦屋呑み』って感じの店。おまけに今買ってきたばかりの酒を置いてた」

「おまえ、その酒を呑んだんじゃ……」

伝治の問いに、高島は微妙に目を逸らした。

やりやがったな、と思ったものの、里美はもともと休日だし、高島にしても試飲、試食という大看板がある。多少のことは目を瞑《つぶ》るべきだろう。

「まったく……まあいい。それで蕎麦は旨かったのか？」

「朝一で出てきて腹ぺこだったのを割り引いても、抜群の旨さだった。後藤君は酒と一緒に試してたが、これまで試した中で一番だ、って言ってた」

後藤君はと強調するところがわざとらしい。自分でもそう思ったのか、すまん、と一言謝ったあと、高島は一息に続けた。

「実は俺も呑んだ。酒も筆舌に尽くしがたかった。是非とも『蕎麦屋呑みフェスタ』で出したい。堀内の客に、この酒の素晴らしさを伝えたい。酒蔵に行って、なんとしてでもこの酒を出してもらおう、つくづくそう思った。蕎麦やつまみがまた素晴らしくてな……」

高島と里美は、『蕎麦屋呑み』体験と称して、二、三品のつまみと件の酒を注文した。仕上げはもちろん、盛りかざるを一枚、のつもりでいたそうだ。ところが、席に届いた出汁巻き卵があまりにも旨くて絶句したという。

「噛《か》んだ瞬間に、口の中に出汁がじゅわっ……だぞ。その出汁が消えないうちに燗酒を流し込んだんだ。口の中は『ザ、日本』って感じになった。後藤君は、天ぷらに感動してた。いかにも素朴な蕎麦屋らしい天ぷらだったよ。タネは海老とか小柱とか野菜……まあ、天ざるの蕎麦抜きだよな。彼女、食感を壊したくないって塩で食ってたが、噛み切る音がこっちまで聞こえてくるんだ。『サクッ』って……」

その軽く、いかにも旨そうな音に堪えきれなくなった高島は、仕上げをザルや盛りでなく種物、それも天ぷら蕎麦を注文することにしたそうだ。

「おかげで蕎麦湯が楽しめなかったが、俺は後悔してない」

揚げたてのサクサクも堪らないが、つゆをしっかり吸った天ぷらの衣も甲乙《こうおつ》つけがたい。ちょっと甘めのつゆと細くてコシのある蕎麦も自分好みだった。今度はちゃんと休みの日に行って、酒と蕎麦を堪能したい、と高島は言った。

「そんなに旨かったのか。それじゃあ、蔵元突撃したくなるのも当然だな」

「だろう？　でもな、行っても会ってもらえそうもない。実際にその場から電話もしてみたんだが、やっぱり門前払いだった。とりあえず酒は四升手に入ったことだし、今日はもう諦めるか、と思いかけてたんだ。ところが、そこに意外な救世主が登場した」

「救世主……？」

「おまえもよく知ってる奴だ。ほらあの……なんて言ったかな、前に名古屋にも来てくれた……」

「神田？」

「そうそうその神田！　光の速さで筋肉が溶けた男」

ケタケタと笑いながら、高島は神田の手柄について話し始めた。

「もうすぐ蕎麦を食い終わるってころ、いきなり店に入ってきたんだ。きょろきょろ見回してたから、あらかじめ俺たちがいるのを知ってたのかもしれない。俺たちっていうより、後藤君だろうな。で、俺がいるのを見てびっくり」

神田は啞然として、里美に『なんで高島部長が？』と訊ねた。そこで里美は、駅で偶然出会ったことと、これまでの経緯について説明したそうだ。

「『それより、神田さんこそどうして？』って、訊き返されてた。なんでも、あの町に酒を買いに行ったらどうかって提案したのは神田君だそうだ」

神田曰く、半分は冗談だった。軽い気持ちで、『行けば買えるんじゃないか』なんて言ってみたが、実際に行くとは思わなかった。

里美は酒を買っている間や、蕎麦屋に入ってからもちょくちょく写真を撮っていたそうだ。今時の子はスマホから簡単にSNSに記事を上げている。おそらく里美も、移動途中に投稿したのだろう。

偶然休みだった神田は、SNSの記事を見て、里美が朝一番で蔵のある町に向かったことを知り、慌てて追いかけてきたという。駅近くの蕎麦屋にいることもSNSの記事から探り当てたそうだ。

「行くなら行くで一声ぐらいかけてくれてもいいだろう、とかなんとか怒ってたよ。後藤君は面食らってたな」

「そりゃそうだろう。後藤君にしてみれば、神田君に同行を頼む理由がない。そもそも、彼が休みだなんて知らなかっただろうし」

「うん、本人もそう言ってたし、休みと知ってても声なんてかけないだろう。これは私の仕事ですから、って断言してた」

「私の仕事ですから、か。感動ものだが、そう言ってる本人も休日ときたもんだ」

「そうそう。休みじゃないのは俺だけ」

高島はなんだか情けなさそうに言った。

「でさ、どうせ神田君も昼はまだだろうから、蕎麦でも食えよって言ったんだ。そしたらあいつ、それどころじゃないって」

神田は、里美を追いかけようと蔵元の詳しい住所を検索した結果、蔵元の紹介写真に自分の知人らしき人物が写っているのを見つけたそうだ。

「友だちの従兄弟《いとこ》なんだが、自分も一度だけ会ったことがある。父親が杜氏《とうじ》をやっていると聞いたことがあるから、十中八九間違いない。もしそれが友だちの従兄弟なら、杜氏に会わせてもらえるかもしれない、って言うんだ。もうね、地獄に仏だったよ」

確かにそれは『それどころじゃない』話だ。神田は自分の昼飯などそっちのけで高島と里美を追い立て、タクシーを駆って蔵元に押しかけたらしい。

スーツ姿の三人組、しかもうちふたりは一升瓶を二本ずつ提げている。酒を売る場所に、酒を持ってやってくるなんて、とさぞや店員も呆れたことだろう。

すごい絵だな……と伝治は盛大に笑った。だが、高島は面白くなさそうに言う。

「まあ乗り込んだまではよかったんだ。でも売店の売り子、若い男なんだけど俺の顔を見てあからさまに『またこいつか』って顔になったんだ。でも後藤君の顔を見るなり、絶叫した」

「絶叫？　しかも神田君じゃなくて、後藤君？」

「そう。『ご、後藤里美？』って、声が裏返ってた。信じられるか？　そいつ、従兄弟共々バレー部だったんだってさ。つまり神田君とはバレー部つながり」

売店の男の従兄弟と神田は、同じ高校のバレー部に在籍していた。しかも、彼は実業団バレーにも興味を持っていて、『後藤里美』のファンだったらしい。

「世の中狭い、としか言いようがないな。それで蔵元との話はどうなったんだ」

とりあえず里美の出現に驚いたものの、そのあと隣に立っている神田に気付いた男は、もう一回絶叫したそうだ。

「つくづくやかましい男だった。でもまあ、ひとしきり従兄弟の話で盛り上がったあと、神田君が俺のことをそいつに紹介してくれた。ものすごく世話になってる上司だ、ってさ。照れたよ」

「かなりの誇大広告だな」

「うるさい。ともあれ、憧れの後藤里美と従兄弟の友人がセットで現れたんじゃ、さすがに門前払いはできないと思ったんだろうな。かといって、蔵主は会ってくれないのはわかってる。ってことで、そいつが親父《おやじ》を呼んできてくれた。神田君の読みどおりだな」

「そこで、稀代《きたい》の人たらしが本領を発揮したってことか」

「だったらいいんだが、実は俺なんて出る幕なかった。後藤君の独壇場だったよ」

里美は相手が出てくるや否や、矢継ぎ早に質問を繰り出した。その大半は酒造りに関するもので、神田は面白がって相乗りするし、高島は、いったい何をしに来たんだ、と頭を抱えたくなったそうだ。

何度か目で合図を送ってみたが、里美は我関せず。麹《こうじ》や米、水の種類、それらの相性、今年の出来、来年の見込み……等々、興味の赴くままに訊き続けているようだった。そんな状況が小一時間続いたあと、杜氏は、ではこのあたりで……と立ち上がった。

「万事休す、と思ったよ。せっかく話ができたのに、商談の『し』の字もなかった。でも、そのとき売店の男が杜氏を呼び止めて、これまでの経緯を話してくれたんだ。実はこの人たちは酒を仕入れに来たんだって。まあ、そうでも言わなきゃ、なんのために杜氏を呼んだんだって話になるしな」

売店の男自身が叱られかねないと思ったんだろう、と高島はつまらなそうに言う。

伝治は、せっかく話をつないでくれたのに、そこまで悪く捉えることもないだろう、とおかしくなる。自分の手柄にできそうなことがひとつもなくて、悔しかったのかもしれない。

「そう言ってやるな。理由はどうあれ、ありがたいことじゃないか」

「まあな……。だが、せっかくつないでもらえそうだったのに、後藤君、あっさり断っちまったんだ」

「は？」

「お酒はもういいんです。町で買えましたから、って……。杜氏が目をまん丸にしてたよ。ひとり増えましたから、あと二本買って帰ります、とか言うんだもんな」

座り直して里美から話を聞いた杜氏は、その場で電話をかけ始めた。その相手が、市のふるさと納税担当だったそうだ。

「おお！」

この蔵主は地元への愛着が強い。酒を町の外に出したくないというのも、地元の人にこそ呑んでもらいたいのに、外に持っていかれたらこの町の分が残らない、という気持ちからだ。

もちろん、町を活気づけたいという思いも並々ならない。地元消費に回したい酒を、ふるさと納税の返礼品にしているのも、それによって地元に納税してくれる人を増やし、町を豊かにしたい一心からだ。

今回の堀内百貨店について、蔵主は門前払いばかりでまともに話を聞いていない。だから、ただ人気の高い酒を仕入れて売りたいとしか思っていないだろう。

まずは、酒を選ぶにあたって、ふるさと納税の返礼品に目を向けたこと、加えて持ち帰り販売はせず、ふるさと納税の返礼品として受けとるという入手方法を紹介すること、をしっかり伝える必要がある。

そんなこんなで、杜氏がふるさと納税の担当者に話をつけてくれた。

その後、担当者から蔵主あてに電話が入り、やっとのことで高島たちは蔵主に会うことができたそうだ。

「絵に描いたような頑固親爺だったよ。でも、なんとか六升出してくれることになった」

六升という数字は、高島たちが抱えていた四升と合わせれば十升、それだけあれば、イベント期間を乗り切ることができるだろうという見込みからだった。その上、蔵主は高島たちが買った酒を預かり、まとめて宅配便で送ってやると言ってくれたそうだ。

「下手な運び方をされたら酒の味が落ちる、だってさ」

「よかったじゃないか。それにしてもお疲れさん。大変だったたな」

「それは神田君と後藤君に言うべきだな。きっかけを作ってくれたのは神田君だし、杜氏の気持ちを動かしたのは後藤君。どうしてもこの酒を出したくてここまで買いに来たって言われたら、やっぱりなあ……」

しかも話だけじゃなくて、実際に四本も抱えてるし……と高島は笑った。

「それをうまく伝えたのはおまえだろ？　後藤君はそんな手柄話みたいなことを自分で言い出すタイプじゃない。そもそも駅でおまえに会わなければ、後藤君は蔵元には行かなかった」

「そうかなあ……神田君と合流してふたりで突撃したんじゃないかな」

「その場に商品部の親玉がいるって大事なことだ。三人の合わせ技だよ。なんにせよ、本当に助かった。これで『蕎麦屋呑みフェスタ』の成功要因がひとつ増える」

「ついでに、それぞれの銘柄にぴったりのつまみ、お勧めの温度も教えてもらった。それこそ、全部用意できるとは思えないが……」

リスト化してイートインコーナーの壁に貼ってもいいのではないか、と高島は言う。既に里美に渡してあるし、彼女ならそれぐらいの作業はすぐにできる、神田だって手伝ってくれるだろう、とのことだった。

「何から何まですまない。まさに五代グループにこの男ありだ」

「後藤君と神田君の手柄だ……とはいえ、彼女を見込んだのは俺だし、神田君に酒や蕎麦のことを教えてやってるのも、見所がありそうだからだ」

最後の最後で、やっぱり偉いのは俺だ、などと言い放ち、高島はドアに向かう。そのまま出ていくかと思ったら、部屋から出る直前に振り向いてにやりと笑う。

「養毛剤、よろしくな。一番高い奴にしてくれよ」

「たとえ頭が禿げてても、心臓にそれだけ毛が生《は》えてたら大丈夫だ」

「ぬかせ。ま、養毛剤は俺よりおまえのほうが必要そうだけどな。そんなに心配しなくても、堀内は大丈夫だ。ちゃんと若いのが育ってきてる。たぶん、いい背中を見せてる奴がいるんだろう」

がはは……と笑い、今度こそ高島は出ていった。

——また背中を見せる話かよ。でも、あいつの言ういい背中って俺のこと……のはずないか。たぶん、花村君だな。

瑠衣の姿を思い浮かべると、伝治はへこたれそうになる。売り場を歩けば客、町を歩けば住民たち、事務所や更衣室では従業員——みんなが瑠衣を慕い、声をかける。自分は彼女ほど人望がないと痛感してしまうのだ。

今の自分は彼女ほど頑張っていない。いきなりやってきてはうるさいことを言いまくって帰るだけで、とてもじゃないが、若者が見習いたくなるような人間ではない。

　さらにもうひとり、神田という男もいる。最初はどうなることかと思っていた彼も、近頃はずいぶんしっかりしてきた。しかも彼は自分や瑠衣よりもずっと若く、伸び盛りだ。これから入ってくる従業員の中には、彼を目標にする者も出てくるだろう。

　優れた者がいて、それに続きたいと頑張る者がいる。両者がうまく繋がれば、堀内百貨店はきっと大丈夫だ。

　不安要素がないわけではないが、未来が真っ暗というわけでもない。この調子で少しずつのびていってくれれば……

　伝治は友の頼もしい背中を見送りながら、そんなことを思っていた。

第五章　大きな背中

『全国唐揚げ祭り』と『蕎麦屋呑みフェスタ』の同時開催は十月三日からと決定した。

開催期間は翌週月曜日までの六日間、例年の『全国唐揚げ祭り』と同様であるが、三連休、しかもふるみなと祭りと重なるとあって、予算はかなり高く設定されている。

有名店の出店中止は痛手だが、『蕎麦屋呑みフェスタ』も同時開催されることだし、なんとか達成できるのではないか、というのが伝治や丸山の予想だった。

『全国唐揚げ祭り』には、全国シェア一位である徳島阿波尾鶏《あわおどり》、三大地鶏《じどり》とされる名古屋コーチン、比内《ひない》地鶏、薩摩《さつま》地鶏などを使った唐揚げや焼き鳥、珍しいところでは香川の『骨付き鶏』、小樽《おたる》の『半身揚げ』などが用意される。

『骨付き鶏』は香川県の名物で、鶏の骨付き肉を丸ごと一本使い、スパイスをふんだんに使って焼き上げたものだが、昨今『B級グルメ』として名を上げつつある。小樽の『半身揚げ』も知る人ぞ知る名物、冷めてもうまい唐揚げとして各地の物産展に出るたびに引っ張りだことなっている。いずれも、ご飯のおかずだけではなく、ビール、日本酒、焼酎《しょうちゅう》その他、あらゆる酒に合うつまみであり、見た目のインパクトも含めて集客効果は十分期待できる。

唐揚げや焼き鳥のように、その場で立ち食いするのは難しいかもしれないが、値が張る商品でもあるし、持ち帰りで買ってもらえば大きな売上げとなるはずだ。高島が増量交渉をしたのもこれらの商品だった。

他にも、有名地鶏肉そのものの販売、放し飼いの卵、ペット用のおやつなども用意されている。

このペット用のおやつを出すと聞かされたときは、思わず耳を疑った。だが、催事担当者によると、昨今ペットも家族の一員と考える人が多く、餌《えさ》にも気を遣っているらしい。そんな人にとって、鶏肉を使ったヘルシーなおやつは魅力的に違いない、というのだ。そんなにスペースを取るものではないし、売れれば儲けものという感じだろう。

一方、『蕎麦屋呑みフェスタ』の仕上がりも上々だった。

イートインコーナーを開店から午後四時までの『食べ放題タイム』と午後四時以降の『蕎麦屋呑みタイム』に分ける。

蕎麦とつゆのマッチング企画に、食べ放題方式はぴったりである。各自が、メーカーごとに小分けして置かれた麺やつゆを取り、好きな組み合わせで食べる。気に入った組み合わせが見つかれば、そのまま食べ続ければいいし、他にもいいものがないか探し続けてもいい。提供する側の手間にしても、各ブースよりもイートインコーナーに集約したほうが楽なのだ。

おそらく開催当日、昼間のイートインコーナーは、ああでもないこうでもない、と言い合う友人や家族連れで賑やかになることだろう。気に入った組み合わせを見つけた客が、イベント終了後も食品売り場でその銘柄の蕎麦やつゆを買ってくれれば言うことなしだ。

酒は里美が選《よ》りに選ったもの、しかも、地元でなければ手に入りづらい『隠れた銘酒』がずらりと並んでいる。品質においても、里美が温度や直射日光などに目を光らせて保管したおかげで、劣化の心配はない。

心配していた『大人の雰囲気』も、メールで送られてきた写真を見る限り、かなりの完成度のように思える。最初に里美が提案した簾はもちろん、各売り場から提供された販促品をうまく使い、ちょっと見、普通の蕎麦屋と遜色《そんしょく》ないようだ。気になるのは明るすぎる蛍光灯だが、里美の説明では、『蕎麦屋呑みタイム』となる午後四時にはイートインコーナー天井に設置されている蛍光灯を一部消灯、代わりに電球色の間接照明を使うことになっているらしい。

「間接照明用のスタンドは揃ったのか？　それなりの数が必要な気がするが……」

「家電の連中にはそっぽ向かれましたが、なんとかなりました」

当初、家電売り場から行灯《あんどん》型のスタンドを借りてはどうか、という意見が出たらしい。だが、家電売り場は首を縦に振らなかった。その上、家電の売り場長は、『蕎麦屋呑みフェスタ』が成功すれば、来年以降も使うことになる。成功祈願を込めて販促費で購入を、などと嘯《うそぶ》いたらしい。

「商品だから貸さない。使うなら買ってくれってことです。同じ店のイベントなのに正面切ってそれを言うってどうなんでしょう？　私の若いころなんて、こんちくしょうと思ってても泣く泣く値引き処分してましたよ」

丸山は感心とも嘆きともとれるようなことを言っていたが、伝治はいいことだと思う。

家電製品の場合、箱から出しただけでも値引き要因になる。その上、ただ飾るだけではなく、実際に点灯するのだ。毎日最低四時間、六日にわたって使用したものを売り場に戻したところで、正価で売れるはずがない。

値引きが発生して利益が下がるのはその売り場なのだ。相手を問わず、それなら買い上げてくれ、と言えるのは、担当者としての責任感からに違いない。

「都合よく利用することだけを考えちゃ駄目だ。近頃、サービス残業についてもずいぶん厳しくなっただろう？　人でも物でも、使うためには対価が必要なんだよ。個人的なボランティアならともかく、会社でそれがまかり通るようじゃ、先が知れてる」

「はあ……」

丸山は曖昧に頷いた。きっと頭の中に『俺たちの若いころは』が渦巻いていることだろう。それでも、どちらが正しいかなんて訊くまでもない。丸山は反論を諦め、行灯代わりに催事担当者が出したアイデアについて話し始めた。

「もともと間接照明用のスタンドはいくつかあったんですが、どれもむき出しの白熱球やレフ球、つまり長時間つけっぱなしにすると熱を持つんです。イートインコーナーの天井には間接照明用の配線がありませんから、設置は卓上か壁。イートインコーナーは狭いですし、接触事故が心配でした。そこで、家電売り場のバックヤードをあさって、電球型蛍光灯を探し出したんです」

「ああ、あの省エネにぴったりってやつか。ＬＥＤが出てきて売上げは落ちたにしても、まだ売り場に並んでるだろう？」

「売り場に並んでるのは売り物ですからね」

禅問答のような台詞を吐いたあと、丸山はにやりと笑った。

「催事の連中が探しに行ったのは、メーカーから送られてくる販促用品なんです」

新製品の発売にあたり、従来の製品と比較するためにサンプルが送られてくることがある。

電球や蛍光灯はその最たる物で、片側に従来品、反対側に新製品を差し込み、明るさや色合いを客の目で確かめさせる。消費電力や耐用時間も明記され、こんなに違うのか……と驚いた客は、まんまと新製品を買っていく。

とはいえ、それらの販促物はキャンペーン期間が終われば撤去され、バックヤードの片隅で処分を待つことになる。催事場担当の従業員たちはそういった処分待ちの販促物の中に、電球型蛍光灯があるのではないかと考えたらしい。

「ということで、バックヤードを大捜索した結果、見事に電球型蛍光灯をゲットしました」

白熱球やレフ球に比べると、電球型蛍光灯は熱を持たない。その上、メーカーから提供されたものだから無料。むしろゴミを処分してやるんだからありがたく思え、とばかりに催事場担当者は大いばりで電球型蛍光灯を持ち帰り、もともとあったスタンドの電球を片っ端から入れ替えたらしい。

おかげでイートインコーナーには柔らかいオレンジ色の光が満ち、火傷《やけど》の心配もなくなったそうだ。

「家電担当はがっかりだな。うまくすれば、五つや六つは行灯型スタンドが売れると思ってただろうに」

「売れるったって、ただの経費付け替えです。仕入れ値そのまま、利益なしですよ？」

「そりゃそうだ。ま、値引きが発生しなかっただけよしとするしかないか」

「そういうことです」

「酒も料理も万端、雰囲気作りも問題なし。あとは客が来るのを待つばかりだな」

昼と夜の雰囲気ががらりと変わるイベント。同じ催事場というスペース内で、そんなイベントが行われたことはない。これが成功すれば、五代グループ全体の催事のあり方が変わる。

企画から準備に至る間、里美はものすごく頑張った。そのことは高島や丸山には十分伝わっただろうし、彼女が企画部に移っても十分やっていけるという根拠になるだろう。

それでもやはり、成功実績があるのとないのとでは周りの心証が違う。是が非でも『蕎麦屋呑みフェスタ』を成功させ、鳴り物入りで里美を企画部に送り出してやりたい。

伝治はそんな気持ちで、『蕎麦屋呑みフェスタ』の開催を待っていた。

＊＊＊＊＊＊＊＊＊

「よしよし……」

『全国唐揚げ祭り』と『蕎麦屋呑みフェスタ』が同時開催となった初日、堀内百貨店から送られてきた売上速報を見た伝治は、にっこりと笑った。

即座に電話を取り上げ、丸山の番号を押す。

「いい数字じゃないか。まさかこれ、途中経過じゃないよな？」

集計時刻は十月三日午後八時十五分、間違いなく閉店後、つまり伝治が目にしているのは一日のトータル売上げだ。それがわかっていても、思わず訊ねたくなったのは、堀内百貨店で物産展が開かれる場合、来客は開店から午後一時過ぎにかけて集中し、午後二時を境にぱったり……ということがあるからだ。午後二時までの売上げは華々しいが、夕方にかけて数字がどんどん下がり、トータルでは売上予算未達成となる。伝治は、この報告書には午後の低い数字が含まれていないのではないか、と疑ったのだ。

「間違いなく今日のトータルです。前例のないイベント、しかも平日ですから未達成は覚悟してたんですが、ここまで伸びてくれるとは……」

売上予算達成率百五パーセント。それはここ数年催事場、いや全店を通しても見たことがないような数字だった。

『全国唐揚げ祭り』は今回の柱になると考えられていたが、大善戦の予算比百十パーセント。やはり単価の高い『半身揚げ』や『骨付き鶏』が勝因となったようだ。

『蕎麦屋呑みフェスタ』についても、出雲や信州といった有名処《どころ》の蕎麦とつゆのセット商品に加えて、食品売り場から持ち込んだ乾麵やつゆもよく売れた。イートインコーナーで好みの組み合わせを見つけた客が、自宅用に買って帰ったのだろう。

そのイートインコーナーも『食べ放題タイム』は見事予算達成。『蕎麦屋呑みタイム』にしても、予算比九十七パーセントでまずまずの出来である。ただ、ひとつだけ伝治が気になったのは、『蕎麦屋呑みタイム』の客数の少なさだった。

初日だけとはいえ、予算達成は嬉しい。小躍りせんばかりである。だが、訊くべきことはちゃんと訊かなければならない、と伝治はあえて気むずかしそうな声を出す。

「で、このイートインコーナーの客数の少なさはどうしたことだ？　まさか急に台風が襲ってきて、地域一帯、客が家から出られなくなったとかじゃないよな？」

「だったら、他の売り場の客数も減ります」

「だよな」

そもそも、名古屋と湊町でそんなに天気が変わるわけがない。しかもここ数日、天気は快晴、季節柄台風はあるにはあるがまだ発生したばかりで、湊町に影響を与えるものではない。

「台風はおろか、雨の一滴も降ってない。竜巻も、暴《あば》れ馬《うま》も、エイリアンも未確認。凶悪犯罪が起きて犯人が逃走中ってこともないし、ミサイルも飛んできてない。客が家から出たくなくなるような要因はひとつもなかった。それなのに四時以降、堀内百貨店のしかもイートインコーナーにだけ、閑古鳥が鳴きまくってたってことか？」

「事業部長……面白がってますね？」

丸山の一言で、伝治は堪えていた笑いを炸裂《さくれつ》させた。ところが、その笑いは、次の丸山の言葉で急停止させられることになった。

「実は、始めはそんなに悪くなかったんです。むしろ、開始を待って客が並んでたぐらいでした」

「行列ができてたのか……」

「はい。『食べ放題タイム』は午後三時でオーダーストップ、三時四十五分には客がいなくなりました。その後、十五分でセッティング変更して午後四時ちょうどに開場。行列客と席数がほぼ同じで、すごくいい感じだったんです」

「それで？　後が続かなかったのか？」

「いいえ。客自体は来てくれました。ただ、席が空かなかったんです」

さっと来てさっと呑んでさっと帰る――それが蕎麦屋呑みの極意だ。それなのに、最初に入った客の大半はちっとも帰らなかったらしい。

「さっと来たのはいいんですが、そのまま居座られました。雰囲気を楽しんでいるとでもいうんでしょうか……」

「だらだら呑んでたのか？」

「ええ。まるで宴会みたいでした……」

ひとりが五杯呑もうが、五人が一杯ずつ呑もうが売上げは同じだ。だから予算達成率は悪いものではなくなった。ただ、回転率が悪いから客数も増えなかった、というのが真相らしい。

「金を落としてくれてるんだから文句は言えません。でも、とにかく残念だったのは、雰囲気をぶち壊しにされたことです」

客の大半が二十代から三十代という若い世代だった。

彼らが、里美の狙いどおりの『蕎麦屋呑み』に憧れていたものの、場所や機会に恵まれなかった人々かどうかはわからない。イートインコーナーは『蕎麦屋呑み』に相応しく、酒もつまみもかなりお値打ち価格に設定されていた。彼らは、コストパフォーマンスの良さだけに惹かれてやってきたのかもしれない、と丸山は言う。

ひとり、あるいはふたり。それが蕎麦屋で静かに酒を呑む際の適正人数だろう。それなのに、彼らは三人から四人でやってきて、一杯だけの酒で大いに盛り上がった。呑みつけない日本酒で早々に酔ってしまったせいもあるのだろうが、せっかくの大人の雰囲気は霧散、学生向けのチェーン居酒屋のようになってしまったそうだ。

「後半、もっと年配の客も来てくれたんですが、騒いでる連中を見て帰っていきました。ええ、並ぶことすらせず……。そりゃそうですよね。私が見てもぜんぜん『蕎麦屋呑み』じゃありませんでしたから」

結局、その後列に並んだのも若者のグループばかり。ひとり客と違い、待っている間も仲間同士で盛り上がっていれば退屈することもないからだろう。

席について大騒ぎし、挙げ句の果てに、待ち時間に『全国唐揚げ祭り』で買ったつまみを持ち込み、取り皿を出せだの、ゴミを捨てておいてくれだの、あり得ない言動を繰り返したらしい。

「五時半過ぎでしたか、七十歳ぐらいの女性が来てくださったんです。和服できちんと髪も結い上げた小粋《こいき》な感じの方でした。ああいう方こそ、蕎麦屋呑みにぴったりなのに、中の様子を見てため息をついて帰られました。売上げが上がったのは嬉しいですが、素直に喜ぶ気持ちになれませんでした」

「自分たちさえよければ、の典型だな」

「明日以降、時間制限を設けるべきかもしれません」

「それは、まったく粋じゃないな。第一、時間を計る手間も大変だ」

「ですよね」

「でもまあ、数字は数字。まずはお疲れさん。明日以降も頑張ってくれ」

「はあ……」

せっかく売上げを達成したのに喜びきれない。そんな男がふたり、電話の両側でため息をついていた。

翌日の数字は初日より幾分落ち込んだものの、悲観するほどのものではなかった。『全国唐揚げ祭り』が百二パーセント、『蕎麦屋呑みフェスタ』は九十六、催事場全体では九十八パーセントである。未達成ながらもほぼ百パーセントに近く、明日以降に十分盛り返せる数字だった。

ところが、よかったな、とかけた電話に出た丸山の声はひどく暗かった。

「どうした？ やけにしょぼくれてるじゃないか。まあ、未達は未達だがほとんど達成みたいなものだし、この調子ならふるみなと祭りが始まれば挽回《ばんかい》は難しくないだろう」

「数字は悪くありません。今までを考えたら上出来です。でも、やっぱり気になるんです」

「『蕎麦屋呑みタイム』か……？」

そこで伝治は、プリントアウトした売上速報に目を落とした。ピンク色のマーカーが引かれているのは、『蕎麦屋呑みタイム』の客数。昨日同様ひどく少なかったため、伝治がチェックを入れた数字だった。

「今日も少ないな……。また若い奴らの宴会場だったのか？」

「騒ぐ客はいませんでした。むしろ、落ち着いた客が多かったです。でも、これが『蕎麦屋呑みタイム』か、といわれたら、全然……」

今日、『蕎麦屋呑みタイム』に現れたのは、初日より幾分高い年齢層の客たちだった。おそらく四十代から五十代、見るからに会社帰りらしきスーツ姿が多かったそうだ。

酒についての知識も豊富で、里美が揃えた酒の価値も十分評価できていたという。

「オーダーを取りに行った従業員に『ここでこの酒に会えるとは……』なんて言った客もいたそうです。全国に名を知られるような酒じゃない、でも間違いなく旨い、そんな酒ばかりだって褒めてもらったって……」

「いいことじゃないか。さぞや後藤君も喜んだことだろう」

「そりゃ喜びましたよ。お酒の味がわかるお客さんが来てくれて嬉しいって、手放しの喜びようでした。でも、それが仇《あだ》になっちゃったんです」
酒に詳しいということは、『蕎麦屋呑みタイム』で出される酒の希少性についても
わかっているということだ。地元ならともかく、その他の地域ではあまり流通してい
ない酒がずらりと並んでいるのだ。酒好きなら、片っ端から試してみたくなるのが当
然……ということで、彼らは昨日の若者同様、長《なが》っ尻《ちり》の客となってしまったそうだ。
「回転率は昨日と大差ありません。何杯も呑んでくれたおかげで売上げはそこそこで
したが、素直に喜べません。後藤君なんてもう、気の毒なぐらい落ち込んじゃって」
「すまない……」
詫びの言葉が飛び出した。
この企画を完全な大人向けにするように言ったのは自分だ。
蕎麦屋の少ないこの地域には、『蕎麦屋呑み』をしたくてもできずにいる人がいる
はずだ。
『蕎麦屋呑み』は試してみたいが本物の蕎麦屋はハードルが高いと感じている人も、
百貨店の催事場なら気軽に利用できる。わざわざ出かけてくるのだから、『蕎麦屋呑
み』のなんたるかぐらい心得ているはず。
もともとイートインは大金を落とすような場所ではないのだから、回転率さえ上が
れば客単価は低くても大丈夫――伝治はそう考えていたのだ。

ところが、蓋を開けてみたら、やってきたのは居酒屋と勘違いした若者たちと単なる呑兵衛、『蕎麦屋呑み』のコンセプトからは大きく外れてしまった。

とはいえ、売上げ自体は悪い数字でもない。もしも伝治が徹底して『蕎麦屋呑み』の世界を作り上げるように言わなければ、里美が挫折《ざせつ》感を味わうこともなかったはずだ。もっと言えば、『食べ放題タイム』と『蕎麦屋呑みタイム』に分けるようなことをしなければ、売上予算は達成していたのかもしれない。

「俺が余計なことを言ったせいだ。本当に申し訳ない……」

「とんでもありません。今回の来客数は、これまでとは比べものになりません。ご存じのとおり、うちの物産展は売上げのほとんどは初日と週末に集中、あとはさっぱり、って感じなんです。特にイートインに関しては午前中から昼過ぎまでで、余程有名な老舗でも入ってくれない限り、夕方なんて閑古鳥です。それなのに、今回は夕方以降も客が来てくれました。同じ客が座り続けたにしても、空席もほとんどありませんでした。それは『蕎麦屋呑みタイム』があったからこそです」

そもそも大々的に『蕎麦屋呑みフェスタ』と謳えたのも、午後四時以降の『蕎麦屋呑みタイム』があったからだ。いくら蕎麦と酒を揃えたところで、それは従来の物産展と大差ない。日本酒は全国で造られているし、蕎麦の産地にも旨い酒はたくさんある。それと鶏料理を並べて売るだけで、『蕎麦屋呑みフェスタ』を名乗ることはできなかっただろう、と丸山は言う。

「午後四時以降の客は間違いなく『蕎麦屋呑みタイム』を目指してきてくれた客です。蕎麦専門店みたいな雰囲気にならなかったのは残念ですが、それは仕方がないことです。狙った客じゃなかったとしても、客には違いありません」

「だが……後藤君は……」

「大丈夫ですよ。花村君や神田君がちゃんとフォローしてました」

当初目指した『蕎麦屋呑みタイム』のコンセプトから外れたとしても、とにかく数字は上がっている。大事なのは、じりじりと下がり続ける催事場の売上げを回復させることだ。むしろ、それが第一目的だったのだから落ち込むことはない。ふるみなと祭りが始まれば人出が増え、客ももっと増えるだろう。意識を切り替えて、一杯でも多くの蕎麦や酒を売ることを考えよう。大丈夫、この企画は成功だ――

閉店後、催事場で項垂《うなだ》れる里美に、瑠衣と神田はそんな話をしていたそうだ。

「数字を残せれば、来年もこのイベントを続けることができます。私から後藤君には、一回で百点なんて取る必要はない、来年また頑張ればいいって伝えました。あとでこっそり、企画部に異動になってもうちをよろしくな、って……」

丸山の言葉は、里美の異動を後押しするものだ。非公式とはいえ、さぞや里美の気持ちを明るくしたことだろう。さらに、里美は初めて自分が立てた企画ということで、肩に力が入りまくっていたに違いない。『一回で百点なんて取る必要はない』に込められた、最初から完璧《かんぺき》である必要はないという意味を読み取れれば、前向きに頑張っていけるだろう。

「いいフォローだ。ありがたいよ」

「これでも店長ですから」

「そういえばそうだったな」

「事業部長……」

ひどいです、と大げさに嘆きつつも、丸山はほっとしたように笑った。里美にはああ言ったものの、二日目で未達成に終わった数字、目指すところとずれてしまった『蕎麦屋呑みタイム』のことを、丸山自身も気にしていたのだろう。

「数字は保証の限りではないが、たぶんなんとかなるだろう。それに、明日は究極の『蕎麦屋呑み』を体現してくれる客が来てくれるかもしれない」

「そうですね」

相槌を打ちながらも、丸山はそんなことは起こりえないと思っているようだった。伝治自身、薄々わかっている。

『蕎麦屋呑みタイム』の雰囲気そのものは目指すところには至らないかもしれない。それでも売上げさえよければ企画は成功なのだ。

――『蕎麦屋呑み』をしたいのに機会も場所もないってのは、俺自身のことだ。俺はたぶん、自分自身が『蕎麦屋呑み』をしたかった。自分の欲求のためにあの企画を修正させたんだ。もしも企画が失敗に終わったとしても、その責任は俺にある。後藤君は素晴らしい企画を立て、俺の無謀な修正指示もちゃんと満たした。丸山はもちろん、高島も彼女の力を疑うことはないだろう。

「数字こそが正義だ。後藤君は鳴り物入りで企画部行きだな」

春の人事異動案に彼女の名前を上げておくよう伝え、伝治は静かに電話を切った。

数字こそが正義――それは、半ば自分に言い聞かせる言葉だった。

あくまでも『蕎麦屋呑みタイム』にこだわるのであれば、来年以降、やり方を考えればいい。そもそも、里美にはそこまでのこだわりはないのかもしれない。

幸い『食べ放題タイム』の評判は上々、今までぴんとこなかった麺が、つゆを替えることで好みにぴったりになると知った客たちは、大喜びで麺やつゆを買って帰った。

里美が用意した、薬味のバリエーションや茹で方のコツを書いたパンフレットは大人気となり、客のほとんどが持ち帰り、終盤はコピーに走らねばならないほどだった。

この分なら、イベント終了後も蕎麦やつゆは食品フロアの売上げに貢献してくれることだろう。

『蕎麦屋呑みタイム』の客層はさておき、全体として今回の催事は成功だ。里美を褒めてやりたいし、『蕎麦屋呑みタイム』の実情も見ておきたい。そう思った伝治は大車輪で仕事を片付け、湊町に向かう特急に乗り込んだ。


乗り継ぎがよかったため、伝治は湊町駅で普通電車に乗り換え、新湊町駅から堀内百貨店まで歩くことにした。新湊商店街は、明日から始まる祭りの準備の真っ最中。祭り当日ほどではないが、普段からは考えられないほどの賑わいである。

そう言えば、神輿はどうなったのだろう……

そんなことを考えながら歩いていると、道ばたから声をかける者があった。

「伝治さんじゃねえか」

おそらく、神酒所に使うのだろう。『新湊商店街』と名前が入ったテントの中から出てきたのは、菱田だった。

「あ、親爺さん、お疲れ様です」

「あんたもお疲れさん。今から堀内さんに行くのかい？」

「ええ。それより、神輿はどうなりました？」

担ぎ手の数や振り分けが気になって訊ねてみると、菱田はにやりと笑った。

「堀内のお偉いさんのお言葉どおりにしたよ」

「え!?」

「なんて顔してるんだ。忘れちまったのかい？　若いのと分けちまえって言ったのは、あんたじゃねえか」

「覚えてます。覚えてますけど……」

まさか本当にやるとは……と慌てまくる伝治に、菱田はさらに嬉しそうな顔になる。

「いや、正直俺もどうしたものかな、と思ってたんだ。若いのは言うこと聞かねえし、うさんくさそうに見てくるし。これじゃあ骨折り損だって。あんたがいっそ分けちまえって言ったとき、最初はくだらねえと思った。でも、よく考えたら、それも悪くねえなって」

古湊には神輿があるのに、新湊にはない。自分たちの神輿がほしい。神輿がふたつあれば祭りだって盛り上がる。そんな考えから新湊の神輿を作ってみたが、担ぎ手は思ったよりも集まらない。中高生が来てくれたが、みんな古湊の神輿を担ぎたがったのだという。

「考えてみたら当たり前だ。こんな爺《じじい》にうるさく言われてまで、神輿なんて担ぎたくねえさ。若いのにとって、祭りってのは楽しむもんだってのもわかる。それならいっそ、若いのはみんな古湊に振って、年寄りばっかりで新湊の神輿を担ぐことにしたらどうかって言ってみたんだ」

「え、それ、逆じゃないんですか？」

言うまでもなく、歴史があるのは古湊の神輿だろう。菱田は気に入らないかもしれないが、長年この地域に住んでいる人間ならば、どうせなら古湊の神輿を担ぎたいと考える。若い人間にはそこまでのこだわりはないだろうから、新しい神輿を担いでもらう。伝治には、そのほうがずっと理に適っているように思えた。

ところが菱田は、これまたひどく機嫌良く言うのだ。

「それがなあ……俺もちょっと予想外だったんだが、年寄り連中はみんなして新湊の神輿がいいって言うんだ。新しい神輿は軽いからだそうだ」

「軽い……？」

「昔の神輿は作りもしっかりしてるし、何よりでかい。だから、かなり重いんだ。その点、新しい神輿は小さくて軽い。なんてったって、少ない人数でも担げるように考えたからな」

古湊の神輿だけでも担ぎ手の確保に難儀している。その上、新しい神輿となったらもっと大変だろう。だから菱田は、ひとりでも少ない担ぎ手ですむことを最優先で、神輿を作らせたそうだ。

「なるほど……それは考えましたね」

「見映えはよくしてほしいが、重くちゃ困る。でかすぎるのも困る、ってかなり無理を言った。だがそのおかげで、新湊の神輿はとにかく楽に担げるんだ」

「ついでに、ショートカットコースにすれば、もっと負担は少なくなりますよね」

「そういうこと。交代もそんなにしなくていい。そもそも軽い、距離も短い、とくれば年寄りは大喜びだ。もうなあ……俺たちは予想以上にぼろぼろなんだよ」

正直、俺も気は達者でも、身体がついていかねえ、と菱田は嘆いた。

「若いのは体力があるし、それなりに人数も揃った。重いのはあいつらに任せて、俺たちは『華麗なる神輿』を目指すことにしたんだ。練習も分けてさ。そしたら、面白いことになった」

「っていうと？」

「年寄りは店をやってるのがほとんどだから、昼間は都合が悪い。俺は夜の仕事だが、ちょっとぐらいなら息子に任せられる、ってことで俺たちは平日の夜集まることにした。若い奴らは今までどおり週末。ついでに俺は若い奴の指導からも手を引いた。そのほうが若いのも喜ぶだろう。なんせ俺はうるさいからな」

「でも、ちゃんと担げるようにならないと意味がないでしょうに……」

「勢い重視なら、怪我だけしないように気をつければいい。口うるさく言う必要もない」

「それはそうですが……」

「それなら俺より人当たりがいい年寄りに任せておけばいいじゃないか。でもな、そうやって分かれて練習してたら、あいつらこっちを覗きにくるようになりやがった」

平日の夜なんて誰も来たがらないだろうと思っていた。実際に、ふたつに分かれてすぐのころは見に来る者はいなかった。だが三回目の練習のとき、年寄りのひとりが、ドアがほんのわずかに開いていることに気がついた。

「閉めたはずなのに……って見に行ったら、ドアの向こうでガキが二、三人固まってやがった。なんだなんだ、どうした？　って訊いたら、練習を見てたって」

楽しめればいいと思っていた。勢いよく、ただただ元気、それだけでいいのだ、と……。

だがいざ、熟練者がみんないなくなってしまうと、不安で仕方がない。本当にこれでいいのか、あっちはどうなっているんだろうと気になって、とうとう覗きに来てしまったそうだ。

「来ちまったもんは仕方ねえ。まあ邪魔にならないところにいろよ、って言い渡して中に入れたよ。こっちの神輿は相変わらず俺が仕切ってたからな」

もとよりみんなが熟練者。ただ新しい神輿と新しいコースに馴染むことが目的だから、至って長閑《のどか》に、気持ちよく練習していたらしい。仕上がりも早く、三回目の練習では本番さながらの神輿行列が整っていたという。

「本物の神輿ってのは、こうやって担ぐんだぜ、って言ったら、ため息つきやがった」

ちょっとざまあみろだ、と菱田は満足そうに笑った。

「それからも何人かは俺たちの練習を見に来たし、そいつらが率先して練習するようになったらしい。ま、どこまでできたかはわからんが、指導についてた古湊の年寄りも、それなりだって言ってたし、明日が楽しみだ」

そんなわけで、神輿については思ったよりもうまくいっている。あんたのおかげだ、と菱田は頭を下げた。

「いや、俺は部外者だから勝手なことを言っただけで……」

「あんな思い切ったことは、外の人間にしか言えない。駄目ならまた来年考えるさ。とにかく助かった。おっと、これから堀内さんに行くんだったな。急ぎじゃなかったかい？」

「いいえ、ちょっと早いぐらいでしたから、おかげでちょうどいい時間になりました」

「ちょうどいい？　もしかして例の『蕎麦屋呑みタイム』とやらを見にきたとか」

「実はそうなんです」

「それはご苦労さん。だが、わざわざ見に来なくても、かなりいい調子らしいじゃないか。うちのかみさんが初日にお邪魔したそうだが、満席で諦めたって言ってたぞ」

女将は出雲の出身で、相当な蕎麦好きらしい。折り込みチラシで今回『蕎麦屋呑みタイム』について知った彼女は、出雲蕎麦や地元以外では手に入りづらい酒の名前を見て大騒ぎをしたそうだ。

酔っ払って店に出るわけにはいかないが、滅多にあることではないし、息子もいる。たまには女将が休んでもいいだろうということで送り出したそうだ。

結果として、呑めなかったから店にも出たし、俺としては助かったけどな、と菱田は笑った。

「そうだったんですか……。それは申し訳ないことでした」

「いやいや。だが、せっかく『蕎麦屋呑み』を謳ってるのに、あれじゃあ居酒屋と変わらない。いっそ『花菱』のほうが雰囲気が近いぐらいだってため息をついてた。次があるとしたら、もうちょっと落ち着いた感じになるといいのに……ってさ。ま、あんたとはまんざら知らない仲じゃないし、そんな声もあるってことだけ伝えとくよ」

「肝に銘じます」

「あくまでも、声のひとつだ。あんまり難しく考えねえでくれよ」

そして彼は、またな、と片手を上げてテントに戻っていった。

居酒屋みたい、か……やっぱりそうとしか見えないんだな……

悔しさと残念さで一杯になりながら、再び伝治は歩き出す。

時刻は午後三時五十分、間もなく『蕎麦屋呑みタイム』が始まるところだった。


たぶん、賑やかなんだろうな……

エスカレーターで六階フロアに上りきる直前、伝治は一瞬目を閉じた。目指したところとは全然違う風景を見るために、覚悟が必要だったからだ。

エスカレーターを降り、イートインコーナーに近づく。そこで伝治の目に入ってきたのは、予想以上にコンセプトとかけ離れた風景だった。

客たちは並んでいる間も話に盛り上がり、イートインコーナー付近のざわめきは絶えない。客の中には黙ってスマートフォンを弄っていたり、文庫本を読んでいたりする者もいるが、たいていは複数連れ立ってきた客で、時折けたたましい笑い声が上がる。そしてそれは、彼らが席に着いてからも同様だった。大声で従業員を呼び、我先にと酒やつまみの名を連ねる。

伝治は天井を仰ぎたい気分だった。

——聞きしに勝る。最初にあんなにまとめて注文するなんて、ここは居酒屋か！　この分だと客数はどっこいどっこい……いや、週末で昨日までよりもグループ客が多くなりそうだから、少しは増えるか……

どのテーブルからも、たくさんの注文が出されていた。従業員たちは酒やつまみを運ぶのに大忙しで、小走りになっている者までいる。伝治は複雑な思いで、イートインコーナー以外の売り場に目を向けた。

出展者ごとに区切られたブースに、鶏料理や蕎麦、地酒を求める客が多数見受けられた。

冗談としか思えなかったペットフード売り場でさえ、品切れが出るほどの好評ぶり。とにかく催事場全体が活気づいていた。おそらく今日の売上予算は達成、期間トータルとしても九十八前後、明日以降によっては百を上回る数字が出るかもしれない。ここしばらくの催事場の落ち込みぶりを考えれば上出来、逆転満塁ホームランとまではいかないまでも、同点三塁打ぐらいの価値はありそうだった。

——考えを切り替えよう。当初目指した本格的な蕎麦屋呑みの世界は作れなかったにしても、これだけの客が来てくれたのだから、企画は成功。おそらく丸山も高島も後藤君の力を疑うことはないだろう。人事異動の件も問題なく進むはずだ。

自分にそう言い聞かせ、伝治はエスカレーターに向かった。

今日出かけてきた目的のひとつは、里美に会うことだ。『蕎麦屋呑みタイム』は今日もいい数字を作れそうだし、是非とも労ってやりたい。従業員たちが交代で午後休憩を取る時間帯になっているが、彼女はもう午後の休憩を取ったのだろうか。

とりあえず、従業員の休憩所を兼ねている社員食堂を覗いてみることにして、伝治は上りエスカレーターに乗った。レストラン街を抜け、事務所に続く従業員用の階段を上る。

あまり賑やかだと声をかけづらいな、と思いながら行ってみると、休憩時間にもかかわらず、社員食堂には女性がふたりだけしかいなかった。

ふたりは並んで腰掛けており、ひとりは顔を両手で覆《おお》い、もうひとりは隣の女性を覗き込むようにしている。いずれも顔は見えない。なんだか見てはいけないもののような気がして、伝治は踵《きびす》を返そうとした。そのとき、ドアが開いた音に気がついたのか、覗き込むようにしていた女性が顔を上げた。

「花村君……」

伝治の声で、瑠衣の隣の女性が顔から手を離した。それは、伝治が今まさに会いたいと思っていた里美だった。

いったいどうしたんだ、と訊ねる間もなく瑠衣がすっ飛んできて、伝治の手を引っ張った。

「事業部長、いいところへ。後藤さんに言ってあげてください。今回の企画は失敗なんかじゃないって！」

「花村さん、もういいんです。やっぱり私には企画なんて無理だったんです」

そう言って、また里美は手で顔を覆う。一瞬だけ見えた目が赤かったから、おそらく泣いていたのだろう。

ただでさえ女性の相手が大得意というわけではない。特に若い女性、しかも相手が泣いているときてはお手上げだ。それでも、この状況ですんなり帰してもらえるとは思えない。それは瑠衣の目を見れば明らかだった。

瑠衣は午後休憩を取ろうと社員食堂にやってきて、そこで座り込んでいる里美を見つけたという。目も鼻も真っ赤、このまま売り場に帰すことはできないと判断して、食品フロアに連絡を取った。催事のほうで手を借りたいことができたから、ということで時間をもらったそうだ。

とにかくなんとかして、と瑠衣が目で訴えてくる。伝治はやむなく躊躇《ためら》いがちに声をかけた。

「えーっと……まず訊かせてほしいんだけど、どうして後藤君は失敗だと思ったの？」

しばらく待ってみたが、里美からの返事はない。やむを得ない、というふうで瑠衣が口を開いた。

「私もそれを訊いたんですけど、『失敗は失敗です』の一点張りで……」

「おかしいな。どう考えても『蕎麦屋呑みフェスタ』は成功だよ。催事場の売上げはここ最近見たことないぐらいのいい数字になってるし……」

そこで里美はぱっと顔を上げた。

「数字がなんだって言うんです。確かに予想以上に売れたかもしれません。でも、あれを『蕎麦屋呑みタイム』なんて呼べません。だから失敗なんです！」

「確かに『蕎麦屋呑みタイム』は少々狙いを外したかもしれない。だが『食べ放題タイム』は大盛況だし、持ち帰り用の蕎麦や酒もどんどん売れてるじゃないか。買って帰った客は、もしかしたら家で『蕎麦屋呑み』を試すかもしれない」

「家では『蕎麦屋呑み』になんてなりません」

「堀内だって蕎麦屋じゃない。それでもなんとか雰囲気を作り『蕎麦屋呑み』を謳った。『蕎麦屋呑み』というコンセプトに引かれて、たくさんの客が来てくれたんだ。家でやってみようって思う客がいないとも限らない」

「そうよ。それに、『全国唐揚げ祭り』で売られているものは、催事が終わったらそれっきり。次に会えるのは来年か、もしかしたらそれ以降かもしれない。その点、お蕎麦やお酒は食品売り場に行けばいつでも買えるわ。恒常的な売上げの確保という意味では、『蕎麦屋呑みフェスタ』のほうが上よ」

その上、返礼品になっている酒を紹介し、ふるさと納税の利用を勧めたことは、素晴らしい試みだ。きっと蔵元や自治体も喜んでいることだろう。そのことだけでも、もっと評価すべきだと瑠衣は言い募った。それでも、里美の憂《うれ》い顔は消えない。

「私は、このあたりにはお蕎麦屋さんが少ないから、本物の『蕎麦屋呑み』をしたくてもできない人がたくさんいると思っていました。でも、実際はそんなお客様はいませんでした。いたのは、リーズナブルな居酒屋として利用したい人ばかり。本物の『蕎麦屋呑み』の世界なんて必要なかったんです」

そう言ってまた里美は顔を覆う。伝治はいたたまれない思いで一杯だった。里美に『本物の蕎麦屋呑み』という概念を植え付けたのは、伝治自身だからだ。

「それは君じゃなくて、俺の責任だよ。そういうふうにしろって指示したのは俺なんだから」

「いいえ。これは私が立てた企画です。たとえ事業部長のお言葉でも、私自身が納得できなければやらなかったことです。それに、催事場担当の皆さんだって、ものすごく協力してくださいました。相応しい販促物を提供してもらえるように頼んで回ってくださったり、家電売り場のバックヤードに電球型蛍光灯を探しに行ってくださったり、神田さんなんて、蔵元まで一緒に行ってくださったほどです。私みたいな部外者が立てた企画に、全力を注いでくれました。それなのに、蓋を開けてみたら、そんなの全然関係なかった。無駄な努力にすぎなかったなんて……」

申し訳なさ過ぎる、と里美は嘆いた。

里美の気持ちはわからないでもない。伝治も、彼女ぐらいの年齢のころは同じように思ったものだ。けれど、実はその考えは少々違う。会社は、いかに努力したかではなく、どんな結果を出したかを問われる場所なのだ。

今回、催事場担当者たちは全力で頑張った。いくら里美が無駄な努力だったと主張したところで、彼らはそうは思わない。なぜならそこには『売上予算達成』という大きな成果があるからだ。

彼らはこの企画、特に『蕎麦屋呑みタイム』の意義をちゃんとわかっている。むしろ、それがあったからこそ『蕎麦屋呑みフェスタ』として客を呼べたと考えるだろう。

そんな伝治の話を聞いても、里美はやっぱり俯いたままだった。

「昨日も一昨日も、いい数字だったって聞きました。でも私、ちっとも嬉しくないんです。予算達成を喜べないなんて、そこから間違ってる気がします」

「後藤さん、それは……」

「花村さん、もういいんです。事業部長もありがとうございました。私、たぶん企画には向いてないんだと思います」

里美はそう言って一礼したあと、社員食堂から出ていった。洗面所のほうに向かったから、化粧でも直して売り場に戻るのだろう。

瑠衣があからさまにため息をつく。

「一生懸命なのは彼女のいいところなんですけど、こうなってくると……」

「企画部への異動はパス。やっぱり辞めます、とか言い出さないといいんだが……」

「私もそれが心配です。でも、これ、どこに行っても同じ問題のような気がします」

スポーツの世界が長かったし、これまでは努力をしたらしただけ上達してきたのだろう。その感覚を捨て去るのは難しいのかもしれない、と瑠衣は心配そうに言う。

企画を思いつくことに関して、里美は優れたものを持っている。けれど、成果が出ているのにそれを喜べず、かけた努力を悔《く》いるようでは彼女自身が辛くなるばかりだろう。それでも彼女に企画部への異動を勧めていいのかどうか迷ってしまう。

里美の考えを変えさせるべきか、それとも今のままの彼女を生かせる部署を探すべきなのだろうか。とにかく彼女には辞めてほしくなかった。

「いつまでこうしていても仕方がない。花村君も売り場に戻りなさい」

瑠衣にそう指示したあと、伝治は店長室に足を向けた。『蕎麦屋呑みタイム』、そして里美の今後について相談する必要があった。

ところが、辿《たど》り着いた店長室はもぬけの殻。しばらく待ってみても、丸山は戻ってこない。事務員に訊いてみても、外には出ていないと言うし、携帯電話を鳴らしても出ない。そのうち戻ってくるだろうと待っているうちに、どんどん時間が過ぎていった。

今日はもう諦めて帰ることにしよう。そう思って腰を上げかけた瞬間、店長室のドアが開き、丸山が入ってきた。

「すみません。電話には気が付いていたんですが、ちょっと手が離せなくて出られませんでした」

丸山はなんだか上気した顔で、催事場にいた、と言った。人を待たせっぱなしにしておいて、何をそんなに嬉しそうにしている、とは思ったが、それよりも彼が催事場にいたことのほうが気になった。

「催事場？　俺もさっき覗いたが、君の姿は見なかったぞ？」

「入れ違いじゃないでしょうか？　私も事業部長のお姿は見ませんでしたから」

丸山がいたのはイートインコーナーだという。

客はどんどんやってくる。手が足りなくなって助っ人を要請されたものの、動ける人間が丸山しかいなかった。店長に酒を運ばせるのもいかがなものか、ということで案内係を頼まれたらしい。

「俺が見たとき、案内係は女性だった」

「催事場のアルバイトでしょう。私が呼ばれたのは四時半すぎ、そのあとしばらく行列に張り付いてました」

伝治が催事場に行ったのは『蕎麦屋呑みタイム』が始まる前、四時半すぎといえば社員食堂にいたころだ。丸山に会わなかったのはそのせいに違いない。

「それで、もう今はいいのか？」

今は五時半になるところで、丸山が助っ人に行ってからまだ一時間も経っていない。伝治は、そんなに急速に客足が落ちたのかと心配になったが、そうではないらしい。

「ご心配なく。アルバイトが出勤してきたので、交代しただけです。イートインコーナーの行列はむしろ延びてるぐらいです」

週末、しかも明日から三連休ということで、普段なら諦めて帰るだろう客が列から離れない。そのせいで行列が長くなっているという。

「それはそれでまずいだろう。客から苦情は出ていないのか？　そんなときこそ、店長の君の出番だろう」

「それも大丈夫です。どういうわけか、急に回転率が上がり始めたようなんです」

「は？　宴会グループはどこに行ったんだ？」

『蕎麦屋呑みタイム』が始まった時点で、テーブルの大半はそんなグループだった。従業員は、ひとり、あるいはせいぜいふたりで来る客を前提に準備されていたため、手が足りなくなって助っ人を要請してきたのだ。

最初のグループ客だけでなく、行列には同じようなグループがいくつも見受けられた。彼らがみんなして、そんなに短時間で帰っていくのは腑《ふ》に落ちなかった。

「まさか、今日に限って、つまみや酒がものすごく不味《まず》いとか？」

「事業部長、もう一度催事場へ行って、客の様子を見てきてください。『蕎麦屋呑みタイム』で出してる蕎麦は有名産地の生そば、焼き海苔だってかまぼこだって上等。鶏わさに至っては比内地鶏。山葵も生！　どの客も、旨い旨いって大喜びしてますから！」

そもそも、板わさや焼き海苔程度の簡単なつまみは、素材が勝負なのだ。仕入れ先は変えていないし、毎日新しいものが届いている。酒の保存についても酒売り場担当者、とりわけ里美が目を光らせているのだから、急速な味の劣化はありえない、と丸山は反論した。

「すまん……だが、それぐらいじゃないと説明がつかないじゃないか」

「確かに……。でも、事実は事実です。それに、私が交代するころにはなぜかグループ客自体が少なくなってました」

「謎すぎるな……」

そこで伝治は腕時計を見た。針は午後五時四十五分を指している。昨日までならば、最初に席に着いた客がようやく腰を上げるかどうか、という時刻だった。

「ちょっと見てくる」

「お伴します」

伝治は、丸山とともに店長室を出た。連れだって辿り着いたイートインコーナーは、確かに先ほどとは少し様子が違っていた。

「なんだありゃ……」

グループ客の若者のひとりが、隣の客の様子を盗み見ていた。

見られているのは、初老と呼んでいいぐらいの男性客。若者のテーブルには既に酒が届いている。いかにも酒好きが喜びそうな『もっきり』、つまり枡《ます》の中にグラスを立てたっぷり注ぎこぼしたもので、何皿かのつまみも添えられていた。対して年輩客のつまみは焼き海苔のみ、酒もたった今届いたばかりらしかった。

若者の視線を気にも留めず、年輩客は焼き海苔を小皿の醤油にちょっと浸して口に入れた。すかさずグラスに口を近づけ、ずっ……と啜《すす》る。もちろんテーブルに置いたままである。

それは、伝治もいつもやっている仕草《しぐさ》だった。グラスは枡にこぼれた酒で濡《ぬ》れているし、いっぱいいっぱいだ。それ以上こぼさず、しかもテーブルや衣類を汚すまいとすれば当然そうなる。

だが、若者は目を丸くして隣の客を見ている。テーブルに置かれたままのグラスから酒を啜るなんて、行儀が悪いと思ったのだろう。しかし、持ち上げて垂れる滴を見たあと、グラスを枡に戻し、意を決したように口を近づけた。一方、彼の向かいに座っていた若者は、そのままグラスを口に運んだ。もちろん、滴はスラックスにぽたりぽたり……おそらくシミになることだろう。慌ててスラックスの酒を拭《ふ》き取ろうとしている友人を尻目に、グラスから酒を啜った若者が満足そうに頷いた。

「うん、やっぱりこれが正解」

そして彼はまた、横目で隣を窺う。年輩客は酒を一口、二口減らしたあと、グラスを持ち上げ、おしぼりでグラスの底を拭く。若者が声にならない声を上げた。

このあと、きっと枡にこぼれた酒をグラスに戻すのだろう。伝治ならそうする。だが、年輩客はそのままグラスの酒を呑んでいる。おや……？　と思っているうちにも、彼はすいと酒を減らし、合間に焼き海苔も口に運んでいた。

やがて焼き海苔の皿もグラスも空になった。年輩客は、ふう……とため息をつき、最後に枡を持ち上げた。鼻を枡に近づけ、にっこりと笑う。

そういうことか……

伝治は年輩客の呑み方にようやく納得がいった。彼は、注ぎこぼされた酒を最後まで枡に残すことで、移り香を楽しもうとしたのだ。枡は漆器ではなく白木、時間が経てば木の香りが酒に移る。それまでとは違った風味を醸《かも》すのだ。

枡の正面に口をつけ、一息に酒を呑み干した直後、一枚の盛り蕎麦が届けられた。酒がなくなる時分を見計らって注文しておいたのだろう。

盛り蕎麦をするすると平らげ、蕎麦湯で一息。その後、彼は支払いを終え、待っている客に会釈して出ていった。

「恰好《かっこう》いいですね……」

丸山が驚嘆の眼差しになった。

「あれは達人だ。あれこそが『蕎麦屋呑み』のあるべき姿なんだ……」

この場所で見ることはないと諦めていた『蕎麦屋呑み』の達人。その希少な姿を目のあたりにできた喜びに、伝治はすくい上げられたような心地になった。

そのあとも若者たちは、それ以上酒やつまみを頼むことなく、年輩客同様盛り蕎麦を一枚食べたあと静かに帰っていった。

「ちょっと落語みたいでしたね」

古典落語に、作法がわからない長屋の住人が、手習いの師匠の所作を見本にして失敗する話がある。若者たちと隣の年輩客はまさしくそんな感じだった。もちろん、あの若い客は落語のような失敗はせず、年輩客はただただ正しい見本となってくれただけだが……

「あの客、たぶん、隣の若者が見てることに気付いてましたよね？　それなのに、一声もかけなかった。実は、ちょっとぐらい蘊蓄《うんちく》を垂れるんじゃないかと思ってたんですが……」

「それは粋じゃないって判断したんじゃないか？　あるいは、周りなんてどうでもいい、ただ酒と蕎麦を楽しみたかっただけとか」

丸山は、そうかもしれませんね、と素直に頷いたあと、また客席に目を戻した。

「あれ？　あの客、もう帰ったんだ……」

「どの客？」

「三日連続で来てた客です。相当な酒好きらしく、知らない銘柄がこんなに！　とか喜んでました。それはいいんですが、二時間も三時間も居座って、酒もあり得ないぐらい呑むんです。仕入れた酒には限りがあります。この調子で呑まれたら、看板銘柄が最終日までに底をつきそうだって頭を抱えてました」

「そんなに呑兵衛なのか。困ったもんだな」

「なんで今日に限ってこんなに早く帰ったんでしょう？　私が案内係をしていたときはまだ並んでましたから、一時間もいなかったと思うんですが……」

「もしかしたら、他にも達人が来てたんじゃないか？」

呑兵衛にもいろいろな種類がいるが、おそらくその客は酒についての造詣が深い。となると『蕎麦屋呑み』のあり方ぐらいわかっているはずだ。

隣で作法どおりの『蕎麦屋呑み』を実践され、自分勝手に呑み続けるのが恥ずかしくなってしまったのではないか、と伝治は考えたのだ。

「そうかもしれません。もしかして回転率が急に上がったのもそのせいなんじゃ……」

「そこまでうまくいくか？」

「わかりません。でもそれぐらいしか、要因が考えられません」

そこで丸山は客がいないのを確かめた上で、レジに近寄り、今日の客について訊ねた。案の定、先ほどの達人のような客が、複数いたとのことだった。

「どんな気まぐれかはわからないが、来てくれたことに大感謝だ」

あれほどの達人が、この賑やかな雰囲気に満足してくれたとは思えない。おそらく彼らも、大して期待はしていなかったはずだ。それでも来てくれた。そして一組の若者たちに『蕎麦屋呑み』のなんたるかを見せてくれた。そのことが、伝治は堪らなく嬉しかった。

本当の意味での『蕎麦屋呑み』にはほど遠い。それでも、ああいう客がこのあたりにいるとわかっただけでも大収穫だ。言葉は悪いが、釣《つ》り竿《ざお》を投げる場所を間違ったわけではなかった。

里美が知れば大喜びするだろうし、自信だってつく。次はもっといいもの、あの人たちに喜んでもらえる企画にしよう、と意気込むはずだ。

「それにしても不思議だな。どうして今日に限ってあんな達人が現れたんだろう」

「週末だからじゃないですか？　それこそ明日から三連休、おまけに祭りですから」

「少なくとも、俺には仕事帰りのようには見えなかったぞ？」

スーツはもちろん、作業服でもない。五時半という時間を考えれば、着替えて出直してきたという感じでもない。なにより、全体的に『楽隠居』の雰囲気で、仕事を持っているとは思えなかったのだ。

もしも仕事をしていない、あるいはしていても時間に自由がある人ならば、昨日や一昨日に来ていても不思議ではない。今日に限って、しかも複数の達人が現れた理由がわからなかった。

「言われてみれば不思議ですね。でも、そんなのどうだっていいじゃないですか。とにかく、明日以降もああいう客がまじってきてくれることを祈るばかりです」

「まあな……」

ここでも、大事なのは結果か、と思いつつ、伝治は堀内百貨店をあとにした。

新湊駅に向かって歩いていると、にわかに腹が鳴った。

もう六時を過ぎたのだから、空腹も当然。名古屋に帰り着くには一時間ぐらいかかるし、駅弁という気分じゃない。食事を済ませて帰るか、ということで、伝治は『花菱』に行ってみることにした。

「いらっしゃい、こちらへどうぞ。今帰りですかい？」

カウンターの向こうにいたのは、上機嫌の菱田だった。

珍しいこともあるものだ、と思いながら導かれるままにカウンターに座る。

ふと横を見ると、そこには先客がいて、既に酒も肴も並んでいた。しかも彼は、女将や息子ばかりでなく菱田自身とまで言葉を交《か》わしている。この親爺がこんなに親しげにしているなんて、と驚いて見てみると、なんとそれはつい先ほど、イートインコーナーで見かけた達人だった。

――なんだってこんなところに？　もしかしたら、今日この男がうちに来たのは、この親爺の差し金だったんだろうか……

隣の客が気になって、伝治はろくに料理を選ぶこともできなかった。そんな伝治を見て、菱田が笑い出す。

「なんてざまだ、伝治さん。とはいっても無理はねえな。今日、こいつがおたくにお邪魔しただろ？」

「え、ええ……。あの、失礼ですけどこちらは……」

「俺の弟なんだ。光二《こうじ》、こちらはうちの古くからのお客さんで、堀内百貨店の偉いさんだ」

「店主の弟で菱田光二と申します。いつも兄たちがお世話になっております」

菱田の弟はそう言って実に礼儀正しく挨拶をした。言葉遣いや雰囲気から考えて、おそらく会社勤めあるいは公務員だったのかもしれない。

菱田の上機嫌はなおも続く。

「伝治さん、こいつと俺は東京の育ちでな。若いころから兄弟揃って祭り好き、神輿好きで、地元の祭りに飽き足らず、仲間たちと一緒にあっちこっちで神輿担ぎの助っ人までやってたんだ。東京を離れたときは、そりゃあ寂しかったものさ」

菱田は高校を出たあとしばらく東京で料理修業をしていた。その後、腕を磨《みが》くために関西に移り、縁あって湊町に店を構えたそうだが、光二は東京で就職し定年まで勤め上げたという。

「こいつは湊町に住んだことはねえんだが、定年退職してから、暇を持て余してやがる。俺が新しい神輿を担ぐと聞いて面白がって見物に来やがったのさ」

まったく物好き、遠路はるばるご苦労さんなこった、と菱田は言葉とは裏腹に思いっきり目尻を下げている。

三時過ぎにここに着いたが、菱田は祭りの準備、女将や息子は開店準備で忙しい。誰にもかまってもらえず、仕方なく堀内百貨店に出かけたそうだ。そこで『蕎麦屋呑みフェスタ』という文字を見つけ、小腹も空いたことだし……ということで催事場に行ってみた、というのが事の次第だった。

「そうだったんですか……それはありがとうございます」

伝治はカウンターの端っこに腰掛けている光二に礼を言った。言われてみれば、光二はどことなく菱田に似ている。特に眉の形がそっくりだった。

光二は伝治の礼に、ひょいと頭を下げて応える。

「珍しい酒が揃っていましたね。俺もずいぶん酒には卑しいですが、呑んだことがない銘柄がいくつかありました。しかも、大吟醸や特別純米といった特別高い酒でもない。それでいて呑み応えがしっかりあって、値段も気軽、年金暮らしの身にはありがたかったです」

「何を言ってやがる。年金暮らしが気に入らなきゃ、働けばいいじゃねえか」

「だから、みんなが兄貴みたいに店をやってるわけじゃないんだよ。普通のサラリーマンは、定年したあとは、年金で細々と暮らすんだ」

「でもって、たまの楽しみは蕎麦屋の昼酒……よね？」

「そのとおり」

女将の言葉に、光二は嬉しそうに笑った。女将は伝治に突き出しの小鉢を出しながら言う。

「この人、定年してからすっかり昼酒に味を占めちゃったみたいなの。あんまり昼酒は素晴らしい、風流だって語るもんだから、私もつい憧れちゃったのよ。小粋なマダムを気取って良い着物に着替えて出かけてみたんだけど、満員で入れないし、なによりちょっと賑やかすぎて」

「そう？　俺が行ったときは、かなり静かでいい感じだったよ？　デパートの催事場でよくぞここまで、って感心したぐらいだよ」

「あらあ……だったら私も、また行ってみようかしら」

――後藤君に聞かせてやりたい。

伝治は心の底からそう思った。『蕎麦屋呑みの達人』からこんな評価を受けたと知ったら、彼女はどれほど喜ぶことだろう。さらに、これじゃあ居酒屋だ、と思って踵を返した客が、もう一度行ってみようと考えてくれたと知ったら、さぞや励みになることだろう。

もういっそ、今すぐ里美を呼び出して、ここに座らせたいぐらいだった。

「本当にありがとうございます。実はあの催事は、『蕎麦屋呑み』がしたくてもできない人のために企画されたものなんです。本当の蕎麦屋で、昼酒をやってるような気分になってほしくて酒を探し、装飾も精一杯相応しいものにしたつもりです。それなのに、蓋を開けてみたらすっかり居酒屋になってしまって、立案者はずいぶんがっかりしていました。でも今日、弟さんが来てくださったおかげで雰囲気ががらりと変わったんです」

「まさか。俺は何にもしていませんよ。ただ酒を呑んで、蕎麦を食べただけです」

「でも、隣の席にいた若い連中は、確実にあなたの真似《まね》をしてました。おかげで長居もしなかったし、騒ぎもしませんでした」

「なんてことだ……よりにもよって俺の真似とは……」

そう言うと光二は頭を抱えた。

「おい、光二。おまえなかなかいい仕事するじゃねえか！」

「兄貴まで……。でもたぶんそれはただの偶然です。もしくは、周りが真似したとしても、ただ面白がっただけでしょう」

「とは言い切れないんじゃないですか？」

そこで口を開いたのは菱田の息子だった。

「俺が思うに、その若い奴らってきっと、母さんみたいに『蕎麦屋呑み』に憧れてたんですよ。でも蕎麦屋はハードルが高いし、そもそもこのあたりにはない。そんなときに『蕎麦屋呑みタイム』が開かれるって聞いたら、そりゃあ行きますよ。とはいっても、連中は『蕎麦屋呑み』の作法なんて知らないし」

「蕎麦屋呑みに作法もへったくれもないよ。好きなように呑んで食べればいいんだ」

「だから、それは叔父さんみたいに馴《な》れた人の台詞です。雑誌やテレビで見て、頭ではわかってても、いざやってみようとなったら戸惑いまくります。で、困った挙げ句、普通の呑み会みたいになっちゃったんじゃないですか？」

一日目、二日目に来た若者の大半は、そんな客ではなかったのか、と息子は言う。

菱田と光二は揃って頷いた。

「ないとは言えねえな」

「なくもないかも」

よく似た兄弟の、よく似た台詞にくすりと笑いながら、息子は結論づけた。

「でしょ？　そんなとき、隣にこれぞ『蕎麦屋呑み』って親爺がいたら、そりゃあ真似したくなります。彼らはみんなお手本を探してうろうろしてたんですから」

手本を探して……言い得て妙だった。

「そうかあ……大した手柄もない人生だと思ってたが、ここに来て他人様の手本になれたか。よかったなあ、光二！　それに引き替え、こっちは手本にしてくれる奴なんていやしねえし」

「そうでもないんじゃないか？」

光二はにやりと笑って甥《おい》っ子を見る。

「少なくともひとりは、兄貴の背中を追っかけてる奴がいる。息子、いや秀《ひで》ちゃんは兄貴の仕事を見て料理の道に進みたいと思ったんだろうし、実際立派な料理人になった。たまたま隣にいたから、なんて理由で真似された俺とは違うよ」

聞いたとたん、店主の頬《ほお》がわずかに赤らんだ。自覚があるのか、照れ隠しのような台詞を吐く。

「けっ、まだ仕上がっちゃいねえよ」

「ですって、どうする秀ちゃん？　もっと頑張んなきゃ」

「ひえー……」

女将の言葉に息子は大げさに嘆いてみせる。もちろん、ただのポーズだということは、その場にいたみんながわかっている。きっと彼は、両親の下でこれからも精進し続けることだろう。

ちょっと見、つっけんどん、だがその下に流れる家族故《ゆえ》の温かさに、伝治は思わずにっこりしてしまう。そして、菱田の額に刻まれた深い皺にしみじみ見入る。

おそらくこの親爺は、自分で思っているよりもずっとたくさんの人に影響を与えているのだろう。息子だけではなく、この店を訪れる客、そして――

そこで伝治は、この町に暮らす人々に思いを馳《は》せる。特にあの、自治会館で神輿の練習に励んでいた若者たちに……

彼らは練習を続ける中で、なんにつけ口うるさいこの男に辟易したに違いない。だが、いざ分かれて練習するようになり、まったく接することがなくなったらそれはそれで寂しい。いや、寂しいという表現が適当かどうかはわからないが、とにかく忘れ物をしているような気分になったのではないだろうか。

うるさいと思いながら、心のどこかで菱田を頼り、彼の背中にあるべき姿を見つけていたのではないか。あるいは菱田だけではなく、一糸の乱れなく差しや揉みを見せるすべての年寄りたちに、自分でも気付かないままに憧れていたのかもしれない。

分かれて練習するようになったあとも、ただ勢いがあれば、楽しければいいと思っていた。一度は、うるさく言われなくなったことを喜びもしただろう。

けれど、いざ熟練者抜きで担いでみたらなんだか様にならない。動きは揃わないし、ただ疲れるだけ。楽しいなんて感覚が入り込む隙間《すきま》すらなかった。

なぜだろうと考えた結果、自分たちが無意識に周りの年寄りの真似をしていたことに気付いた。

もともと所作が身についているわけではない。今まで目で追えていた見本がいなくなれば、一気に型は崩れてしまう。自分が楽しむだけでなく、見る者も楽しませるような神輿を練るために、身につけなければならないことがあるのだとわかったに違いない。だからこそ彼らは、こっそり年寄りたちの練習を覗きに行ったのだ。

この町には、手本にできる背中がたくさんある。その背中を真似ることで若者たちは育ち、今度は自分が手本となるのだろう。

目の前の四人は、相変わらず楽しそうに言葉を交わしている。

明日から始まるふるみなと祭りの話、夏に見に行ったという東京の祭りの話。今年は大祭に当たったらしく、それは見事なものだったそうだ。

菱田が、口から泡を飛ばさんばかりの勢いで言う。

「やっぱりあの祭りはすごい。今年の夏は今ひとつぱっとしない天気が続いたが、そんなのぶっ飛ばすぐらいの熱気だった。氏子の体中から湯気が上がってな」

「まったくだね。さすがの一言だった」

「いつかはうちの祭りもあんなふうになればいいがなあ……」

「ま、兄貴もせいぜい精進することだね。ところで、秀ちゃんも担ぐの？　やっぱり若者組？」

「もちろん。でも、俺は初っぱなでちょっとだけです。そのあとは仕込みがありますから」

「そうかあ……自営業は大変だな。サラリーマンは定年後が不安だなんて言ってちゃ罰が当たるか」

「まったくだ」

渋い顔で頷く菱田に、女将が突っ込む。

「何を言ってるのよ。あなたなんて、夜まで戻ってくるつもりないでしょ？」

「おいおい、秀ちゃんと義姉《ねえ》さんに任せっきりかよ！」

そこでまた賑やかな笑いが湧いた。

普段の伝治なら、店主が客をそっちのけで家族と盛り上がるなんてもってのほかだと思っただろう。だが、今の伝治はまったく気にならない。

ただただ『蕎麦屋呑みタイム』を救ってくれた光二と、彼がこの町に来るきっかけを作ってくれた菱田たちに感謝し、彼らの楽しそうな様子に目を細めるばかりだった。

＊＊＊＊＊＊＊

三連休二日目となった十月七日、伝治はまたしても湊町にいた。

一昨日も行ったばかりだし、堀内百貨店に不安要素はない。ふるみなと祭り初日、恒例となったトレカ・イベントは参加者の抽選が行われるほどの大人気。玩具売り場にも、地下フードコートにも人が溢れていたという。催事場にも朝からたくさんの客が詰めかけ、『蕎麦屋呑みタイム』も至って落ち着いた雰囲気を保っているらしい。気になる売上げは予算比百三パーセント、丸山曰く、この分だと十月は予算を達成できるだろう、とのことだった。

要するに伝治が見に行く必要は皆無。それなのに出かけてしまったのは、やはり『蕎麦屋呑みタイム』の雰囲気が気になったのと、その日、神輿行列が行われることになっていたためだ。

神輿の出発、つまり宮出しは、午前十時に行われるとのことだった。

本来ならもっと早い時刻、たとえば午前六時とか七時、場所によっては夜中の二時ということもあるそうだが、ふるみなと祭りはそこまで大きな祭りではない。

伝治は当初、できることなら宮出しから見たいと思っていた。だが、六日の夜になって息子の卓也が電話してきて、ふるみなと祭りに行くのかと訊ねられた。伝治が行く予定だと答えると、一緒に行きたいと言う。

どうやら、旧友と再会がてら堀内百貨店のトレカ・イベントに参加したいらしい。しばらく顔を見ていないし、息子を拒《こば》む理由はない。大歓迎と返事をし、名古屋駅で待ち合わせることにした結果、到着が十一時過ぎになってしまったのだ。当然、宮出しには間に合わなかった。

それでも、卓也が東京の家を出たのは午前七時過ぎのはず。早起きが苦手なのに、普段学校に行くより早く家を出た息子に文句を言う気にはなれなかった。

一昨年、卓也は堀内百貨店で友だちと待ち合わせをしていた。今回も同様で、再会するなり彼らは戦術を練り始め、伝治などほったらかし。まあそんなもんだよな、と苦笑いしつつ、伝治は催事場に向かった。

催事場は揚げ物や焼き鳥のタレの匂い、そしてそれらを買い求める人でいっぱいだった。イートインコーナーには既に行列ができ、客たちは蕎麦とつゆのマッチングに忙しい。

細いのや太いの、色が白いのや黒いの……何種類もの麺と、これまた薄い、濃いと様々なつゆ。薬味も葱《ねぎ》、胡麻《ごま》、海苔、大根おろし、とろろに山葵、七味まで用意されていた。

——俺はいつも山葵だが、蕎麦通は盛りそばに七味を使うらしいな。そういえば、まだ味を確かめていないし、モニターをかねて一度食ってみるか……

そんなことを考えつつ、しばらく待ってみたが、客足はいっこうに衰えない。開店早々駆けつけた客が捌《は》ければ少しは空くかもしれない、と思っていた伝治はがっかりだった。

とはいえ千客万来はありがたい限り、嘆くなんて大間違いである。伝治は潔く諦め、地下食品フロアに向かうことにした。

——おお……こっちもすごいな……

フードコートは、家族連れや若者でいっぱいだった。

『おかず屋はる』や『八菜瀬《やなせ》』には行列ができ、値頃なおにぎりセットやお茶漬けセットが飛ぶように売れている。それらを平らげたあと、たこ焼きや焼きそばに手を伸ばす若者までいた。

中高生とおぼしき若者たちの旺盛な食欲に感嘆しながら、伝治はビュッフェに目を移す。

ビュッフェの利用者は家族連れが中心で、小さな子どもに好みを訊ねながら料理を選ぶ姿が目立った。一人前を食べきれないような小さな子どもがいる場合、親子の好みを取り混ぜて選べるビュッフェは都合がいいのだろう。

フードコートの様子を見ていた伝治は、しばらくして四人がけのテーブルに目をとめた。家族連れが多い中、そのテーブルだけが大人四人、しかもかなりの年輩者ばかりだったからだ。

ちょっと異色だな、と思ってよく見ると中に光二がまじっている。ただし、他の三人はいずれも伝治が知らない顔だった。

頻繁に言葉を交わしているから、たまたま相席しているわけではないだろう。光二はこの町の人間ではないはずなのに、やけに知り合いが多い、と思っているうちに、彼らは席を立ち、伝治のほうに歩いてきた。立っている伝治を見つけ、光二がすっと頭を下げた。

「先日はどうも」

兄そっくりの眉を見ながら、伝治も挨拶を返す。

「ご利用ありがとうございます。お祭りを見にいらっしゃったんですか？」

「ええ。とりあえず宮出しを見て、休憩がてら寄らせてもらいました。でも、そろそろ神輿が来るころだから外に出ようと思って」

「え、もう？」

一昨年、神輿行列が堀内百貨店の前を通ったのは、午後になってからだった。まだ昼にもなっていないのに、と思いかけて気がついた。

「そうか……コース変更があったんでしたね」

「いや、去年までのことは知らないんだけど、とにかく今年はこの時間。なんでも、兄貴たちが担ぐほうはコースが短くて、その分、神酒所の休憩が長いそうです。この店の前を通ったあと、次の神酒所で大休憩だって聞きました」

そうでもしないと、同じ時間に宮入りできなくなる、神輿が揃わなければ揉み合いもできない、と光二は言う。もっともな話だった。

「なるほど……それで」

「実は、兄貴がへばってたら笑ってやろうと思って」

光二の言葉に、一緒にいた三人が爆笑した。お互いに肩をたたき合って笑う様子、『へばってる兄貴！　そいつは見物だ』などといった台詞が飛び出したところをみると、やはり彼らはもともとの知り合いで、菱田とも面識があるのだろう。

「いやいや、あいつはたとえへばってたとしても、俺たちにそんなとこ見せたりしないだろう」

「そうそう。どうせ俺たちが見物しているのはわかってるだろうし、意地でもしゃきっとして見せる。でもって、明日あたり寝込む……と。息子も大変だ」

「まあ、でも、せっかく東京から見に来たんだから、せいぜい恰好いいところを見せてもらわないとな」

「というわけです。ご一緒にいかがですか？　あ、失礼しました。お仕事中でしたね」

光二は、伝治が堀内百貨店の関係者だと知っている。だからこその発言だろうが、実のところ、今日の伝治はただの見物客、すべき仕事はひとつもないのである。それどころか客に紛れて蕎麦の食べ放題をやろうとまでしていたのだ。

ということで、その旨を軽く説明し、伝治は彼らとともに正面玄関前の歩道に出た。

「わっしょい！　わっしょい！　わっしょい！」

威勢たっぷりのかけ声とともに、神輿が角を曲がってきた。

声も足並みもばっちり揃い、ところどころで揉んでみせる。右に左にと大きく神輿を揺らす『揉み』は担ぎ手にとってかなりの負担のはずだが、息を切らす様子もない。誰もが軽々と神輿を担いでいるように見える。とりわけ大きな声を上げているのは、先棒《はなぼう》を担いでいる菱田だった。

これまでのふるみなと祭りでは、菱田が神輿を担ぐことはなかった。だが今回、彼は自ら担ぎ手を務めている。ある程度予想はしていたが、担ぎ手としての菱田はピカイチだった。なんというか、自然に目が引きつけられるし、ストレートに気合いが伝わってくる。彼が入ることで、その場の空気が引き締まり、神輿がより神聖なものに見えてくるのだ。

それがどこから来るものなのか、伝治にはわからない。持って生まれたものかもしれないし、担ぎ手として祭りに携わった歳月の中で作られたものなのかもしれない。

いずれにしても菱田がひとり入るだけで、場の雰囲気がきりっと締まることに間違いはなかった。

「おー、兄貴、無理しちゃって」

「明日は寝込む、の一択だな」

ケタケタと笑う光二たちの前を、神輿が行く。通り過ぎる瞬間、四人組のひとりが声をかけた。

「菱田の兄さん、独り占《ひとじ》めはよくねえぞ。他の奴にも花を持たせてやれ！」

その声で菱田は、隣を歩いていた男と合図を交わし、すっと入れ替わる。正直、伝治は菱田が怒り出すのではないかと思った。だが、意外にも彼はほっとしたような顔で、声をかけた男に片手をあげた。男も同じように手を上げて応え、神輿はその場で進行を停め、足踏みを始めた。

「やっぱり年だな。身体がついていかねえんだろう。だったら、さっさと代わればいいのに」

男は、あいつは昔から意地っ張りだったからな、と光二に笑いかけた。光二は、ちょっと不満そうに答える。

「それは難しいよ。なんせ先棒は神輿の華。同じ担ぎ手なら、できれば譲りたくないって気持ちはわかるんじゃない？」

「わかるさ。だが、せっかく新しい神輿ができたんだ。来年も、再来年も担ぎたいなら無理は禁物だ」

「まあねえ……」

そんな会話が交わされる中、もうひとつの神輿がやってきた。こちらは若者たちの神輿、つまり以前からある重くて大きな神輿だった。

足踏みを続けていた菱田たちの神輿が動き出した。おそらく彼らは、大神輿が来るのを待っていたのだろう。やがて、ふたつの神輿の揉み合いが始まった。

光二は昨夜、菱田から今年の神輿行列のコースについて説明を受けたという。それによると、二基の神輿は矢来神社から連なって出発、途中まで同じコースを進んだあと大神輿は従来どおりのコース、新しい神輿は小さな円を描くことになっているらしい。

二基の神輿のコースは何ヵ所かで交差し、出会うたびに盛大な揉み合いがおこなわれる。その合流点のひとつは、堀内百貨店の前に設けられていた。

複数の神輿がある場合、揉み合いは一番の見所になる。合流点を堀内百貨店の前に作ってくれたのは、この場所に人を寄せようという町の人たちの好意なのだろう。

一昨年のふるみなと祭りのときも、この人たちは今までいったいどこにいたのだ、と驚かされた。だが、今日はあれとは比べものにならないほどの人出だった。やはりふたつに増えた神輿の効果だろう。

大神輿を担いでやってきた若者たちは、小さな神輿を見てほっとしたような顔を見せる。それはまるで、ピアノの発表会のとき、演奏を終えた子どもがステージ脇で待っている先生のところに戻ったときのような表情だった。

神輿が近づき、担ぎ手の顔がはっきり見えた。大神輿の先棒を担いでいるのは慶太だった。

慶太の所作を見て、光二がうんうんと頷く。

「あの若い子、ちゃんと形になってるな。きっと兄貴がテコ入れしたんだろう」

「え、わかるんですか？」

「わかります。担ぎ方も指示の飛ばし方も兄貴とそっくりです。なんでも兄貴は若い連中の指導からは手を引いたようですが、ひとりだけ、自分を仕込んでくれって日参した奴がいたそうです。仕方なく相手をしたと言ってましたが、おそらく彼のことでしょう」

「なるほど……まあ、彼なら以前から親爺さんとは懇意ですし、頼まれたら嫌とは言えないでしょうね」

「そのようです。面倒だのなんだの言いながら嬉しそうでしたし、ああやって立派な担ぎ手になってるのを見たらさぞや満足でしょう」

「ですね……」

伝治は相槌を打ちつつ、大神輿を担いでいる若者たちを見回した。そして、中程にいる新田と神輿に大きな団扇《うちわ》で風を送っている奈々を見つけてにんまりする。昨日、瑠衣がかけてきた電話を思い出したからだ。

『蕎麦屋呑みフェスタ』と『全国唐揚げ祭り』の進行状況のあと、彼女はふるみなと祭りの準備についても知らせてくれた。その際、瑠衣は新田と奈々の近況にもふれた。

「新田君と奈々ちゃん、とうとう付き合いだしたんですよ」

瑠衣の言葉に、伝治は仰天した。

新田の想い人は奈々、奈々は神田……という直線関係があることは、瑠衣から聞かされた。

奈々は神輿祝いの席以来ずっと、売り場にいるときでさえ、神田と話す里美に険《けわ》しい眼差しを向けていた。それに気付いた里美はずいぶん困惑し、瑠衣に相談したぐらいなのだ。奈々がそう簡単に神田を諦めるとは思えなかった。

「ちょっと待ってくれ。山城君は神田君を……」

「確かに、前はそうでした。でももう今は違うんです。本人が報告に来たんですから、間違いありません。奈々ちゃん、誰かから神田君と後藤さんが一緒にお酒を買いに行ったことを聞いたらしくて、自分がフードコート企画で苦労していたときはそんなふうに手を貸してくれなかった、これは脈なしだと思ったんですって。なにより、そのころにはもう神田君より新田君、って感じだったたし、結局、奈々ちゃんのほうから付き合ってくださいって申し込んだそうですよ」

奈々は神田に認められたい一心で、フードコート企画を頑張った。ところがフードコート企画を大成功させたあとも、神田の奈々への態度はちっとも変わらない。引き続き売り場のレイアウトや装飾についても考え始めてみたものの、この調子ではどんなにすごいアイデアを出したところで彼の気持ちを動かすことなどできないのではないか。

そう考えて落ち込んでいた奈々を、全力でサポートしたのが新田だった。

物事はやってみなければわからない。とにかく頑張るしかない、と励まし、漠然としたアイデアが形になるように、過去の印象的だった装飾や客の動線についてあれこれレクチャーしたそうだ。まとめ上げた装飾案を売り場長に見てもらったところ、そのまま採用するのは難しいが、目の付けどころが面白い、またなにか思いついたら是非教えてほしい、と言われたらしい。

新田は、自分が奈々に想いを寄せているにもかかわらず、奈々の神田への想いを遂げさせようと応援した。それによって、奈々は新田を見直し、彼の真っ直ぐな心根に惚《ほ》れて付き合うことにした。まさに、逆転満塁ホームランだった。

「振り向いてくれない男よりも、自分のために一生懸命になってくれる男ってことか……」

「そうみたいです。というわけで、この間まで神田さん、神田さんって大騒ぎしてたのに、今ではすっかり新田君命。『花村さん、お騒がせしてすみませんでしたー』なんてしれっと言うんですよ。力が抜けちゃいました」

「まあ、そう言ってやるな。ちゃんと謝れるのはいいことだよ」

「でも、そのあとがひどいんです。奈々ちゃんってば、後藤さんに『神田さんはいい人だし、里美ちゃんに気がありそう。アタックしてみたら？』とか言ったんですって」

奈々はわざわざ酒売り場にやってきて、お酒を買いに行った里美ちゃんを追いかけてきてくれるなんてすごくドラマティック、とか勝手に盛り上がって大変だったそうだ。

「それはちょっと余計なお世話だな」

「ちょっとどころじゃありません。後藤さん、すごく怒ってました。アタックはバレー部時代に散々やった、今はそれどころじゃない！って」

「あはは……ごもっとも。だが、その考え方、なんとなく神田と通じるものがあるな」

「あー……」

長く伸ばされた語尾から、瑠衣の賛同が感じられた。

おそらく神田も、一昨年のふるみなと祭り復興運動に始まって、地下フロア改装、落ち込み続ける催事場売上げの件、そしてふたつに増えた神輿……と考えなければならないことばかりで、色恋沙汰にかまけている暇などなかったはずだ。里美に声をかけているのも純粋に仕事がらみ、堀内百貨店やこの町の将来を思ってのことだ。今、神田に奈々の言葉を聞かせたら、きっと『それどころじゃない』と答えることだろう。

同じタイプだからこそ価値観も似ていて距離が近づく。バレーや酒という共通項もある。だからといって何かが始まるかと言えば、それはわからない。それこそ『それどころじゃない』ふたりなのだ。当面は、堀内百貨店のために走り回るので精一杯なはずだ。

──うちとしては願ったり叶ったり。新田君にしても山城君にしても自分の幸せを嚙みしめて、他人のことは放っておいてほしいものだ。

そんなことを思いながら、伝治は、額に汗して大きな団扇で風を送り続ける奈々を見ていた。

「差せ！　差せ！」

「揉め！　揉め！」

光二と仲間たちのかけ声がひときわ大きくなった。新しい神輿が華麗な揉みを見せている。張り合うように大神輿が右に左に揺れる。

担ぎ手の声、見物客の歓声……感心して見入る伝治の腕を、光二がちょんとつついた。続いて彼は少し先を指さす。

彼が指さしたほうを見ると、菱田が若者たちの神輿に近づいていくところだった。いつの間に神輿から離れたのだ、と思っていると、店主は懐から何かを取り出した。どうやらタオル、しかも一枚や二枚ではない。それらを重ねて折りたたむと、店主は中程を担いでいた若者の肩と神輿の間にぐいっと差し込んだ。

「あいつ、肩をやっちまってたんだな」

もともとタオルは入っていた。けれどどうやら厚みが足りなかったらしい。より多くのタオルを差し込んだことで、神輿から受ける衝撃が和らいだのだろう。若者はほっとしたような顔でぺこりと頭を下げた。そして菱田は前に回って、慶太に何事か囁く。きっと、もっと早く気付いてやれ、とでも言っているのだろう。

さっき菱田に声をかけた男がまた光二と話し始める。

「先棒を担いでるときに、後の人間にまで気を配るのは難しい。そもそも神輿をやるときは自分で肩ぐらい守るもんだ。それもできねえで……」

「まあそう言ってやりなさんな。あの若いのは、大神輿のリーダー格なんだろう。だったらそれなりの気遣いをしろって言いたくなるのはわかる」

「まあな……」

「なにはともあれ、担ぎ手が揃っただけでもありがたいことじゃないか。来年以降、彼らも自分に必要なタオルの数ぐらい見極められるようになるよ。それに、ああいうことをされたら、やっぱり年寄りは年寄り、見習ったほうが自分たちも楽だってわかるはずだし」

「じゃあ、来年はまた老若男女入り交じっての神輿に戻るってのもありかな?」

「かもね」

そうこうしているうちに神輿は揉み合いを終えて動き出した。

菱田は、新しい神輿に寄り添うように歩いている。さかんに口を開いてはいるが、出てくるのは『わっしょい』というかけ声だけのようだ。

新しい神輿、つまり古参の担ぎ手たちによる神輿は次の神酒所で長い休憩を取るという。気力と体力の回復を待って、再び神輿が動き出すとき、おそらく菱田は先棒に戻っていることだろう。

菱田の汗がにじむ法被を見つめながら伝治は思う。

彼の背中は、饒舌《じょうぜつ》すぎるぐらい饒舌だ。言葉を選び損《そこ》ねてばかりいる口よりも、ずっとたくさんのものを伝えてくれる。

彼の弟にしても同じだ。光二は『蕎麦屋呑みタイム』にきて酒とつまみを少々、蕎麦を一枚食べただけで、周りの雰囲気をがらりと変えてしまった。手本がほしい客ばかりだったという特殊事情はあるにしても、言葉以外のもので何かを伝えられる兄弟が、伝治は羨ましくてならなかった。

新しい神輿のあとを大神輿が追っていく。大神輿はまた町内を練り歩き、新しい神輿は神酒所ごとに休憩、タイミングを合わせて矢来神社に戻ることになっている。『宮入り』つまり神輿のクライマックスは、数時間先だった。

「じゃ、俺たちはこれで」

光二たちは伝治に挨拶をして、新湊町駅のほうに歩きだした。どうやらこのまま東京に戻るらしい。

「宮入りはご覧にならないんですか？」

「もう十分。一昨日からここにきて、旨い蕎麦も食えました。そろそろ引き上げることにします」

光二の言葉に、他の三人も口を揃える。

「うん、酒も蕎麦も上等。こう言っちゃあなんだが、鄙《ひな》に稀《まれ》なる、って感じだった」

「え……？　皆さん、来てくださったんですか？」

てっきり光二だけだと思っていたが、そうではなかったらしい。

「実は、俺たちはこいつら兄弟の昔からの神輿仲間でね。蕎麦と酒が好きなのも一緒。新しい神輿ができたって聞いて、見物を決め込んだのはいいんだが、時間合わせがうまくいかなかった。結局、一昨日ここに着いたのはてんで、ばらばら」

「でもって、来てはみたけど相手をしてくれる人はいない。やむなく近場にあった堀内さんで一杯やって小腹を満たした、ってことです」

「それって何時頃ですか？」

「一番早いのが四時ちょうどぐらい。あとは四時半とか、五時とか、最終は六時近かったんじゃないかな」

あんまりいい感じだったから、昨日は四人揃って出かけてしまった。さすがに三日連続は、ということで今日は地下のフードコートに行ってみたのだ、と光二は言った。

――そうだったのか……

どうして急に『蕎麦屋呑みタイム』の雰囲気をすっかり変えるような達人たちが現れたのか不思議だった。ひとりは菱田の弟だったとわかったあとも、じゃあ他の達人はいったい？　と思っていたのだ。

彼らが店主の知り合いで、祭りを目当てにこの町にやってきたついでに、『蕎麦屋呑みタイム』に来てくれたのであれば、急な出現にも説明がつく。もしかしたら昨日も、彼らはいい影響を与えてくれたのかもしれない。

伝治の中に、新たな感謝の念が湧き上がった。

繰り返し礼を言う中、彼らは、『いいってことよ！』なんて芝居がかった台詞を吐いて帰っていった。

午後四時、伝治は再び催事場に戻った。

『達人』たちはもうこの町にはいない。となると、気になるのは今日の『蕎麦屋呑みタイム』だった。

また居酒屋のようになっているかもしれない。だが、今日は神輿行列が行われたこともあって、人出は最高潮、多少賑やかでも仕方がない。

いささか諦め気分で到着したイートインコーナーは、一昨日見たときと変わらない、至って落ち着いた雰囲気だった。

テーブルはすべて埋まり、どうやら相席も出ているらしい。それでも、客たちは、みな静かに酒やつまみを口に運んでいる。時折、連れ立ってきた客が言葉を交わすこともあったが、いずれも酒やつまみ、そして蕎麦についての短い感想で、大きな声を出す者はいなかった。

席が空くのを待つ人間も然り。待っている間、腰掛けられるよう用意された椅子に座り、半身揚げや骨付き鶏を求めて並ぶ人を眺めたり、スマホを弄ったりしていた。

「すっかり様変わりだな……」

「嘘みたいですよね」

そのとき、丸山の嬉しそうな声が聞こえた。てっきり玄関ホールでトレカ・イベントを仕切っているとばかり思っていた男の出現に、伝治は驚いてしまう。

「トレカ・イベントのほうは大丈夫なのか？」

「ええ。少し前から玩具担当の従業員に平日イベントを任せてたんですが、今日はそういうのが二、三人まとまって出勤してます。ひとりでは不安ですが、何人かいれば大丈夫かなと思って今日のイベントも任せることにしたんです」

堀内百貨店でトレカ・イベントが頻繁に開かれるようになったことで、アルバイトにプレーヤーが応募してくるようになった。彼らは、丸山以上に数多くのイベントに参加していて段取りはわかっているし、仕切りもうまいということで、丸山は一線から退いたそうだ。

そばで見ていられると緊張するだろうし、こちらもあれこれ注文をつけたくなる。それならいっそ見ないほうがいい、ということで催事場に上がってきたらしい。

トレカ・イベントは至極順調だ。個人の趣味はさておき、店長としては他の売り場、とりわけ催事場を気にすべきだと考えたのだろう。

「『食べ放題タイム』は大成功ですね。心配していた『蕎麦屋呑みタイム』も近隣のお客様からお褒めの言葉をいただきました」

「へえ……どんな？」

「もう二十年以上うちに来てくださっているお客様なんですが、今年成人した息子さんとご来場いただいたそうです」

「初めての親子酒か……乙《おつ》だな。だが、なにも催事場のイートインでやらなくても……」

「私もそうは思ったんですが、あれで案外都合が良いことが多かったみたいですよ」

二十歳を過ぎた息子と父親。一緒にいてもものべつ言葉を交わすわけではない。むしろ、話のネタに困って黙り込むほどである。それでも、大人の仲間入りをした息子と一献酌《く》み交《か》わしたい。

息子へのはなむけと二十年育て上げた自分への労いを兼ねて……

店を予約して二時間、とかなると間が持たないのは目に見えている。近場の居酒屋でもいいのだが、やっぱり騒がしいように思う。どこか適当な場所はないか、と探していたところ、堀内百貨店で『蕎麦屋呑みタイム』が開かれると知ったのだそうだ。

『蕎麦屋呑み』なら黙り込んで呑んでいてもおかしくない。しかも催事場のイートインなら短時間勝負に決まっている。短い時間なら息子も付き合ってくれるだろうし、説教づくしなんてことにもならないだろう。

何より、息子が生まれたとき、出産用品から内祝いまですべて堀内百貨店で揃えた。その後も子供服や学用品、その他諸々堀内で買ってきた。二十年間、ことあるごとに世話になってきた店で成人を祝う、というのは案外乙なのではないか、とその客は考えたそうだ。

「時代小説ファンで、ご自身が興味を持たれていたっておっしゃってました。それでも、ちょっと不安で、あらかじめ様子を見にいらっしゃったところ、場内はまさに『蕎麦屋呑み』そのものの雰囲気、これなら……ってことで息子さんと一緒に来てくださったそうです」

「そうか……下見まで。まさに、達人たちに大感謝、だな……」

「達人？」

そこで伝治は丸山に、東京から来た祭り好きたちについて伝えた。話を聞いた丸山は、感慨深げに呟く。

「そういうわけですか……」

わざわざ『蕎麦屋呑みタイム』を狙ってくる客だから、当然『蕎麦屋呑み』のなんたるかは心得ていると思っていた。だが、近隣に適した店がないこの町では、本で得た知識はあっても、経験豊富な人間は少ない。しかも明らかに『俄《にわか》』な自分が、率先してやってみるのは気恥ずかしい。もしも『達人』が現れて正統派『蕎麦屋呑み』を披露してくれなければ、『蕎麦屋呑みタイム』はいつまでも賑やかな居酒屋の雰囲気を脱することはできなかっただろう。

「たとえ『蕎麦屋呑み』の知識が全然なかったとしても、ぱっと見て恰好いいと思えば真似をする。神輿も『蕎麦屋呑み』も同じだな」

「どれだけ飾り付けをしたり、照明を替えたりしても、それだけじゃ駄目なんですね……」

丸山はちょっと切なそうに言ったあと、イートインコーナーをぐるりと見渡す。今日も、いくつかの若者たちのグループが来ている。彼らは総じて静か、ほとんど会話することなく酒を呑んでいた。

グループのひとりが『もっきり』に口をつけて、ずっ……と啜れば、周りも神妙な顔で真似をする。最初に口をつけた若者は、よしよし、と頷く。隣のテーブルでは、別な若者が蕎麦猪口を両手で囲み、大事そうに蕎麦湯を呑んでいる。それは、一昨日見た光二の仕草そっくり。きっと彼らは、あの日の光二の相客で、復習がてら出かけてきたのだろう。

「誰かが誰かを真似る。その誰かを見てまた他の誰かが真似る。そうやって少しずつ変わっていく。『学ぶは真似る』を目のあたりにした気分だな」

「本当ですね」

伝治の言葉に頷いたあと、丸山は、そういえば……と話題を変えた。それは食品フロアの責任者の話だった。

「食品フロア長にかなり嘆かれました。ついでに、ちょっと恨み言も……」

「もしかして後藤君の異動について？」

商品グループから考えて、瑠衣は里美の上司ではない。里美が、進退に関わる相談を自分ではなく瑠衣にしていたと知れば、恨み言のひとつやふたつ言いたくなる。丸山も承知の上と来たらなおさらである。

瑠衣自身、自分が相談にのっているのは同性で気安いからだ、と説明していたし、伝治や丸山も無理もないと思っていた。だが、食品フロア長は納得がいかなかったのだろう。今にしてみれば迂闊としか言いようがないが、せめて耳打ちのひとつぐらいしておくべきだった。

「申し訳ないことをしたな……。あとで謝っておこう」

ところが丸山は、問題はそれだけではないのだと言う。

「彼の耳に入れなかったことについては謝りましたし、事情を説明したら、最終的には理解してくれました。ですから、その件はいいのですが、問題は後藤君の昇進なんです」

「昇進……？」

「ええ。食品フロア長は、後藤君に次の昇進試験を受けさせるつもりだったそうです。主任資格を取れば、売り場長への道が見えてくるって」

里美は真面目で勉強熱心なおかげで、豊富な商品知識を備えている。本人の評価はともかく、食品フロア長にしてみれば、是非とも売り場にいてほしい存在だろう。里美を昇進させることで、他の従業員を啓発したいと考えていた可能性もある。とりあえず主任になってもらって、と考えていた矢先の異動話では、がっかりするのも無理はない。

「後藤君が酒について熱心に勉強していることは、売り場の人ならみんな知っています。学生アルバイトたちは、客からの質問で答えられないことがあると、まず後藤君に訊くそうです。学生アルバイトどころか、年季が入ったパートたちですらそんな感じだって聞きました。売り場長ですら首を傾げるような質問に、すらすら答える後藤君を見て、酒の勉強を始めた従業員もいるようです。後藤君は自分でも気がつかないままに、他の従業員の見本になってたんです」

彼女が酒売り場からいなくなったら、数字はともかく、従業員教育上の問題が生じるかもしれない、と丸山は眉根を寄せた。

「そうか……確かに、後藤君が売り場にいる意味というのはそういうところにもあったんだろうな」

「とはいえ、今回は仕方ない。本人が合わない、嫌だと思っている以上、そのまま売り場におくのはよくありません。今はいいにしても、いずれは否定的な気持ちが周りに伝わって、売り場の雰囲気に悪影響を与える可能性があります」

「食品フロア長には他を当たってくれ、としか言いようがないな」

周りの見本になるために、自分のやりたい仕事を諦めるなんてナンセンスだ。ましてや里美の場合、企画に移っても十分やっていけるという実績を示したのだ。彼女を酒売り場に残すよりも、企画部に異動させたほうが、堀内百貨店のためになるだろう。

「『蕎麦屋呑みフェスタ』の企画を進めている間、どう考えてもオーバーワークだったのに、後藤君はとても楽しそうでした。やはり販売よりも企画のほうが向いているんだって痛感させられました。彼女は企画部に異動すべきです。周りの見本となれる人間はきっと他にもいるし、もっといえば、みんながそうなれるように努力すべきなんでしょう」

必ずしも里美である必要はない。大事なのは、真似られる、真似たくなる人間を用意すること。それが誰だってかまわないのだ、と丸山は力説した。

「本来、店長である私がその先駆けであるべきなんですが、実際はなかなか……」

「心配するな、私だって同じだ。俺はとにかく数字を作ることに一生懸命、それだけでここまで来てしまった。猛省すべきだよ」

「何をおっしゃいますやら。事業部長には花村君という立派な業績があります」

堀内百貨店において、瑠衣の背を追い、彼女のようになりたいと励む従業員は多い。特に女性従業員は、多かれ少なかれ瑠衣を目標としているはずだ。現に、奈々などは瑠衣を信望して突き進んだ挙げ句『ニューマドンナ』という称号まで獲得してしまったのだ。

「販売員はもとより、教育者としても花村君の地位は揺るぎないものです。その花村君を育てたのは事業部長なんですから……」

「だから、そもそもそれが誤解なんだ」

「誤解？」

「彼女は自分で勝手に育った。俺は何にもしていない。確かに昇進には多少尽力したが、それだって彼女を昇進させることで数字を上げたかっただけ。数字を上げて自分がいい目を見たかっただけなんだ」

嘆きとも、反省ともつかぬ言葉を漏らした伝治に、丸山は呆れたように言う。

「事業部長はそうおっしゃるかもしれませんが、周りから見たら結果は同じ。花村君本人が、事業部長のおかげだって考えてるんですから、それでいいじゃありませんか。自分の背中は自分じゃ見えません。評価は、他人が下したもののほうが信憑性《しんぴょう》があるんです」

伝治は一本取られた気分だった。

自分の背中は自分には見えない。たとえ鏡に映してみたところで、それは反転画像、他人が見ている背中そのものではないのだ。ならば、確実に背中を見て判断を下せる他人の評価を信じるべし、という意見は、ひどくまっとう。正直にいえば、丸山にしてはまっとうすぎると思うぐらいのものだった。

「了解。じゃあ、今度誰かに褒められたら遠慮なしに感謝しておくことにする」

「それがいいと思います。私の場合、まず褒めてもらうことからですけど。せめて、花村君の半分でも人徳があれば……」

「君でもそんなことを思ったりするのか……」

「当たり前じゃないですか。私よりもずっと頼りにされてる部下が目の前にいるんですよ。従業員ばかりじゃなく、客や町の人からの人気も絶大。今も昔も『マドンナ』はそこにいるだけで周りを安心させられる存在なんです」

今回の件にしても、瑠衣がいなければ里美があの企画をここまでにすることはできなかっただろう、と丸山は推察する。

「まず後藤君が問題を抱えていることに気付き、相談しやすい雰囲気を作り、解決法を探る。高島部長から商品部へと誘われても、いまひとつ乗り気じゃなかったことも見抜いたんだと思います。そこで、さらに話をして本当に後藤君がやりたいと思っている仕事を見つけ出した。後藤君にそこまで心を開かせるのは、簡単じゃなかったと思います。その上、企画がうまく進むよう、立案段階から散々相談に乗ってました し」

「そうだったのか。さっき、嬉しそうだったって言ってたから、てっきり後藤君は最初からやる気満々だったと……」

「ですからそれは、彼女自身がこれなら大丈夫かも、と思ってからのことです。それまでは、百貨店で一番大事な販売という仕事が満足にできないのに、それ以外なんて無理、の一点張り。商品部にしても、既に仕入れられてそこにある商品について学ぶのと、あらゆる商品について学んだ上で、堀内に合う商品を選び出すのとでは根本的に違う、とか……」

いったいどう言えば前向きになってくれるのだろう、と瑠衣は悩んでいたそうだ。

「経過報告は受けてましたから、花村君が悩んでいるのも知っていました。でも、私には役に立つようなアドバイスはなにも……。それでも花村君は後藤君を力づけ、企画に向かわせたんです。とてもじゃないが私にはできないことでした」

「うーん……たぶん、俺にも無理だな。でもまあ、花村君が堀内にいれば安心、負担が減ってラッキー、ぐらいに考えておくほうが、精神衛生上はいいだろう」

「そうですね。幸い後藤君と違って、花村君には異動希望はないようですし。あ、異動といえば、高島部長のほうは……？」

丸山はすっかり里美を送り出すつもりでいるが、それも高島が、里美が企画部でやっていけると判断してこその話だ。丸山が気にするのはもっともだった。

「高島は問題ない。もともとあいつは後藤君をなんとかしてやりたくて乗り込んできたんだ。本人が商品部じゃなくて企画をやりたいって言い出した以上、全力で応援するさ」

「え、でも、商品部ならともかく、っておっしゃったんじゃなかったんですか？」

「詭弁《きべん》だよ、詭弁。いや、さすがに詭弁は言い過ぎだな。いずれにしても、試したかったのは彼女の能力じゃなくて、本気の度合いだろう」

娘から散々聞かされたこともあって、高島は里美の性格をよくわかっていたはずだ。どんなものであっても真剣に打ち込めば結果を出すという、信頼もあっただろう。

だから、高島が確かめたかったのは、いかに里美が企画立案という仕事に対して本気になれるか、ということのみだ。多少の経験不足はどうにでもできると考えていたに違いない。

「高島だってうちの会社に入って三十年以上だ。しかもマーケティング部の部長。バイヤーやプランナーの育て方ぐらい心得ている。今回、後藤君がどうやって『蕎麦屋呑みフェスタ』に取り組んだかは、細かく報告した。その上で、あいつはGOサインを出した。だから、心配ない」

高島に引っ張られ、瑠衣に背中を押され、里美は堀内百貨店から出ていく。今後、高島らの指示の下、彼女が生み出す数々の企画は、堀内百貨店をもっともっと人の集まる場所にしてくれるはずだ。

伝治は催事場を出て、エスカレーターに向かう。

最上階のレストラン街を見たあと、五階、四階、三階……と各売り場を回る。人波に溺《おぼ》れるほどではないにしても、どの売り場にもそれなりに客がいた。

二階、一階とさらに伝治は階を下る。玄関ホールでは、若い従業員がトレカ・イベントを仕切っている。子どもがたくさん参加しているから、今おこなわれているのは日本発祥の、低年齢層に人気があるもの、卓也が熱中しているのもこの種類だ。ただし、見回したところ、彼は既に観客と化していたから、早々に負けてしまったのだろう。

トーナメント表によると、試合は決勝戦に近づいている。これが終われば、別な種類のカードを使った対戦が始まる。同じトレカ・イベントといえども、扱うカードの種類が替われば、プレーヤーも替わる。また違う客がこの場所にやってくるのだ。彼らは対戦前、あるいは対戦を終えたあと玩具売り場やフードコートに足を向けてくれるかもしれない。

商業施設において、ターゲット層の絞り込みは有効だ。あの郊外のショッピングセンターは若者を狙った売り場作りの結果、親世代を呼び込むことに成功していた。堀内百貨店だってそれに倣うべきだ。あらゆるものがあるのだから、みんなが来てくれるだろうなんて、考えが甘すぎる。そんなことを言っているから、なんでもあるけどほしいものはない、と言われてしまうのだ。

あるときは子ども、またあるときは大人、アウトドア派、インドア派、男性、女性、高級路線派に庶民派……と対象を絞った売り場作りを考えるべきだ。今回の『蕎麦屋呑みフェスタ』のように、夜と昼で雰囲気を変えるのも面白い。

来てくれた客を満足させる。それは商売に携わるものなら、みんながわかっていることだ。けれど、前提としてまず客に来てもらう必要がある。ひとりでも多くの人を呼ぶために、汎用性《はんよう》の高いものばかり企画してきた。大がかりで、万人受けするものばかりを……

だが、世の中にものが溢れ、人の好みも多様化した今、万人の支持を得るものはどんどん少なくなっている。なんとなく好きだけど、あってもなくてもいい、そんなものばかりになってしまったのだ。

それならいっそ、いったい誰が来るんだ？　と首を傾げたくなるようなイベントをやってみてはどうか。この町にプレーヤーなんていないだろうと言われた『トレカ・イベント』に留まらず、地味すぎてどうなることかと心配していた『蕎麦屋呑みフェスタ』だって、成功したのだ。何が当たるかなんて、やってみなければわからない。『ある層の人にとっては堪らなく魅力的』という売り場を作って、とにかく堀内百貨店に来てもらう。さらに、その人たちに、次もまたここで買いたい、他のものも見てみたい、と思ってもらえるような対応をする。その繰り返しが、明日の数字を作るのだ。

トレカ・イベント会場から歓声が上がった。どうやら決勝戦が終了したらしい。優勝者が賞品を受けとるのを横目に、伝治は地下フロアに向かう。

食品フロアではレジが全台起動し、ふたりがかりで入力と袋詰めに大わらわ。特に長い列ができていたのは、奈々がサッカーを担当しているレジだ。

昼前には汗だくで神輿行列に加わっていた奈々も、今は涼しい顔でレジに入っている。並んでいる客の中には、『ニューマドンナ』と一言でも言葉を交わしたくて、という者もいるだろう。

フードコートはさらに客が多く、ビュッフェへの料理の補給はひっきりなし。何人もの従業員がブースに並ぶ客や、席を探す客を誘導していた。神田の姿も見られる。襟元できちんと結んだネクタイと、皺ひとつないワイシャツが好印象だ。

シフト表によると今日の贈答品売り場は全員出勤体制、人員に余裕ありとみなされ、応援にかり出されたのだろう。彼や里美が神輿を担げたかどうか、気になるところだが、丸山が調整すると言っていたから、少しは参加できたはずだ。

全館を通じて活気が溢れ、どの従業員もてきぱきと対応、伝治が中部事業部長に着任したばかりのころの淀《よど》みきった空気はもうどこにも見られなかった。

百貨店は人が集まってこその場所だ。人は、魅力的な商品ばかりではなく、魅力的な従業員にも引き寄せられる。これからもっともっとたくさんの人に来てもらえるよう、品揃えだけではなく、従業員教育にも力を注いでいかねばならない。

――俺には、『花菱』の親爺や弟たちのように背中で語り、その場にいるだけで空気を変えるような力はない。かといって、高島や花村君のように、相手の適性を見抜き、理解しやすい言葉を選んで伝えることもできない。それでもなんとか、この店の建て直しには成功したらしい。それもこれも部下たちの頑張りによるもので、俺の手柄なんかじゃない。かくなる上は、せめて、通りすがりにちょっと目を留めたくなる、よくよく見れば味がある、そんな背中の持ち主になりたいものだ……

客の間を動き回る従業員たちを見守りながら、伝治はそんなことを考えていた。

本書は二〇一八年五月、講談社より刊行されました。

|著者|秋川滝美　2012年4月よりオンラインにて作品公開開始。2012年10月、『いい加減な夜食』（アルファポリス）にて出版デビュー。著書に「ありふれたチョコレート」シリーズ、「居酒屋ぼったくり」シリーズ（ともにアルファポリス）、『田沼スポーツ包丁部！』、「放課後の厨房男子《チユーボー》」シリーズ（ともに幻冬舎）、『メシマズ狂想曲』（小学館）、『向日葵《ひまわり》のある台所』『ひとり旅日和』（ともにKADOKAWA）、『マチのお気楽料理教室』（講談社）などがある。

幸腹《こうふく》な百貨店《ひやっかてん》　催事場《さいじじょう》で蕎麦屋《そばや》呑《の》み

秋川滝美《あきかわたきみ》

講談社文庫

定価はカバーに
表示してあります

2020年1月15日第1刷発行

発行者――渡瀬昌彦
発行所――株式会社　講談社
東京都文京区音羽2-12-21　〒112-8001
電話　出版（03）5395-3510
　　　販売（03）5395-5817
　　　業務（03）5395-3615

Printed in Japan

デザイン―菊地信義
本文データ制作―講談社デジタル製作
印刷―――豊国印刷株式会社
製本―――株式会社国宝社

ISBN978-4-06-518008-2

講談社文庫刊行の辞

二十一世紀の到来を目睫に望みながら、われわれはいま、人類史上かつて例を見ない巨大な転換期をむかえようとしている。

世界も、日本も、激動の予兆に対する期待とおののきを内に蔵して、未知の時代に歩み入ろうとしている。このときにあたり、創業の人野間清治の「ナショナル・エデュケイター」への志を現代に甦らせようと意図して、われわれはここに古今の文芸作品はいうまでもなく、ひろく人文・社会・自然の諸科学から東西の名著を網羅する、新しい綜合文庫の発刊を決意した。

激動の転換期はまた断絶の時代である。われわれは戦後二十五年間の出版文化のありかたへの深い反省をこめて、この断絶の時代にあえて人間的な持続を求めようとする。いたずらに浮薄な商業主義のあだ花を追い求めることなく、長期にわたって良書に生命をあたえようとつとめるところにしか、今後の出版文化の真の繁栄はあり得ないと信じるからである。

同時にわれわれはこの綜合文庫の刊行を通じて、人文・社会・自然の諸科学が、結局人間の学にほかならないことを立証しようと願っている。かつて知識とは、「汝自身を知る」ことにつきていた。現代社会の瑣末な情報の氾濫のなかから、力強い知識の源泉を掘り起し、技術文明のただなかに、生きた人間の姿を復活させること。それこそわれわれの切なる希求である。

われわれは権威に盲従せず、俗流に媚びることなく、渾然一体となって日本の「草の根」をかたちづくる若く新しい世代の人々に、心をこめてこの新しい綜合文庫をおくり届けたい。それは知識の泉であるとともに感受性のふるさとであり、もっとも有機的に組織され、社会に開かれた万人のための大学をめざしている。大方の支援と協力を衷心より切望してやまない。

一九七一年七月

野間省一